警視庁公安0課

# カミカゼ

矢月秀作



双葉文庫

目次

# 警視庁公安0課　カミカゼ

# 第一章 無情の咆哮《ほうこう》

## 1

友岡基裕《ともおかもとひろ》は、千鳥ヶ淵《ちどりがふち》公園のベンチに座っていた。

午前三時、日中や夜間は皇居ランナーのたまり場となる場所も、今はひっそりとしていた。

背後には半蔵濠《はんぞうぼり》があり、植え込みの先には内堀《うちぼり》通りが走っている。車影は少ない。

二〇一四年十二月の半ば、その日は東京に初霜が降りた。外気は冷たく、吐く息が白く凍りつく。

時折、寒風が吹き付ける。

友岡はコートの襟《えり》を立てた。

ポケットに両手を突っ込み、背を丸めて脚を小刻みに動かし、寒さを凌《しの》ぐ。

ざっ……と音がした。

友岡は動きを止め、気配に集中した。

足音が近づいてきた。何者かの革靴は砂を踏みしめ、友岡の座るベンチ脇で止まった。

人影がベンチの端に腰を下ろす。

「千鳥ヶ淵とは考えたな」

男の太い声だった。

「皇居の堀に飛び込めば、皇宮《こうぐう》警察が助けてくれる」

友岡は答えた。

顔を起こし、男を確認する。

藪野学《やぶのまなぶ》だった。細くて長い目と角張った輪郭が特徴的だ。

「俺が危険だとでも？」

「まさか」

友岡が笑みを見せる。

友岡と藪野は、警視庁公安部公安0課《ゼロ》に所属する警察官だ。今は、別々のルートで、同じ案件の内偵を行なっている。

0課は作業班とも呼ばれている。

割り当てられた事案を捜査するため、身分証も持たず敵の懐《ふところ》に潜入し、情報収集にあたる特殊任務を負う部署だ。

一般人はおろか、警察内部でも、彼らの存在や活動内容を知る者は少ない。

隠密行動を取るので、当然、バレるわけにはいかない。

不測の事態があった場合は、相手を確実に殺傷するか、自死するかの二択を迫られる。

文字通り、死と隣り合わせの任務に従事する者たちだった。

作業班員は、単独で行動する場合はもちろん、チームで行動している場合でも、情報交換をする時にしか顔を見せ合うことはない。

班員自体、自分たちの仲間が何人いるのか、同事案に何人の仲間が送り込まれているのかは知らない。

詳細を知るのは、0課を仕切る警視庁公安部長の鹿倉稔《かくらみのる》だけだった。

「情報は？」

藪野が訊《き》いた。

「黒幕が割れそうだ」

友岡が言う。

藪野の眦《まなじり》がひくりと蠢《うごめ》いた。

「誰だ？」

「まだ確証はつかんでいないが、どうも野党衆議院議員が絡んでいる節がある」

「名前は？」

「今は明かせない」

友岡が言った。

作業班員は、情報の共有に慎重だった。

誤った情報を流せば、自分だけでなく仲間にも危険が及ぶ。

また、自分以外の班員が敵に寝返っていることもある。

仲間を疑うのは忍びないが、そこまで慎重にならざるを得ないのも、常に身の危険を背負っているからだ。

それは、藪野も同様だった。

「そっちは？」

友岡が藪野を見た。

「俺のほうでは、政治家の影は見えていないな。ただ、パグ内部で何らかの動きが出ている兆しが見て取れる」

「動きとは？」

「武装化」

藪野は短く答えた。

友岡の眉間《みけん》に皺《しわ》が立った。

「間違いないのか？」

「確定情報ではないが、パグ内部の聖論会の幹部が、このところ頻々《ひんぴん》と東アジア、東南アジアへ渡航している。こうした動きは、これまでになかったことだ」

「武装化の根拠は？」

「先月の半ばに、マカオで武器の展示会があった。そこに幹部数名が出向き、設計図の買い取り交渉をしていたという情報が入ってきている」

「ルートは？」

「それはまだつかめていないが、当然、正規のルートではない。マカオの展示会には黒社会に通じ、窓口となっている企業もある。そうした裏ルートを通して手に入れるのだろう。そうなると現物入手もあり得る」

藪野が言う。

「武器製造、取引の規模は？」

「今つかんでいる限りでは、市街戦に十分耐えうる規模の武装を目指していると推察できる」

「市街戦だと？　連中、日本を破壊する気か？」

友岡は拳《こぶし》を握り締めた。

「そうした危険思想を持った組織には違いないようだ」

藪野の眉間も険しくなる。

友岡と藪野が捜査しているのは、赤沢君則《あかざわきみのり》という社会学者が設立した一般社団法人〈パグ〉という市民団体系の組織だった。

パグという名は〝Proposal for All Generations〟の頭文字、P、A、Gを取って名付けたものだ。直訳すると〝すべての世代に向けた提言〟となる。

赤沢君則は、有名私立大学の社会学部の准教授を務めている三十二歳の男で、若手の論客としてメディアへの露出も多い著名文化人だ。

パグは若者に関する労働問題や社会問題を研究する機関で、労組とも連携し、理不尽な就労や解雇を行なっている企業や、市民サービスに消極的な行政と掛け合ったりもする。

その弁舌は時に過激で、大企業のトップを糾弾《きゅうだん》することもある。

講話や演説、テレビコメントの端々《はしばし》に〝資本家〟〝労働者〟〝革命〟〝粛正〟といったかつての共産主義者がよく口にする文言《もんごん》が多いことから、公安部は赤沢をマークしていた。

公安部がパグの内偵を決めたのは、半年前のことだった。

ブラック企業と噂されている飲食チェーン本社へ労使交渉に訪れたパグメンバーの一人・紺《こん》野《の》という二十七歳の男が、交渉の最中に激高《げっこう》し、会社側の交渉担当者に暴行を加えた。

傷害事案として、警察は紺野を逮捕した。

紺野の住んでいたアパートを捜索したところ、時限爆弾製造に使われるタイマーやリード線、黒色火薬が見つかった。

紺野は爆発物取締罰則で再逮捕され、取り調べを受けたが、あくまでも個人で用意していたものだと言い張った。

マークしている人物の組織に関わる者が、爆発物を製造しようとしていた可能性があるという事実を、公安部は憂慮した。

しかし、パグや赤沢と紺野を結びつけるのは、組織に出入りしていた職員という一点しかない。

紺野宅から爆発物が押収されたと報道された際、赤沢は関係を全否定し、紺野のことも激しい口調で批難した。

表向きには、パグと紺野は組織と職員というだけの繋がりで、爆発物について、パグ及び赤沢は一切関知しないという結論で収束に至った。

終わった事件を基に、公安部がパグへの捜査を大っぴらに行なうことはできない。

とはいえ、赤沢の言動、パグの理念などから推測すると、組織が過激思想に走り、武力革命を目論《もくろ》んでいる可能性も拭《ぬぐ》えない。

そこで公安部は、作業班の投入に踏み切った。作業班であれば、秘密裏にパグの内部を探ることができる。

何もなければよし。爆発物などに関連する動きがあれば、彼らが暴挙を遂行する前に阻止する。

何ら手を打たないという選択肢はなかった。

潜入班に選ばれたのは、友岡と藪野だった。共に三十三歳だが経験も豊富で、赤沢とも歳が近い。

二人は別々に鹿倉から命令を受け潜入したが、三ヶ月後に鹿倉から互いの情報をもらって接触し、それ以降、不定期に情報を交換していた。

「武装蜂起の時期は？」

友岡が訊く。

「わからない。二〇二〇年の東京オリンピックが最有力だが、期間が長すぎる。もっと早い時期に実行するつもりではないかと踏んでいるが。どう思う？」

「そうだな。俺も同意見だ。急いで、武装化の証拠をつかんだほうがよさそうだ」

「そう。急いだほうがいい。そこでだ。確定情報ではないんだが、聖論会幹部の一人に吐かせた」

「吐かせた？　何をした？」

友岡は藪野を見据えた。

藪野は薄笑いを浮かべた。

「拷問か？」

友岡が眉をひそめる。

「心配するな。バレることはない」

「処分したのか？」

友岡ははっきりと口にした。

藪野は答えず、微笑《ほほえ》んだままだ。

作業班員は、時に捜査の過程で非合法な手段を取ることもある。しかしそれは、必要最小限で行なわれるべきだと、友岡は常々思っていた。

つい、藪野に向けた双眸《そうぼう》がきつくなる。

藪野は肩を竦《すく》めた。

「おいおい、そんな顔するなよ。俺たちの仕事に不測の事態は付きものだろうが」

「拷問にかけて処分するのは、不測ではない」

睨《にら》み据《す》える。

藪野は眉を上げ、息を吐いた。

「どうでもいいだろう、そんなことは。俺たちの目的は赤沢たちが目論む武装蜂起の阻止だ。違うか？」

「そうだが、何をしてもいいというわけではない。我々は警察官だぞ。犯罪者じゃないんだ」

「つまらない定義論はやめてくれ。俺たちの仕事にそんな建前が何の意味も成さないことぐらい、知っているだろう」

「意味は――」

友岡が言い返そうとした時、藪野は右手のひらを立て、言葉を遮《さえぎ》った。

「わかったわかった。後で部長に報告しておくし、処分も受ける。それでいいだろう」

藪野は見返した。細い目がさらに細まる。静かな怒気が目の奥に澱《よど》んだ。

「その話はともかく。幹部から聞き出した情報だ」

藪野はスマートフォンを取り出した。画面を指で操作し、友岡に手渡す。

モニターを見た。地図が表示されている。印は江東区東雲《こうとうくしののめ》にあるアパートを指していた。

「ここは？」

「パグが、生活支援者用に買い取った老朽化《ろうきゅうか》したアパートだ。ホームレスに落ちた若者を保護、支援するという名目だが、実態は武器製造工場、保管庫。そこに住んでいるメンバーはみな、武器の製造と保管に関わる仕事に従事しているそうだ」

「部長には？」

「まだ報告はしていない」

「どうする気だ？」

「クリスマスイブの夜、情報を確定させる」

「潜《もぐ》り込む気か？」

友岡は藪野を見つめた。

藪野は深く頷いた。

「まだ半年だ。焦ることは――」

「もう半年だ、友岡」

藪野は身を乗りだした。

「この半年、生きた心地がしなかった。この仕事はいつもそうだ。長くなればなるほど、もう二度と、表の社会に戻れないんじゃないかという不安がまとわりつく。違うか？」

友岡を見据える。

友岡は押し黙った。

「連中は宗教など信じてはいないが、若い。街がイベントで盛り上がる時は、必ず連中も浮き足立ち、脇が甘くなる。そこを狙う」

「強引すぎる手法は危険だぞ」

「俺はもうそろそろこの件からは手を引きたいんだ。年内に片づけて、静かな正月を迎えたい。おまえも本心はそうじゃないのか？」

藪野が詰め寄る。

「一分一秒でも早く事件を片づけること。それが、俺たちが生き延びる唯一の方法だ。俺は生きるために、ここで命を張る」

語気を強める。

友岡は言い返せなかった。

友岡自身も同様の立場だ。長引くほどに敵にバレる危険性は高まり、死が近づいてくる。

「……わかった。その日は俺も現場へ行く」

「無理しなくていい。おまえはその野党議員とやらを調べろ」

「それも当日までに済ませる。一気にカタを付けよう」

友岡は顔を上げ、藪野に力強い視線を送った。

藪野は片頬を上げ、頷いた。

2

十二月二十四日、港湾地区は煌《きら》びやかに彩られ、カップルたちが一夜の夢を貪《むさぼ》っている。

午後八時を回った頃、友岡は賑わいに背を向け、作業着姿でりんかい線東雲駅のバスロータリーへ赴《おもむ》いた。

無精髭《ぶしょうひげ》姿の友岡は、クリスマスには縁遠い作業員そのものだ。

東雲地区には倉庫や工場が多い。冴えない作業着姿の友岡を不審に思う者はいなかった。

バスロータリーの植え込みの陰に藪野の姿を認めた。藪野もまた、薄汚れた作業着を着ていた。

友岡は藪野に歩み寄った。

「本当にこっち側なのか？」

藪野を見やる。

「本当にとは？」

「東雲駅の住宅地は、駅の北側だ。海に面した南側は倉庫や工場みたいなものばかりだろう」

怪訝《けげん》を覗《のぞ》かせる。

「アパートだと言ったが、その後の調査で元社員寮だとわかった。潰れたリサイクルセンターの社員寮を競売で買い上げたようだ」

「大丈夫なのか？」

友岡は身を寄せた。顔を合わせず、小声で言う。

「二転三転する情報は危険だ」

藪野は気色《けしき》ばんだ。

「確度が上がったといってもらいたい」

横目で一瞥《いちべつ》する。

「おまえこそ、野党議員の名前はつかんできたのか？」

「確定ではないが」

「話せ」

藪野が促《うなが》した。

友岡は逡巡《しゅんじゅん》した。

「突入すれば、どちらかが殺《や》られるかもしれない。その時、残ったほうが部長に報《しら》せる義務を負う。おまえが死んでまた一から調べていたのでは、時間がかかってしまう。取り返しのつかない事態を招くぞ」

淡々と言うが、口調は鋭い。

友岡は目を伏せ、考えた末に口を開いた。藪野は首を傾け、耳を寄せた。

「確定ではないが、今のところ野党民進《みんしん》党の——」

友岡はさらに声を潜《ひそ》め、耳元で名を告げる。

藪野の口辺《こうへん》に笑みが滲《にじ》む。

「それはそれは……。結構な大物じゃないか」

「そうだ。だからこそ、攻め入るにはまだ情報が足りない」

「よし。こっちを先に確定して、次はそっちを一気に攻めよう。それでおしまいだ」

藪野が言う。

友岡は頷いた。

二人は東雲駅出口交差点を渡り、道路を南下した。外灯はあるが、年の瀬にもかかわらず、周りの営業所や工場は早々と閉じており、ひっそりとしていて、仄暗《ほのぐら》い。

友岡は藪野の後ろに付き、歩を進めた。

右手に工場と倉庫に挟まれた敷地が現われた。

藪野は手前の工場の壁に身を隠した。友岡も倣《なら》う。

「奥を見ろ」

藪野が言った。

藪野と入れ替わり、壁際から敷地の奥を覗いた。

冷えた潮風が顔をさらう。

暗がりの奥に建物があった。二階建ての横に長いアパートだ。明かりが灯っている中央の間口から上に階段が延びている。階段は古びたコンクリート剝き出しのものだった。

一階と二階に六部屋ずつ。全部で十二部屋ある。真ん中の間口から左右に分かれ、一階二階の左右に三部屋ずつある造りとなっていた。

明かりは、二階左真ん中の部屋と一階右真ん中の部屋にしか灯っていなかった。

「連中がここを選んだ理由がわかるか？」

後ろから藪野が訊く。

「いや……」

友岡はアパートを見つめたまま、首を振った。

「周りをよく見てみろ。この敷地、工場と倉庫とアパートに挟まれて、コの字型になっているだろう？」

藪野が言う。

友岡は視線を巡らせた。

確かにコの字空間になっている。コの字の右線に当たる部分がアパートの所在地となっていた。

「どう入っていっても、必ずこのアパート前の何もない空間を通ることになる。敵襲があれば……まあ、連中の敵は我々だろうが、トラブルが起こった時は、この空間を集中して狙えばいい」

藪野が言う。

友岡の眉間に皺が立つ。

「さらにだ。アパートの背後は海だ。連中は常にそこにモーターボートを係留している」

「不測の事態が起こった場合は、海から逃亡するということか?」

友岡は肩越しに背後を見やった。

「海上警備艇を回さなきゃ、見事に逃げられてしまうだろうな」

藪野は舌打ちをした。

「それに、ここなら物音を出しても問題はない。いろいろと総合した結果、ここが武器密造工場・保管庫に間違いないと判断した」

藪野が言う。

友岡は深く頷いた。

藪野がどういう経緯でこの場所にたどり着いたのかは知らない。が、仮に自分が銃器密造所を探していたとすれば、藪野と同じ判断を下しただろう、と友岡は思った。

「しかし、そこまで論を立てているなら、鹿倉部長に連絡を取って、公安部で踏み込むほうがいいんじゃないか？」

友岡が言う。

「いや、まだ足りない。最低でも銃器の部品は手に入れなければ。ここまで用意周到な連中なら、当然、踏み込まれた時のことは想定しているはず。それがわからない以上、証拠品を手に入れて、確実に潰さなければ、潜られる。ここで決めたい」

藪野が言った。

友岡は振り向いた。藪野の双眸はまっすぐ友岡に向いていた。

「持ってきたか？」

藪野が訊く。

「ああ」

友岡は作業着の脇の下を叩いた。

シグザウエルＰ２３０ＪＰという自動拳銃を忍ばせている。

これはＳＰや機動部隊、組織犯罪対策部の特殊班が好んで使う銃だ。

32口径で32ＡＣＰ弾を使用する。マガジン装填《そうてん》数は八発、薬室に一発入れていれば、九発撃てることになる。

特殊任務の場合、銃は破壊力より機能性が重視される。大きな拳銃は破壊力はあるが、扱いにくく、隠し持つのも難しい。といって、22口径では殺傷力に難がある。

小型で扱いやすく、十分な殺傷能力を有するこの銃は、特殊任務に就く作業班員にもうってつけの拳銃だった。

「持ってはいるが、なるべくなら使いたくはない。おまえもそのつもりでいてほしい」

友岡が藪野の左脇に目を向ける。

「わかっている。俺だって、撃ち合いは御免《ごめん》だ」

藪野は両眉を上げた。

「どうする？」

友岡が訊いた。

藪野はスマートフォンを出し、地図を表示した。拡大し、地図と写真の同時表示にする。

「隣の倉庫の裏に、十五センチほどの落下防止用のコーナーがアパートの裏まで続いている。おまえはそこからアパートの裏へ回り、待機していてくれ。アパートの窓は簡単に蹴破れる」

「おまえは？」

「俺は正面から行くよ。知った顔もある。友人を装って、潜入する」

「大丈夫か？」

「おいおい、俺たちは潜入のプロだろう？」

藪野が片頬を歪《ゆが》めた。

「トラブルが起これば、発砲する。銃声が合図だ。おまえはまず、係留しているモーターボートのエンジンを破壊し、その後に入ってきてくれ。銃声がなければ、何もせず退避だ」

「作業終了の合図は？」

友岡が訊く。

藪野は自分のスマートフォンを渡した。

「このバイブを鳴らす。三回鳴れば、終了だ。もし万が一、俺がくたばることがあれば、おまえがそれを部長に届けてくれ。今まで調べた情報のほとんどは、そのスマホのＳＤカードに記録してある」

「縁起でもないことを言うな」

「軽口を叩いているわけじゃない」

藪野が言う。

友岡にもわかっている。

作業班の仕事が、詰めに向かえば向かうほど死に近づくことを。

「わかった」

友岡はスマートフォンを握り締めた。

「気をつけろよ」

友岡は藪野を見た。

「おまえもな」

藪野が言う。

友岡は強く頷き、倉庫の裏へと回った。

建物の陰となり、外灯の明かりが届かず、急に暗くなる。

埋め立て地の縁《ふち》まで来る。藪野の言う通り、落下防止のコンクリートで盛られたコーナーがアパートの裏まで続いている。

一階右中央の部屋のカーテンから漏れる明かりが、コーナーをうっすらと照らしていた。

友岡は倉庫の壁に手をつき、十五センチ幅しかないコーナーに右脚を掛けた。

コーナーは飛び散る波飛沫《しぶき》で濡れていた。冷え込みのため、塩水であるにもかかわらず、少々凍っている。

凍てつく潮風が一層強く吹き付ける。足を滑らせれば、夜の海に呑み込まれ、お陀仏《だぶつ》だ。

友岡は靴底を何度か左右に揺らした。

こうした事態も想定し、潜入の際は必ず、底のラバーグリップが利く靴を履いている。

靴底の溝がアスファルト面をつかんだ。

友岡は小さく頷き、コーナーに上がった。壁に手をつき、慎重に足を運ぶ。

数分かけて、ようやくアパートの裏にたどり着いた。

友岡は一階最右の部屋の窓下まで進み、その場にしゃがんだ。

右中央の部屋には人がいる。真冬の海側の窓を開けるとは思えないが、万が一があれば、殺して逃げるしかない。

息を潜め、海上に目を落とす。

「これか……」

モーターボートが一艘、波に揺られていた。

黒いボートだ。エンジンは三基あり、プロペラシャフトが一基に二本ずつ、計六本伸びている。改造船だった。これで洋上に逃げられてしまえば、夜の海では捜索もかなり難航するだろう。

友岡は作業着のジッパーを鳩尾《みぞおち》まで下ろし、右手を差し入れた。

脇が濡れていた。寒風吹き荒ぶ中、脇汗を掻いている。それだけ緊張している証拠だ。

何度もこういう場面には遭遇してきた。時に、撃ち合いや徒手格闘になったこともあった。十分、修羅場は潜《くぐ》っている。

それでも、慣れない。

死の影を背負ったひりひりとした緊張感に見舞われると、いつも吐き気を催《もよお》す。

友岡は脇差しホルダーから自動拳銃を抜き出した。一度、セーフティーを外し、そっとスライドを引く。重い音が波間に落ちる。

銃弾は装塡《そうてん》された。友岡は、トリガーガードに人差し指を置き、腕を下ろして、銃口を海上に向けた。

銃を潮風に晒《さら》すのはよくないが、この体勢であれば、不意の襲撃にも対処できる。

ひたすら、息を潜《ひそ》めた。

アパート内の物音は聞こえない。耳管《じかん》をくすぐるのは、波の音と自分の心臓の鼓動だけだ。

友岡は何度も唇を舐めた。舌を動かし、溢《あふ》れた唾液《だえき》を喉へ流し込む。時折、大きく呼吸をして、鼓動を鎮《しず》める。

願わくば、このまま終わってほしい。何事もなく証拠品を手に入れ、藪野からの終了の合図を受けたい。

友岡は、作業ズボンの左後ろのポケットに入れた藪野のスマートフォンを、ズボンの上から擦《こす》った。

その時だった。

闇に銃声が轟《とどろ》いた。

心臓が弾けた。一瞬、息が詰まる。

凄まじい炸裂音が響いた。藪野の銃声だけではない。複数の銃声だ。

アパートの窓を見た。暗がりだった部屋が、時折、マズルフラッシュで赤く光った。

「ちくしょう！」

友岡は奥歯を噛んだ。

すぐさま立ち上がり、左腕を振り上げた。拳で窓を叩き割る。ガラス片が顔に飛散した。手の甲が切れる。

しかしかまわず、友岡は窓をこじ開け、一階右奥の部屋に飛び込んだ。

室内に転がり込んだ友岡は、すぐさまドアに銃口を向けた。

周囲の気配を瞬時に探り、左右に銃口を振る。明かりのない部屋に敵はいなかった。

友岡は、窓際に駆け戻った。窓から腕を出し、銃口を海面に向ける。

立て続けに、引き金を引いた。

漆黒《しっこく》の闇に閃光《せんこう》が走った。銃声が唸る。放たれた弾丸はモーターボートのエンジンに食い込んだ。

摩擦《まさつ》で火花が飛ぶ。オイルに着火し、エンジンがぼんっと音を立て火を噴いた。

二階の窓が開いた。敵が顔を出した。すぐさま銃を放つ。

友岡は瞬時に腕を引っ込め、部屋へ入った。

先に部屋へ飛び込んだのは、そのためだった。

モーターボートを破壊すれば、必ず敵が顔を出す。その時、表にいれば逃げ場もなく、蜂の巣にされかねない。

自分の身を守りつつ、任務を遂行する。

これもまた、作業班員として生き抜くための基本だった。

すぐさま、部屋のドア口に駆け寄る。壁に背を当て、左手を伸ばし、ドアノブをそろりと回した。

途端、廊下から機銃が火を噴いた。

友岡は腕をひっこめ、壁に背を張りつけた。

真正面から銃を放たれても、ドア間近の壁際にいれば、角度的に弾丸は当たらない。

ドアとほぼ水平の位置にいる内側の相手を撃ち抜くのは不可能に近い。

散弾やショットガン、グレネードランチャーで撃たれれば仕方ないが、表で耳にした銃声から、敵は銃とサブマシンガンを多く所持し、それで藪野と交戦しているとみていた。

ドアに空いた穴を見る限り、その推察は間違っていない。

相手の掃射音が途切れた。

瞬間、友岡はドアを蹴破った。

すぐさま、ターゲットを視界に捉える。銃口を上げた。

重い銃声が二度響いた。スライドが上がる。

たなびく硝煙《しょうえん》の向こうに背の高い坊主頭の若者がいた。眉間に穴が空き、頭蓋骨《ずがいこつ》の一部が飛んでいる。

若者の顔は赤く染まり、宙を見据え、血を滴《したた》らせて、サブマシンガンを握ったままその場にゆっくりと頽《くずお》れた。

友岡はすぐ壁に身を隠した。空になったマガジンをリリースして、ホルダーから予備のマガジンを取って装着し、スライドを引いた。

右二の腕を起こし、気配を探りつつ、大きく息をつく。

神経は異様に昂《たかぶ》っていた。早鐘《はやがね》を打つような鼓動が治まらない。

しかし、それでいい。

いったん戦闘に入った時は、全身が臨戦態勢になっていなければ、隙《すき》ができる。

その隙が即、死につながる。

瞬時の判断力は必要になるが、それは冷静さから生み出されるものではなく、本能が引き出す無意識の作用だ。

危険な状況になればなるほど、その〝本能〟を信じ、身を任せなければならない。

友岡は銃底に左手を添え、廊下に躍り出た。

隣の部屋のドアが開き、敵が出てきた。

友岡は素早くドア陰に身を寄せた。壁に背を当て、人影を目視する。

視界が的確に、敵の頭を見抜く。

友岡は頭部に向け、一発、また一発と弾丸を放った。

悲鳴と血飛沫《ちしぶき》が上がる。友岡の銃弾は確実に敵の頭部を射貫《いぬ》いた。

友岡はドアを蹴り閉めた。廊下の向こうに敵が二人いた。

敵に向け、引き金を引く。敵も応戦してくる。一人がサブマシンガンを乱射する。

跳弾が廊下側の硝子《がらす》を砕き、友岡の足下に食い込んだ。

再び、隣部屋のドアが開いた。

瞬時にドア口に銃口を向ける。銃を握った敵が双眸を見開いた。

友岡は躊躇《ちゅうちょ》なく、至近距離から敵の眉間を撃ち抜いた。眉間を突き破った弾丸が脳みそを掻《か》き回し、後頭部を破砕《はさい》した。鮮血がしぶき、部屋の畳を紅に染める。

友岡は敵を蹴り倒し、明かりの灯った部屋へ飛び込んだ。

部屋の右隅《みぎすみ》に若者がいた。小柄で眼鏡をかけた、いかにもひ弱そうな男だった。

銃口を友岡に向けている。が、腕も膝もがくがくと震え、照準が定まらない。

友岡は男の足下を撃った。銃弾が畳にめり込む。

「ひっ！」

男は身を竦《すく》めた。手から銃がこぼれ落ちる。そのまま壁に沿い、へなへなと崩れる。失禁していた。

再び、スライドが上がった。

友岡は男を睨み据え、近づきつつ、マガジンを入れ替え、装塡した。

室内を見回した。そこかしこに銃器や弾丸、関係部品が無造作に転がっている。

友岡は銃口を眉間に向けたまま、男が落とした銃を拾い上げた。

リボルバーだった。S&Wの38口径に似ているが刻印はなく、実物よりは重い。

友岡は壁に向けて、二発立て続けに撃ってみた。

しゃがみ込んだ男の体が跳ねた。頭を抱え、ますます小さくなる。

友岡は男に注意を向けつつ、手にしたリボルバーを検分した。

反動は重いが、弾道にぶれはない。ダブルアクション構造も安定している。

シリンダーを振り出して、ロッドを叩いて排莢《はいきょう》し、明かりに透かして銃身の中を覗いた。

ライフリングと呼ばれる螺旋《らせん》状の溝《みぞ》もしっかりと刻まれている。

精巧だな……。

友岡の眉根に皺が立った。

「伏せろ」

男に命ずる。

男は震えておぼつかない体をゆっくりと倒し、畳の上にうつぶせた。

友岡は男の背に右膝を落とした。男が呻《うめ》く。手にした銃をすぐ手の届く位置に置き、手錠を出して男の腕をねじり、後ろ手に手錠をかけた。

近くにあったサブマシンガン用のスリングを取り、男の両足首を縛り上げる。

完全拘束した男を仰向けに蹴り起こした。男は青ざめて震え、歯を鳴らしていた。

「何人いる？」

友岡は静かに訊いた。

男は口を開くが、なかなか声にならない。

「早く答えろ」

銃口を揺らす。

「さ……三十人くらい……」

「くらいだと?」

片眉を上げる。

「いちいち数えてないですから!」

涙声で男が言った。

一階で倒したのが七、八人。二階ではまだ銃声が響いている。交戦中だとすれば、藪野も同数以上は倒していると予測される。

あと半分か……。

ホルスターに自身の銃を納めた。転がっているサブマシンガンを二丁拾い、両肩にスリングをかける。

別のリボルバーを拾い、シリンダーに装弾されていることを確認して、右手に握った。

「ここでおとなしくしていろ。そうすれば死ぬことはない」

男に言う。

男は何度も何度も頷いた。

友岡は再び、廊下に躍り出た。右手にリボルバー、左脇にサブマシンガンを挟み抱え、中央廊下に向け、壁際《かべぎわ》を進む。

敵は現われない。二階の応戦に追われているようだ。

階段にさしかかった時だった。

人が転がり落ちてきた。

とっさにサブマシンガンの銃口を向ける。

「藪野！」

友岡は駆け寄り、片膝をついた。

敵の影が踊り場に見えた。

サブマシンガンを唸らせる。敵は踊り場の陰に身を潜めた。

友岡は弾が尽きるまで乱射し、藪野の右腕に自分の腕を絡め、一階左側の廊下に引きずり入れた。

もう一丁のサブマシンガンのコックを引き、敵の気配に注意を向けつつ、藪野の様子を見た。

藪野は全身から血を流していた。胸元は特に赤く染まっている。額に脂汗《あぶらあせ》を滲ませ、苦しそうに息を継いでいた。

「ずいぶん、やられたな」

一瞥《いちべつ》する。

「たいしたことはねえ。まだ生きてる」

藪野が力なく笑う。口辺から血がこぼれた。

藪野は体を起こし、廊下の壁にもたれた。

「上には何人いるんだ？」

「十人くらいか……。だいぶ、処分したんだけどな」

「上の様子は？」

「造りは一階と一緒だが、敵のレベルが違う。上が本隊だ。連中、武器の扱い方や組織的戦闘法に精通してやがる。それもそのはず、二階に製造工場があった」

藪野が言った。

友岡の眉間が険しくなった。

「間違いないか?」

「ああ。証拠の写真も撮った」

「なら、撤退しよう」

友岡が言う。

「そう簡単ならいいがな。さっき、窓から外に出た連中がいる。サブを持っていた。今出れば、蜂の巣だ。せめて、上の連中だけでも片づけりゃ、籠城《ろうじょう》して応援を待つことができるんだがな」

藪野は咳《せ》き込んだ。受けた手のひらに血糊《ちのり》が広がる。

「わかった。そうしよう。おまえはここで休んでろ」

「一人じゃ無理だ」

「心配するな。それだけ情報をもらえば、俺も戦い方を考える。だが、万が一取りこぼすこともある。その時は頼む」

友岡は握っていたリボルバーの銃身を握り、差し出した。

藪野が銃把《じゅうは》を握る。重みで右腕が落ちた。

「おまえに万が一のことがあった時のために訊いておく。おまえの情報は、すべて上に上げたのか？」

「いや、まだだ」

「その情報はどこに貯めてある？」

藪野が訊く。

友岡はためらった。

不確定情報を、たとえ仲間とはいえ、漏らすのは危険だ。

その情報が間違っていれば、仲間を死の危険に晒すことになる。またトラップなら、敵に手の内を明かすことになる。

トラップか……？

友岡は藪野を見た。

藪野は両腕をだらりと下げ、うなだれていた。肩で息を継ぐ。顔は真っ赤に染まり、口や顎《あご》先《さき》からは、血の滴《しずく》がぽたぽたと垂れ落ちている。

満身創痍《まんしんそうい》だ。早く片付けなければ、藪野の命も危うくなる。

「俺の情報は、偽名で借りている中野《なかの》のボロアパートに置いてある」

「なんてアパートだ？」

「友岡……」

「なんだ？」

「天竜荘《てんりゅうそう》。上高田《かみたかだ》一丁目にある。一〇三号室だ」

「おまえに何かあった場合は、部長にそう伝えればいいんだな?」

「ああ、そう伝えてくれ。もっとも、万が一はできれば避けたいがな」

友岡は笑った。

「待ってろ。すぐに終わる」

真顔になり、廊下を飛び出した。

踊り場に向けて掃射する。引き金を引きっぱなしで、階段の手すり沿いを駆け上がる。

弾が尽きる間際に、ホルスターから自分の銃を抜き取った。

踊り場に上がると同時に銃口を立てる。敵の姿はない。上を見た。通路の壁にちらりと敵の影がよぎった。

友岡はしゃがみ、壁に背を当て、中腰のまま慎重に二階へと上がっていく。

敵の影が動いているのはわかる。が、攻めてくる気配がない。

何を狙っている……?

小康状態となる。が、藪野の容態を思うと、あまり長々と様子を探っているわけにもいかない。

友岡は意を決して、二階の廊下に出た。影が動いた方向に銃口を向ける。同時に、背後の気配を探る。

廊下からも敵の姿が消えていた。

階段に足音がした。

友岡は壁に背を寄せ、階下に目を向けた。

藪野が上がってきていた。手すりを血で汚し、足を引きずり、二階にたどり着く。

友岡は藪野の腕をつかみ、壁際に引き寄せた。

「待ってろと言っただろう!」

小声で叱る。

「いや、もういいんだ。俺は無傷だからな」

藪野はにやりとし、友岡のこめかみに銃口を押し当てた。

4

銃を握った友岡の右上腕の筋がかすかに蠢《うごめ》いた。

藪野はそのわずかな動きを見逃さなかった。

「おっと、動くな。わかっているだろう、俺たちのやり方は」

友岡のこめかみに銃口を押しつけ、捏《こ》ねる。

友岡は背後に黒目を向け、奥歯を嚙んだ。

藪野は友岡の右手から銃を奪った。左手に持ち、トリガーに人差し指をかける。

「おまえら! 出てきていいぞ!」

藪野が声を上げた。

部屋のドアが次々と開いた。ぞろぞろと男たちが出てくる。十人いた。みな、拳銃を握っている。男たちは半円形で友岡を取り囲んだ。

藪野は友岡を壁際に突き飛ばした。友岡は壁に背をあて、男たちと対峙《たいじ》した。

藪野は男たちの真ん中に歩み、やおら振り返った。

両腕を起こす。左右の銃口は確実に友岡の眉間を狙っていた。

周りの男たちとは違い、銃の扱いに慣れた余裕が、藪野の姿からは漂っている。

友岡は迂闊《うかつ》に動けなかった。

「どういうことだ？」

「説明する必要もないだろう？」

藪野が片頬を上げる。

寝返ったか……。

友岡は藪野を見据えた。

「なぜだ？」

「愚問だな」

藪野は鼻で笑った。

「友岡。おまえ、いくらもらっている？」

「何の話だ？」

「給料だよ。まあ、階級も歳も俺と変わらないから、年四百万前後だろう。この現状をどう思う？」

「どうもこうも、それが当たり前だろう」

「そう当たり前、と思わされている。考えてみろ。たった四百万くらいで二十四時間三百六十五日、命を差し出せと命じられる仕事などあるか？」

藪野が訊《き》く。

友岡は答えず、藪野を見つめた。

鼻先あたりに視線を向け、藪野の全身をぼんやりと視野に入れている。相手の動きを確実に捉える時の基本的な視線の置き方だ。この視野を保っておけば、藪野が動いた瞬間、誰よりも早く反応できる。

「そんな仕事、ないよな。だが、俺たちだけでなく、世の警察官は薄給にもかかわらず、毎日毎日自らの命を懸けて職務に従事する。その原動力は何だ？」

「使命感だ」

「そう。そいつが曲者《くせもの》なんだ。俺たちは警察学校の時代に、警察官としての使命感や正義感を徹底して叩き込まれる。それは俺たちの中で絶対正義となり、それを疑わなくなり、自らの死もいとわず、犯罪者と対峙するようになる。一見、美しい話だな。だが、現実はどうだ？　一般のクソどもは、俺たちが命を張ることは当然だと喚《わめ》きたて、ちょっとでもミスがあれば、最低だの死ねだのと罵倒《ばとう》する。上の者は世論を気にして、コンプライアンスとやらで現場を締め付ける。おかげで、俺たちの死の危険はさらに高まる。この状況がまともか？」

藪野は弁舌をふるった。

友岡は黙って聞いていた。

藪野の言っていることはわかる。友岡も作業班員となる前は、交番勤務に従事していた。

多くの一般市民は、警察官に感謝をしてくれている。が、一部の者からは権力だなんだと無用に騒ぎ立てられ、いわれなき目の敵《かたき》とされ、理不尽な罵声《ばせい》を浴びせられることもある。

また、上層部はそうした世論の声に敏感で、自分たちのキャリアに傷がつかないよう、現場のことは考慮せず、次々と内部規定を変えていく。そのため、取り締まりや捜査が難しくなり、警察官たちが無益な危険に晒されているのも事実だ。

藪野の言う通り、そうした現状に憤《いきどお》ることもあった。

そのたびに、警察官だという自負と使命感で憤怒《ふんぬ》を抑え込んできた。

藪野の口は止まらない。

「まともじゃないよな。だが、俺たちは使命感や正義感で職務を果たす。自分の命を賭《と》してまでな。なぜかわかるか？」

藪野は目を細め、友岡を見据えた。

「洗脳されているからだ。正義や使命といった思想に洗脳されているから、このまともじゃない状況も正しいと信じ込んでしまう。俺たちは警察という思想団体の奴隷《どれい》だったんだ。俺はそれに気づいた。いや、とっくに気がついてはいたが、見ないふりをしていた。しかしもう俺は現実から目を逸《そ》らさないことにした」

「その結果が裏切りか?」

友岡が訊く。

「裏切り? 違う。洗脳から解かれて自由になっただけだ」

藪野は片頬に笑みを滲ませた。

「これから何をする気だ?」

友岡は再び問うた。

話させている限り、藪野が自分を射殺することはない。時間が経てば、必ず緊張は緩み、隙が生まれる。

その時を待った。

藪野はふっと微笑んだ。首を振り、銃口を下ろす。

周りにいた男たちは、藪野の行動に驚き、目を丸くした。

が、友岡だけが眦《まなじり》を強ばらせた。

これは、作業班員が使うトラップだ。

作業班員は、必要とあらば、ターゲットの殺害もいとわない。とはいえ、やたらめったら殺すのでは、そこいらの犯罪者と変わらない。

なので、作業班員は必ず〝正当な理由〟を作ろうとする。

藪野が銃口を下げたのは、攻撃をしないという意思表示だ。それでも対象が逆らった場合は、やむなく殺さざるを得ない。

この〝やむなく〟という状況を作り出すために演技をする。

寝返ったとはいえ、藪野もまた作業班員のすべてを体得している男だ。自然とそうした振る舞いをしてしまう。

藪野が本気で自分を殺す気になった……。

友岡は藪野の筋肉の動きにまで注意を向けた。

「何をする気か。それを知りたければ、この問いに答えろ」

藪野は友岡をじっとりと見つめた。

「俺と行動を共にするか否か。二択だ。即決しろ」

静かな口調で迫る。

友岡のこめかみに脂汗が滲んだ。

「俺の集めた情報が天竜荘にあるとは限らんぞ」

友岡は言った。

藪野は眉を上げ、笑顔を作った。

「かまわんよ。確か、おまえには五歳の娘がいたな。家は江東区大島《おおじま》。二世帯住宅で両親と妻子が共に暮らしている」

「家族に手を出すな！」

友岡は目を吊り上げた。

が、藪野は眉一つ動かさない。

「おまえの返事次第だ」

藪野は見据えた。

友岡は逡巡した。

どう返事をしたところで、藪野は自分を処分するだろう。作業班員は、一度疑いを持った者を信用することはない。

利用するだけ利用して、必要なくなれば廃棄するだけだ。

「……断わる」

友岡は言葉を絞り出した。

「ほう……」

藪野が目を細めた。

「家族がどうなってもいいのか?」

「俺の情報は天竜荘の押し入れの中にある薄型ハードディスクにすべて入れてある。解除パスワードは〝カミカゼ〟。大文字でKAMIKAZEだ」

「カミカゼとは洒落《しゃれ》ているじゃないか。俺たちの仕事はいつも特攻みたいなものだからな」

「今すぐ、確かめろ。それでデータが本物なら、家族に手を出す必要もないだろう」

友岡は藪野を見据えた。

「己の命より、家族を守る、か。骨の髄《ずい》まで洗脳された警察官だな、おまえは」

「おまえのように理念を捨ててまで生きるよりは、よほどマシだ」

友岡が右の口角を上げてみせる。

藪野の頬がひくりと蠢いた。

友岡は言葉を重ねた。

「洗脳からの解放？　いろいろ御託《ごたく》を並べたが、結局は金だろうが。損得勘定しかできないから、犯罪者に呑み込まれる。俺はおまえを認めない」

「怒らせるつもりか？」

藪野が笑みを浮かべた。が、双眸は笑っていない。

「俺はまっとうな意見を口にしているだけだ。それで怒るなら、おまえにやましい心があるからだろう」

友岡は挑発を続けた。

藪野が奥歯を嚙みしめる。友岡は動くタイミングを狙っていた。

が、突然、藪野が笑い始めた。

「さすが、作業班員だ。少しでも怒らせて、相手から冷静さを奪い、その小さな隙を見て突破するつもりだったんだろう？　俺たちの常套《じょうとう》手段だな」

話し終えても、笑うのをやめない。

やはり、無駄か……。

友岡は内心、歯ぎしりをした。

藪野の言う通り、陽動作戦だった。

人の気持ちを最もかき乱すのは、怒りの感情だ。その怒りの感情を焚《た》き付ける際、最も有効なのが、正論をぶつことだった。

百人いれば百通りの正論がある。正論というものは、個々人間が生きるための核でもある。そこを小馬鹿にされて怒らない者はほとんどいない。

感情のコントロール訓練を受けている者でも、正論をぶたれ、感情的になることもある。

しかし、藪野には利《き》かなかった。

互いに相手の手法は熟知している。

正面突破しかないか……。

友岡は目を藪野に向けたまま、視界の端で状況を探った。

藪野の不可解な言動で、男たちの緊張は緩んでいた。

友岡は右から三番目の小柄で痩身《そうしん》の男に意識を留めた。

リボルバーを持ち上げる両腕が震えている。体力のない証拠だ。腰も引けている。戦い慣れていない者だった。

その先に二階の窓がある。木枠のガラス窓だ。

二階から地上までは三メートルほど。外に敵の見張りがいるが、上から人が降ってくれば、慄《おのの》き、一瞬の隙ができる。

その間に闇にまぎれてしまえば、あるいは逃げられるかもしれない。

「どうした、友岡。正面突破か？」

藪野がにやりとした。

読まれている。が、もはや、一点突破に賭けるしかない。

「いいぞ、やってみろ。逃げ出せたら、おまえもおまえの家族の命も見逃してやる」

藪野が余裕を見せる。銃を上げる気配はない。

トラップか？　疑念がよぎる。

藪野は友岡の心中を見透かしたように口を開いた。

「窓から飛び降りるつもりだろう？　心配するな。少なくとも、俺は邪魔はしない。やってみろ」

藪野が背を向けた。

友岡は地を蹴った。狙いを付けた男に迫る。男はどぎまぎして、トリガーに指をかけられない。

体勢を低くして、肩から男の腹部に突っ込む。男の身体がくの字に折れた。

周りの男たちが友岡に銃を向ける。が、狭い場所で左右から狙う形となり、相打ちを恐れ、発砲できない。

友岡は男を右肩に抱えたまま、窓へ突っ込んだ。

しかし、窓は割れない。

痩身の男は背中と後頭部を強《したた》かに打ちつけて呻いた。朦朧《もうろう》とした男の体重がずしりと右肩にのしかかる。

友岡は片膝を落とした。伏せた視線の先に影が差す。側頭部に硬い銃口が押し当てられた。

「ああ、すまない。そこの窓ガラスは、侵入、逃走防止のために特殊アクリル製に変えていたんだ。すっかり忘れていたよ」

薮野は嘲笑《ちょうしょう》した。

あたふたしていた男たちが友岡を取り囲む。銃口のすべてが友岡を狙っていた。

友岡は顔を起こした。

「俺を殺ったところで、他の作業班員がおまえらを追い詰めるぞ」

下から睨《ね》め上げる。

「そうだな。気を付けておくよ」

薮野は撃鉄《げきてつ》を起こした。

「最期まであきらめなかったおまえの作業班員としての使命感に免じて、家族の命は見逃してやる。心配せず、逝《い》ってくれ。特攻、ご苦労さん」

薮野の指が引き金を引いた。

銃口が火を噴いた。薮野はたて続けに撃った。硝煙で手元が煙る。

周りの男たちは、薮野の狂気を垣間見て、誰もが身を強ばらせ、固まった。友岡の顔面が真っ赤に染まる。それでも銃撃をやめない。返り血を浴びても平然とした表情を崩さない。

銃声が止んだ。

友岡は上半身まで血まみれとなり、壁にもたれ、ぴくりとも動かなくなった。

「おまえと……おまえ。片づけろ」

藪野は指名して命令し、友岡の屍《しかばね》に背を向けた。

5

警視庁公安部部長・鹿倉稔は、警視総監室を訪れていた。

応接セットの向かいには、井岡貢《いおかみつぐ》警視総監と瀬田登志男《せたとしお》副総監が座っている。

鹿倉の隣には、鹿倉と同期の日埜原充《ひのはらみつる》刑事総務課長代理が腰掛けていた。

ひょろりとした中年の男性だ。白髪《しらが》交じりの頭髪と黒縁《くろぶち》眼鏡が、どこか木訥《ぼくとつ》とした雰囲気を醸《かも》している。

黒々とした髪の毛をリーゼントに整え、眉が太く目つきも鋭い鹿倉とは対照的だった。

「お忙しい中、お集まりいただいてすみません」

鹿倉が頭を下げる。

「前置きはいい。状況を」

井岡が言った。

「はい。パグに潜入していた作業班員が内偵に失敗したようです。これを」

鹿倉はスーツの内ポケットから、ICレコーダーを出した。テーブルに置き、再生ボタンを押す。

いきなり、激しい銃撃戦の音が耳管を揺るがした。銃声の隙間に藪野の声が飛び込んでくる。

『潜入失敗！　至急応援を！　応援を──』

　藪野は怒鳴った。

　が、まもなくノイズが響き、声は途切れた。わずか十秒にも満たない音声だった。

　井岡たちは一様に眉根を寄せた。

「二日前の二十四日午後九時前、緊急回線に入ってきた連絡です。声は藪野作業班員のものです」

　そう付け加え、鹿倉はＩＣレコーダーをポケットにしまった。

「現場はどこなんだ？」

　瀬田が訊いた。

　鹿倉は瀬田に目を向けた。

「東雲の倉庫街にある元社員寮です。藪野のスマートフォンの電波を追跡して突き止めました。が、私たちが捕捉した時にはすでに所轄が現場へ到着していました」

「内偵は発覚したのか？」

　井岡の双眸が鋭くなる。

「いえ。所轄は、銃器密輸に関わる暴力団か外国人組織の抗争だとみて、捜査しています。この件は、所轄の捜査方向で処置する予定です」

「それならいい」

　井岡は目元を緩めて小さく息をつき、椅子に深くもたれ、右肘《みぎひじ》を肘掛けに置いた。

「藪野君は見つかったのか？」

瀬田が訊く。

鹿倉は目を伏せ、小さく首を横に振った。

「現場でいくつか焼死体が見つかっています。その中のいずれかだと思われますが、万が一見つからない場合、対象に拘束された可能性も出てきます」

「友岡君は？」

「連絡が取れません。銃撃戦になったところから推測すると、友岡もこの現場にいた可能性が高いですね。ここ三ヶ月ほど、藪野と友岡は連絡を取り合っていましたから。彼らが行動を共にしていたとすれば、友岡もまた、藪野と同じ事態に直面したものと思われます……」

鹿倉の眉間に皺が立つ。

「焼死体のDNA鑑定の結果待ちですが、藪野および友岡の遺体が発見された場合、内規に従い、内々に処理をしておきます」

鹿倉は沈痛な面持ちで言った。

作業班員が潜入先で死んだ場合、表向きには殉職《じゅんしょく》扱いにはならず、犯罪者の一人が死んだと見なされ、処理される。

もちろん、ひそかに二階級特進させ、家族への経済面でのフォローは行なうが、職務内容や死因が明かされることは永遠にない。

「彼らが集めた情報はどうなっている？」

井岡が訊く。

鹿倉は井岡に顔を向けた。

「一ヶ月前までの情報は入っています。が、肝心な部分は調査中のままで、こちらへは入ってきていません。今回の銃撃事案は、その〝肝《きも》〟の部分に関わる出来事だと思いますが、詳細はつかみようがありません」

「支援は付けていなかったのか？」

日埜原が口を開いた。

「今回はチームを組まず、単独潜入させていたからな。それぞれが我々にもわからない場所で情報を秘匿管理していたので、その情報がどこにあるのかはわからない。一応、薮野と友岡の身辺をあたってはみるが、彼らはベテランだ。身内周りに肝の情報は隠していないだろう」

鹿倉はため息をついた。

作業班は通常、四、五名のチームで潜入捜査を行なう。

潜入する者、潜入者の状況を支援する者、盗撮盗聴を専門に行なう者、情報を管理分析する者、周辺環境の工作をする者など。その事案ごとに公安幹部がチーム編成をする。

ただ、デリケートな事案の場合、そうしたチームを組まず、単独で作業班員を潜入させることもある。

単独行動の場合、工作から情報管理までのすべてを、一人の作業班員が行なう。

潜入発覚のリスクを抑えるため、ある程度情報がまとまらない限り、支援の公安部員と接触することもない。

今回、藪野と友岡は、この完全単独方式で潜入捜査を行なっていた。

この方式はメリットもデメリットも大きい。

メリットは対象に内偵を気づかれるリスクが小さくなることと、万が一の場合、公安部による潜入捜査の事実を簡単に揉み消せることだ。

デメリットは、その作業班員が死んでしまうと、情報が入らなくなるという点だ。

今回は、事案の重要性を鑑《かんが》みてベテラン作業班員を二人投入したが、失敗という結果に終わった。

どんなにベテランを投入しても、作業班員の潜入内偵捜査に〝絶対〟はない。

「これまでの情報の分析は？」

井岡が訊く。

「後ほど、詳細を記したデータベースは送付しますが、あらましだけ」

鹿倉はそう前置きをして、藪野と友岡がつかんだ情報を話し始めた。

藪野からの報告では、パグ内部に〈聖論会〉という幹部組織があり、そのメンバーが中心となって、組織の武装化を進めていること。

これは、今回の銃撃戦をみてもわかる通り、着々と進んでいるものと思われる。

聖論会の誰かが武装化を進めていることは判明したが、指揮している人物まではつかめていなかった。

友岡は、聖論会とは関係のないパグ本体の事務所に潜入し、情報を集めていた。パグ代表、赤沢君則の交友関係、及び、パグに関わっている政財界、学会の人間を洗い出すためだ。

赤沢を支援しているのは、市民団体系の学者や文化人、マスコミ関係者、リベラル派の政治家、団塊《だんかい》世代前後の財界人などが多い。

いわゆる左派だ。

赤沢の言動から十分推測できる範囲の面々が周りに集っている。

ただ、友岡は黒幕がつかめそうだという報告も鹿倉にしていた。

「黒幕の情報は？」

瀬田が訊く。

「残念ながら、その報告が入る前にこのような事態になってしまいました……」

鹿倉は目を伏せて詫びた。

すぐに顔を上げ、井岡を見やる。

「総監。今後のことですが」

「そうだな……」

井岡は腕組みをした。しばし考え、おもむろに口を開く。

「藪野君と友岡君が対象の手に落ちている可能性があるとすれば、すぐに潜入を再開するのは難しいな」

組んだ腕に力を込める。

「瀬田君、どう思う?」

井岡が瀬田に顔を向けた。

「私も同感です。武装化が進んでいる点は気になりますが、彼らも当局が動いていることを知れば、少しの間は鳴りを潜めるでしょう。今、拙速《せっそく》に事を運べば、完全に潜られます。時間を置くのが最善かと」

瀬田は冷静な口調で述べた。

「私も副総監と同意見です」

鹿倉が続く。隣で日埜原も頷いた。

井岡が腕を解いた。

「わかった。状況分析後、正式な通達を出すが、半年後の再潜入を当面の目標として念頭に置いておいてくれ。それ以上、間を空けると、対象が次の行動に移る準備を整えてしまうことも考えられる。そうした事態だけは避けたい。作業班員の選定は鹿倉君と日埜原君に一任する」

「承知しました」

鹿倉と日埜原が声を揃えた。

日埜原と鹿倉は、総監室を出て、警視庁本庁舎最上階にある小会議室に詰めた。

二人だけで顔を突き合わせる。

「しかし、藪野と友岡がしくじるとは思わなかったな」

日埜原が思いを口にした。

「俺も驚いているよ。作業班の生え抜《はぬ》きだからな、二人とも」

鹿倉は眉を上げ、ため息をついた。

「さて。人選はどうする？」

日埜原が訊いた。

日埜原が勤務している刑事部刑事総務課という部署は、現場の刑事に捜査指導をする部署だ。課の下には係があり、それぞれ専門の指導が行なわれている。日埜原はそのすべてを把握できる立場にある。

日埜原は課長代理としての職務をこなす一方で、捜査官から公安部員となり得る人物を選定する役割も担っていた。

「手垢《てあか》の付いていない者がいいな」

鹿倉が言った。

「ということは、刑事部、組対部はなしか」

「そのほうがいい。彼らはいかにも刑事の臭《にお》いをまとっている。対象は今回の件でより慎重になっているだろうから、そうした臭いのする者が潜入するのは難しいだろう。次は失敗できないからな」

「警察学校から引き抜くか？」

「経験が浅い人間にも無理だ。それに、若すぎると対象に取り込まれる危険もある」

「となると、生活安全課だな。庶務や総務は動けないだろうから除くとして。交番勤務の者か」

日埜原が言う。

「そのあたりが妥当だな」

鹿倉は頷いた。

公安部員は、警察学校の生徒や実務をこなしている警察官、刑事から引き抜かれる。

その選定は、日埜原のような特務を受けている者に任されることもあれば、現役の公安部員の推薦を検討することもある。

ルートは様々だが、資質を持つ者と判断されない限り、いくら個人が公安部勤務を熱望しても、決して公安部員にはなれない。

「刑事部講習会でも開くか」

日埜原が言った。

刑事部講習会とは、刑事部の仕事を理解してもらうという名目の勉強会だ。が、その実は交番勤務の警察官の中で、刑事部に異動したい者を集めるための会合だった。

集まった者の中から、刑事に向いている警察官を見定め、各課の刑事として引き抜く。

不定期に行なわれる勉強会だが、内部広報誌に載せると、たちまち定員が埋まってしまうほどの人気がある。

「具体的に、どんな人物を望む？」

日埜原が訊いた。

「歳は三十前後。中肉中背、あるいは細身で、一見地味な印象を持つ者。優しい目つきであればなおいい」

「性格は？」

「基本は真面目な者。少々、慎重すぎるくらいの臆病《おくびよう》な者でもかまわない。赤沢やパグに同調している連中は、そういう若者も多いからな。冷静さを持ち合わせていることはもちろんだが、理論的な人物より、直感的な者にしてくれ」

「わかった。期間は？」

「一ヶ月以内。その後、五ヶ月、いや三ヶ月かけて、専門教育を行なう」

鹿倉が言った。

日埜原は深く頷いた。

# 第二章　新たなる闇の棲《す》み人《びと》

1

「おまわりさん、ただいま！」

小学校三年生の女の子が、交番前で立番《たちばん》をしていた制服警官に声をかけた。

「おかえり、遙香《はるか》ちゃん。今日は遅いね」

瀧川達也《たきがわたつや》は微笑み、交番内の時計を見た。午後四時を回っている。

「学童があったから。今日、お母さん、帰り遅いし」

「なんだ。綾子《あやこ》はまた残業か？　遙香ちゃんをほったらかしで」

「ほったらかしじゃないもん！」

遙香は頰《ほお》を膨《ふく》らませ、瀧川を睨みつけた。

「ごめんごめん。ほったらかしは言い過ぎた」

瀧川は苦笑した。

遙香は、幼《おさな》なじみの有村《ありむら》綾子の一人娘だ。

綾子は、遙香が一歳の頃、離婚している。父親の顔を知らない遙香は、瀧川によくなついていた。

「あと一時間くらいで勤務が終わるから、〈ミスター珍《ちん》〉に寄ってなさい。迎えに行くから」

「うん！」

遙香はランドセルを揺らし、商店街へ駆けていった。

奥から年配の警察官の舟田秋敏《ふなだあきとし》が出てきた。

「遙香ちゃんは元気だね。綾子ちゃんの小さい頃とはちょっと違うな」

舟田は遙香の後ろ姿を見つめ、目を細めた。

瀧川は、生まれ育った三鷹《みたか》市を管轄する三鷹中央署の地域課に勤務している。

同地域課に勤務する舟田はベテランで、瀧川や綾子が子供の頃から交番に勤務し、三鷹の街を守っていた。

「しかし、君はまだ遙香ちゃんにとって〝おまわりさん〟なんだな。そろそろ〝お父さん〟と呼ばせてもいいんじゃないのか？」

舟田がにやりとし、鼻にかかった眼鏡を押し上げた。

「やめてくださいよ。綾子はあくまでも幼なじみ。遙香ちゃんは子供だからかわいがっているだけですよ」

「そうか？　私は君たちを小さい頃から見ているが、案外、お似合いだと思うがな」

「やめてください、本当に」

瀧川は苦笑した。

瀧川と綾子は、境遇が似ていた。瀧川は小学校三年生の頃、綾子は五年生の時に父親を亡くしている。

瀧川の父は小さな文具店を、綾子の父は街の書店を営んでいた。

駅前から少し離れた商店街の店主だった二人の父親は仲がよく、家族ぐるみで付き合っていた。

幼い頃はまだ、細々《ほそぼそ》とだが互いの父親は商売ができていた。が、近隣の大手スーパーの進出で状況は一変した。

客はどんどん、大型スーパーや駅前の商業施設に取られていき、商店街の景気は冷え込み、シャッターを閉めたままの店も増え始めた。

商店会長を務めていた瀧川の父は、商店街を再興させようと、様々なイベントを開いた。

しかし、どの企画も不発で、商店街の活性化には至らなかった。

イベントは商店会費でまかなわれていたが、足が出た分はひそかに瀧川の父が借金で補填《ほてん》していた。

何とか努力を続けたが、ついには自店の経営も傾き、文具店を畳まなければならなくなった。

その後、瀧川の父は昼夜働き詰めで生活費を稼ぎ、借金の返済を続けていたが、過労がたたり、脳出血でこの世を去った。

綾子の父もまた、書店経営をギリギリまで続けたが、最後は借金を抱え、心労と過労で倒れ、そのまま亡くなった。

同じような理由で父を亡くした瀧川と綾子は、しばらくの間、互いを支え合った。母親同士がそうしていたせいもある。

綾子は中学二年生の時、母親の郷里へ引っ越した。

それ以来、年と共に疎遠になったが、七年前、二十五歳になった綾子が、一歳になる遙香を連れて街へ戻ってきた。

夫はいなかった。

後に聞いた話では、夫は自称イラストレーターだったが、ろくに仕事もせず、放蕩《ほうとう》を繰り返し、遙香が生まれてすぐ、離婚届を置いて他の女性と姿を消したそうだ。

母も亡くなっていた綾子は、慣れ親しんだ三鷹の街に戻ってきた。

一方、瀧川も高校二年の頃、母を亡くしていた。

父親が死んだ後、相続放棄で借金を清算したが、生活は苦しく、今度は母親が働き詰めとなった。

中学卒業後、瀧川は働くつもりでいた。が、高校だけは卒業してほしいという母の願いを受け、進学した。

母親は気丈に振る舞った。しかし無理を重ね、ある時、心臓発作で倒れ、そのまま逝った。

瀧川は悔やんだ。

自分が働いていれば、母を死なせることはなかったと思い、荒れた。

やり場のない憤《いきどお》りは、金への怨《うら》みに変わった。

父と母を奪い、家庭を奪ったものは貧困だった。

金がなければ、何も守れない。

ならば、稼ぐ。何をしてでも金を持てば、大事な家族ができた時、自分のように理不尽な理由で天涯孤独にさせることもない。

そう思い込んだ。

瀧川は稼ぐために、夜の街でアルバイトを始めた。

理由は単純だった。時給が高いことと、昼間は学校があるからだ。両親を失った今、学費も自分で稼がなければならなかった。

闇に足を踏み入れると、悪意が近づいてくる。しかし、瀧川が闇に染まることはなかった。

そもそも父親が死んだ原因は、消費者金融に手を出したことだった。

暴利を貪《むさぼ》る金融屋に追われ、金に振り回されたあげくに命を落とした。父親を死に追い込んだような輩《やから》とつるむつもりはなかった。

ある時、バイト先の先輩に割のいい仕事があると、借金の取り立てを紹介された。

瀧川は自分の境遇に思いが走って逆上し、その先輩を半殺しにした。

その時、駆けつけた警察官が舟田だった。

瀧川は傷害容疑で家裁送致された。本来は鑑別所送りとなっていたであろう事案だったが、舟田が家庭裁判所と掛け合い、執行猶予付きの保護観察処分で収まった。

また、退学必至だった高校とも話を付けてくれ、退学は免《まぬが》れた。

さらに舟田は、アルバイト先も探してくれた。

それが、商店街の端にある中華食堂〈ミスター珍〉だった。

店を営んでいた小郷《おごう》夫妻に子供はいなかった。夫妻はバイトだけでなく、住む場所も提供してくれた。

瀧川は、小郷夫妻の庇護《ひご》や舟田の支援を受けながら、高校に通った。

卒業後、瀧川は店の手伝いをするつもりだった。が、小郷夫妻は瀧川に自分の人生を歩むよう勧めた。

瀧川は卒業までに、自分が進みたい道を考えた。結果、行き着いたのは警察官だった。

警察官であれば、困っている人たちを助けられる。特に、自分のように路頭に迷った少年少女を、舟田のように助けることができる。

瀧川自身、様々な人たちの協力でまっとうな道に戻ることができた。

今度は自分がそうした青少年を助ける番だ、と瀧川は強く思った。

瀧川は自分の考えを小郷夫妻と舟田に伝えた。

夫妻も舟田も賛成してくれた。

そして高校卒業後、採用試験を受けて合格し、晴れて警察官となった。

瀧川は商店街の奥に、交代の警察官の姿を認めた。

「舟田さん。そろそろ交代ですよ」

「もう、そんな時間か」

舟田が時計を見る。

午後五時十分だった。

日勤の交番勤務は、午前八時半から午後五時十五分までだ。

何事もなければ、このまま終わる……はずだったが、間際に一本の電話が入った。舟田が受ける。

「三鷹第三派出所。はい……わかりました、すぐに向かいます」

受話器を置く。

「舟田さん、何ですか？」

「二丁目のレンタルショップで、万引き犯が逮捕されたんだと」

舟田が息をつく。

瀧川は時計を見た。勤務時間内だ。

「しょうがない。行きますか」

瀧川は白い自転車にまたがった。


万引き犯の調書を取り終え、解放されたのは午後八時を回った頃だった。着替えを済ませた瀧川は、急いでミスター珍に駆けつけた。

「すみません。遙香ちゃんは？」

店主の小郷哲司《てつじ》に訊ねる。

小郷は薄毛を振り乱して鉄鍋を振りながら、最奥のテーブル席を目で指した。

遙香はテーブルに突っ伏して、寝息を立てていた。その隣には、綾子がいた。

「仕事、終わったのか？」

差し向かいの席に腰を下ろす。

「うん。わりと早く。家に戻ったら、まだ遙香が帰っていなかったんで、ここだろうなと思って」

「早く連れて帰ってやれよ」

「うちに帰ろうと言ったんだけどね。おまわりさんが来るまで帰らないと言って聞かないから」

綾子は遙香の頭を撫でた。ほっそりとした頬に笑みが滲む。

綾子はスレンダーな女性だった。顔も和風で、色も白い。ほつれた前髪が、働き詰めで子育てと仕事を両立させているシングルマザーの苦労を物語る。

幼い頃から、身体があまり強くない綾子だったが、遙香のためと気丈に働いていた。

その姿が、瀧川には死んだ母の姿とダブって見えた。

小郷泰江《やすえ》がでっぷりとした身体《からだ》を揺らしながら、水を持って瀧川たちのテーブルに来た。

「達也君、夕飯、何にする？」

「ニラレバ炒めと……。綾子、たまにはビールでも飲むか？」

「そうね」

綾子が微笑む。

「じゃあ、おばちゃん。ビール一本とグラス二つ。あと、餃子《ギョーザ》と青椒肉絲《チンジャオロース》でももらっとこうかな」

「はいよ。ビール一丁！」

泰江の大きな声が店内に響く。

「相変わらず、泰江おばさん、豪快だね」

綾子がくすっと笑う。

「おばちゃんはあのぐらい元気でいてくれないと」

瀧川も笑みを覗かせた。

すぐに泰江が瓶ビールとグラスを持ってきた。

綾子が先に瀧川のグラスに注ぐ。瀧川は瓶を受け取り、綾子のグラスにビールを注いだ。

「お疲れさん」

瀧川がグラスを持ち上げる。綾子がグラスを重ねた。

冷えたビールを喉に流し込む。空になった瀧川のグラスに、綾子はビールを注いだ。

「ありがとう。仕事はどうだ？」

「きついけど、だいぶ慣れた」

綾子はビールを含んだ。

綾子は半年前から、書店で働いている。書店員の仕事は外から見るよりはハードだ。常に重い本を出し入れしなければならず、それなりの体力が要求される。

元々体力のない綾子には過酷な職場だったが、それでも綾子は書店の仕事をやめようとはしなかった。

瀧川には、綾子が両親との思い出を辿《たど》っているようにも見えたが、そこはあえて口にしなかった。

「でも、このところ、残業が多くないか？」

「売れ筋の新刊が発売される時期だから、仕方ないのよ」

「まあ、おまえが体壊さなきゃいいけどな」

「こう見えても、筋力とか付いたんだぞ」

綾子は細い腕を上げ、曲げて見せた。腕の筋が少しだけ動く。

「鳥のほうがマシだな。そうだ、唐揚げももらおう。おばちゃん、唐揚げ」

「はいよ。唐揚げ一丁！」

泰江の声が響く。

「鳥はないよ、鳥は」

綾子がふくれっ面《つら》を見せる。

瀧川は笑ってビールを飲み干し、手酌《てじゃく》で注いだ。

「そういえば、達也君。刑事になりたいとか言ってたけど、どうなってるの？」

「ああ、それなんだけどな。今度、本庁で刑事部講習会があるんだ」

「何、それ？」

「刑事部の仕事の説明会。その講習を受けて、刑事部に入りたいと思ったら異動願を出す、というようなものかな」

「へえ。やっぱり、少年課に？」

「入れればいいけどな」

「達也君なら大丈夫だよ」

「おまえに言われてもなあ……」

「扱いひどいな、ほんとに」

綾子がむくれる。

瀧川は笑い、ビールを呷《あお》った。

2

警視庁本庁舎の大会議室に刑事部講習会の会場が設けられていた。

室内はパーテーションで仕切られ、各課の担当者が待ち構えている。就職説明会の会場のようだ。

瀧川は、案内のプリントを手にし、受付で手続きを済ませ、会場へ入った。

会場内には、多くの警察官がいた。各ブースに設《しつら》えられた席はすべて埋まっていて、立ったまま話を聞いている者もいる。

プリントを見ながら、ゆっくりと場内を回った。

捜査第一課から第三課までのブースもあれば、組織犯罪対策部のスペースもある。各ブースには、概要を説明する担当者と個別面接をする担当者がいた。

瀧川はそれぞれのブースで足を止め、担当者の話に耳を傾けた。警察内部にいるので、どの課が何を専門にしているかは知っている。が、詳細は知らない。

捜査第一課は主に強盗、傷害、殺人といった凶悪事件の捜査にあたる。日々凶悪犯を相手にしているせいか、面接担当者の目つきも鋭い。

捜査第二課は知能犯専門だ。贈収賄や詐欺《さぎ》事案の捜査に従事する。政治家や企業を相手にすることも多いからか、一見するとエリートサラリーマンのような風貌《ふうぼう》をしている捜査官だ。

捜査第三課は、窃盗《せっとう》事案を担当する。空き巣やスリ、置き引きといった犯罪から、自動車盗まで。あらゆる盗犯を追うのが三課だ。市井《しせい》に近い犯罪が多いせいか、スーツを着ている担当官もどこか野暮ったい庶民のような風情を醸《かも》し出している。

組織犯罪対策部は、一課から五課までの説明を合同で行なっていた。暴力団やテロ集団などの犯罪組織を捜査するのが、組対部だ。

かつて捜査第四課と言われていた暴力団担当の捜査部署も、今は組対部の中にある。組織暴力と対峙する担当官の眼差しは、捜査一課の刑事より鋭く、相手を威圧する迫力をまとっている。

瀧川は、担当者の説明にも関心を持ったが、それ以上に各部署の担当者の見た目や雰囲気の違いを興味深く見つめていた。

少し離れた場所で全体を見回していると、黒縁眼鏡をかけた背の高いひょろっとした男性が近づいてきた。

「刑事部志望の方ですか？」

笑顔を向ける。

「はい」

「何課希望です？」

「今、考えているところです」

「特に志望はなかったということですか？」

「私は少年課希望なんです。が、その前に一度、刑事部に所属して、大人の犯罪を把握しておきたいと思いまして」

「ほお。珍しいですね。ところで、各ブースを遠目に眺めてましたね。何を見られていたのですか？」

「人です」

「人？」

「担当者さんの雰囲気やそれぞれのブースに集まってくる人を見ていました」

「それはまた、どうして？」

「それぞれ、専門に担当することで、どうしてもそれなりの雰囲気をまとってしまいます。たとえば、捜査一課の方々は一見すると穏やかですが、目つきは鋭い。殺人犯や強盗犯と接しているからでしょう。ステレオタイプかもしれませんが、そうした一般論もあながち嘘ではないなと思います。どうしてもまとってしまうものですから」

「なるほど」

男性が目を細める。

「あ、失礼しました。私、三鷹中央署地域課の瀧川と申します」

瀧川は会釈《えしゃく》をした。

「私は刑事総務課の日埜原です」

男性が答える。

「で、瀧川さん。そろそろどの部署に行ってみたいか、決まりましたか?」

「もう一回りして、雰囲気を感じて決めようと思います」

「そうですか。瀧川さんの考えに合う部署が見つかるといいですね」

「ありがとうございます。では」

瀧川は微笑み、日埜原の元を離れた。

日埜原は瀧川を見つめ、深く頷いた。

再び、各部署の説明を聞いた瀧川は、三課のブースに足を向け、個別面接に臨んだ。

三課は、他の部署に比べて地味なせいか、若干人が少なかった。

面接を担当していたのは、商店街にいそうな小柄な中年男性だった。ただ、愛想はない。

瀧川は挨拶をし、向かいの椅子《いす》に腰を下ろして履歴書を出した。

「長谷《はせ》です。よろしく」

担当者が言った。

「長谷さんは現役ですか?」

「ついこの間までは現場に出ていたが、今は指導をしている」

ぶっきらぼうだが、無駄のない返答だった。

長谷は眼鏡を上げ、履歴書を顔に近づけた。老眼らしい。

「君は少年課希望か。だったら、生活安全課だと思うが」

上目遣いに一瞥《いちべつ》する。

「その前に、刑事部に籍を置きたいと思っています」

「どうしてだ?」

履歴書を下ろし、眼鏡をかけ、瀧川に目を向ける。

「まずは、大人の犯罪実態を知っておきたいと思いまして」

「理由は?」

「少年たちを悪の道に引きずり込むのは、大人たちです。初めから犯罪に手を染める少年少女はいません。未成年犯罪の背後には必ず、大人たちがいます。青少年をしっかりと保護するには、まずは背景を知った上で、職務にあたることが大事なのではないかと思いまして」

瀧川は思いを語った。

「なぜ、三課を選んだ?」

「少年たちに近いからです」

「近いとは？」

「虞犯《ぐはん》少年の多くは、万引きやバイク盗などをきっかけに、本格的な犯罪者への道を歩み出してしまいます。彼らが向かう先の実態を知っていれば、彼らを説得する私の言葉に重みも出ますし、水際《みずぎわ》で食い止められなかったとしても、その後、罪を犯してしまった少年たちを追跡して保護することもできます」

「暴行や殺人を犯してしまう者もいるし、クスリに手を染める者もいるぞ」

「長谷さんは、すべての犯罪の根底にあるものは何とお考えですか？」

瀧川が訊いた。

「……金か？」

長谷が答える。

瀧川は頷いた。

「そうです。金です。貧困が虞犯少年を生み出し、犯罪へと導く。窃盗に手を染めた少年は、簡単に金を手にする術《すべ》を覚えてしまう。それがその先の犯罪心理を増長させる。私はそう考えています」

「ふむ……」

長谷は眉間に皺を寄せ、履歴書を睨んだ。

「君は相当苦労しているようだね」

「何を苦労といえばいいのかわかりませんが、すべての過去を含めて、警察官としての今の私があります」

瀧川は笑顔を見せた。

長谷もかすかに微笑む。

「わかった。ありがとう」

「こちらこそ、ありがとうございました」

瀧川は席を立ち、深く一礼し、会場を後にした。

長谷は瀧川の背を見送りながら、履歴書に赤ペンで〝P〟と書き、赤丸をした。


瀧川が家に戻る途中、綾子からメールがあった。

今日は早く上がったので、夕飯を共にどうだという連絡だった。

綾子は時々、そうした連絡をくれる。瀧川は可能な限り、綾子の誘いには応じていた。

特別な感情があるわけではない。

幼なじみとして、放っておけないだけだ。

綾子のマンションを訪れると、奥から遙香が出てきた。

「おまわりさん、おかえりなさい！」

満面の笑みを浮かべ、瀧川に抱きついてくる。

「ただいま。宿題は済んだのか？」

「うん！」

「そうか。えらいな」

くしゃくしゃと頭を撫でる。遙香ははにかみ、瀧川の手を引いた。

リビングのドアを開ける。カレーの匂いが鼻腔《びこう》をくすぐった。

「おかえりなさい」

綾子が笑みを向ける。

瀧川は頷き、遙香に引かれるまま椅子に座った。

テーブルには野菜をたっぷり詰めたサラダボウルと取り皿が置かれていた。

綾子が大盛りのカレーライスを運んでくる。

「はい、どうぞ」

「お、うまそうだな」

瀧川は微笑んだ。

綾子は遙香と自分の分もよそい、席に着いた。

「では、いただきます」

瀧川が手を合わせる。遙香も真似をし、食べ始める。綾子は瀧川を真似る娘を見て、目を細めた。

瀧川はカレーを口に運んだ。遙香に合わせて、少々甘めのカレーだが、時々食べに来るからか、その味にすっかり舌が馴染《なじ》んでいた。

「講習会、どうだった？」

綾子が訊《き》く。

「すごい人だったよ」

「刑事さんにはなれそう？」

「わからないなあ。面接の時、少年課希望だとはっきり言ったので、厳しいかもな」

「また言っちゃったの？　黙ってて、刑事になった後、先輩刑事さんとかに相談すればいいのに」

「それじゃあ、騙《だま》し討ちだ。それに心底刑事部を志望している他の人たちに申し訳ない」

「そんなこと言ってたら、刑事にはなれないよ」

「それならそれで仕方ない」

瀧川が言う。

「相変わらずね」

綾子が呆れたように微笑む。

「おまわりさん、やめるの？」

話を聞いていた遙香が訊く。

瀧川は遙香に顔を向けた。

「おまわりさんはやめないよ。ただ、交番にはいなくなるかもしれない」

「えー。じゃあもう、交番で遊ばせてくれないの？」

「舟田さんがいるから、いつでも寄っていいんだよ」

「こら、遙香。交番は遊ぶところじゃないんだからね」

綾子が睨む。

が、遙香は知らんぷりして、カレーを食べた。

瀧川と綾子は顔を見合わせ、苦笑した。

「結果はいつ出るの？」

「一週間後と言っていた」

「受かるといいね」

綾子の言葉に、瀧川は微笑み、頷いた。


日埜原は本庁舎の小会議室で、各課の担当者と共に刑事部講習会に集まってきた者の履歴書に目を通していた。

日埜原は赤ペンで〝P〟と記された履歴書を重点的にチェックしていた。

各課の担当者には、公安に向きそうな者がいれば、Pという記号を入れておくよう指示をしていた。

Pマークが入った履歴書を見ていた日埜原のその手が止まった。

「長谷さん、ちょっといいですか？」

日埜原は捜査三課の長谷を呼んだ。

長谷は席を立ち、日埜原の元へ歩み寄った。

「何でしょう？」

「この瀧川という青年、どんな感じでした？」

履歴書を向ける。

「ちょっと変わった青年でしたね。少年課に行きたいので、その前に大人の犯罪実態を知っておきたいと。長年、刑事を務めていますが、そうした思考の者は珍しい」

「なるほど。これを付けた理由は？」

Pマークをペン先で指す。

「視野の広さと本質を見抜く目です。少年を守るためには、その出口となる大人の犯罪を知らなければいけないという、全体を把握しようとする目。そして、犯罪の根本は金だと言い切る感覚。交番勤務の警察官にしてはドライな物の見方をしますが、一方で青少年に対する情も深いし、正義感もある。私の経験上、公安に向いているかと」

「そうですか。ありがとう」

日埜原が微笑む。

長谷は会釈し、自席へ戻った。

「おもしろい人材だな」

日埜原は独りごちて、瀧川の履歴書を、作業班員候補の履歴書の束に置いた。

3

瀧川が立番をしていると、交番内から舟田が出てきた。

「瀧川君、電話だ」

「誰からです？」

「本庁の日埜原刑事総務課長からだ」

「日埜原……ああ」

瀧川は、先日の刑事部講習会で会ったひょろっとした黒縁眼鏡の中年紳士を思い出した。

「代わろう」

舟田が警杖《けいじょう》を取る。

瀧川は交番へ入り、保留中の受話器を持ち上げた。

「もしもし、瀧川です」

――日埜原です。先日は講習会へのご参加、ありがとうございました。

「いえ、こちらこそ。で、ご用件は？」

――審査の結果、君の刑事部への異動を検討することになりました。ついては、明日の午後一時過ぎに本庁へ来ていただきたいのですが。

「明日、私は第一当番なので、その時間は勤務中ですが」

――そちらの地域課長には話を通してあります。

「そうですか。では、お伺《うかが》いします。三課に直接伺えばよろしいですか?」

――いや、私のところに来てください。窓口で私の名を告げれば、案内してくれますから。

「日埜原さんのところに直接、ですか?」

――そうです。よろしくお願いします。では、明日。

日埜原は淡々と用件を伝え、電話を切った。

瀧川は受話器を置き、外へ出た。

「すみませんでした」

舟田から警杖を受け取る。

「日埜原課長はなんと?」

舟田が訊く。

「刑事部への異動を検討しているので、再面接したいとの連絡でした」

「君もついに刑事か」

舟田が目を細める。

「まだわかりません。明日の午後、日埜原課長が直接面接するとのことです」

「日埜原課長が?」

舟田が怪訝《けげん》そうに眉根を寄せた。

「そうですが……。何か、気になることでも?」

瀧川は舟田の顔つきを見て、訊いた。

「いや……。ともかく、がんばってくるといい」

舟田は笑顔を作り、踵《きびす》を返そうとした。

が、立ち止まって、瀧川を見た。

「瀧川君。いずれ、少年課へ行きたいという夢は変わっていないか?」

「はい。そのつもりです」

「そうか。なら、無理に刑事になることはない。もし、日埜原課長の話に少しでも疑問を感じたなら、すぐ少年課への異動を申し出ることだ」

「私は刑事部を経験して——」

「いいから。それだけは約束してほしい」

舟田が強い口調で瀧川の言葉を遮《さえぎ》る。

「……わかりました」

瀧川は返事をした。

舟田は頷き、交番内へ戻った。

舟田の真意がわからない。が、瀧川はそれ以上のことは訊かず、立番を続けた。

翌日、瀧川は警視庁本庁舎に出向いた。窓口の総務の女性警察官に声をかける。

「三鷹中央署の瀧川です。午後一時に日埜原刑事総務課長と面会する予定なのですが」

「伺っております。右手のエレベーターで十八階に上がり、第三小会議室へ行ってください」

「ありがとうございます」

瀧川は会釈をし、エレベーターホールへ向かった。

同じ警察署でも、本庁はなんとなく緊張する。

エレベーターを待っていると、紺色のスカートスーツを着た女性が瀧川の横に立った。

髪の長いこぎれいな女性だ。切れ長の右目の下にあるほくろが色香を感じさせる。

エレベーターには女性が先に乗り込んだ。

「何階ですか?」

「十八階でお願いします」

瀧川が言う。

女性は微笑み、ボタンを押した。女性は十五階のボタンを押していた。

エレベーターが上がる。先に十五階で停まる。ドアが開き、女性が会釈をして降りた。

瀧川は微笑みを返し、フロアの表示を見た。女性は右手に曲がっていく。右手には捜査一課のフロアがあった。

ドアが閉まる。

「あんなきれいな人が捜査一課か。すごいな、本庁は」

思わず、つぶやきがこぼれる。

十八階に着いた。瀧川はホールに降り、案内に従って左手の廊下を進み、第三小会議室の前に立った。

ノックをする。

「三鷹中央署の瀧川です」

「どうぞお入りください」

中から日埜原の声が聞こえた。

ドアを開け、一礼し、中へ入る。

日埜原の横に彫りの深い顔立ちの中年男性がいた。眉毛が太く、目つきも鋭い。

日埜原は微笑み、差し向かいの席を指した。

「お座りください」

「失礼します」

瀧川が座る。

室内にいるのは、瀧川と日埜原、彫りの深い中年男性だけだった。

「わざわざ申し訳なかったね」

日埜原が言う。

「いえ。こちらこそ、面接の機会をいただき、ありがとうございます」

軽く頭を下げる。

「早速だが、君の経歴を調べさせてもらった。ずいぶんと苦労されたようだね」

日埜原が言う。

「いえ、それほどでも……」

瀧川は言葉を濁し、日埜原の隣の男を一瞥《いちべつ》した。

得体が知れない者の前で、軽々しく身上を話したくはなかった。

彫りの深い男は、瀧川の視線を察したように口を開いた。

「警視庁公安部長の鹿倉稔だ」

男はぞんざいな口調で言った。

公安と聞き、瀧川は納得した。捜査一課や組対部の刑事とは違う、独特の雰囲気がある。

相手を上から呑み込もうとする威圧感はないが、対峙する者の心の奥まで見据えようとしているような眼差しに、そこはかとない畏怖《いふ》を覚える。

「なぜ、公安の方が?」

日埜原に顔を向けた。

「公安の者の人を見る目は、他部署の者より長《た》けているのでね。講習会後の面接にはいつも立ち会ってもらっているのだよ」

日埜原は笑みを崩さない。

瀧川は笑顔を返したが、納得はしていなかった。

何かある……。

そう思い、神経を尖らせる。

「三課の長谷君から、君の刑事部への志望動機は聞いた。履歴も調べさせてもらったが、君が少年課へ行く前に大人の犯罪を知っておきたいという理由も理解できた。ただ、刑事部への異動を少年課への腰掛《こしか》けのように考えられても困ると思って、そのあたりをどう考えているのか聞きたいと思い、今日は来てもらった」

日埜原が淀《よど》みなくしゃべる。

日埜原の話していることに矛盾はない。しかし、それが真意なのかは、依然測《はか》りかねていた。

ドアがノックされた。瀧川はドアに目を向けた。日埜原の返事を待たずに、ドアが開く。

「失礼します。コーヒーをお持ちしました」

紺色のスーツを着た女性が、カップを乗せたトレーを運んでくる。

エレベーターの中で会った女性だった。

刑事じゃなかったのか……？

コーヒーカップをソーサーの上に置いていく彼女の右胸元を見やる。ネームプレートが付いている。

総務部庶務課・中原亜紀《なかはらあき》と記されている。

彼女はコーヒーを配り終えると、一礼して部屋を出た。

「どうぞ、遠慮なく」

日埜原が勧める。が、瀧川は手を出さず、日埜原を見つめた。

「日埜原課長。せっかく面接していただいて恐縮なのですが、私の刑事部への異動申請はなかったことにしてください」

「どういうことだ？」

「失礼を承知で申しあげますが、課長たちの真意がわかりません」

「真意とは？」

鹿倉が口を開いた。瀧川は鹿倉を見据えた。

「まず、公安部長のあなたがいる点です。いくら人を見る目が確かだとはいえ、公安の方がこの場にいるのはおかしい。直接、身辺調査をされているようです。次に、先程の女性、中原亜紀さんの件です」

「中原君が何か？」

「彼女とはエレベーターで一緒になりました。彼女は捜査一課のフロアで降りた。手には何も持っていなかったことから、庶務が何かを届けに行ったという感じはなく、胸元のネームプレートもなかった。なので私はてっきり、捜査一課の刑事だと思っていました。が、その彼女が面接の途中、日埜原課長の返事も待たず、コーヒーを持って入ってきた。しかも、先程はしていなかったネームプレートを付けてまで」

「なぜ、エレベーターの彼女が中原君だとわかった？」

鹿倉が訊く。

「つい五分ほど前に会ったばかりです。着ているものも長い髪も同じ。切れ長の目も、右目の下のほくろも同じ。私も長年交番勤務をしています。パトロールでの不審人物の見分け方や指名手配犯の顔覚えは日常的にしています。その程度のことは、公安の方でなくてもわかりますし、不自然さにも気づきます」

瀧川は昂《たかぶ》りそうになる声色を抑え、努めて平坦な口ぶりで返した。

「日埜原課長と鹿倉部長が、どういう料簡《りょうけん》で私を呼んだのかはわかりませんが、こうした騙し討ちのような試され方は、正直、不快です。そこを飲み込まなければ本庁の刑事部に異動できないということであれば、私のほうからお断りします。私は少年課への異動願を出しますので」

「少年課へ行く前に、大人の犯罪を知りたいという君の信条はどうする?」

日埜原が訊く。

「所轄の同僚たちと協力すれば乗り越えられると思います。申し訳ありませんが、今回はこちらから辞退させていただきます」

瀧川は席を立ち、深々と礼をして小会議室を出た。

エレベーターに乗り込む。そこで深いため息が口を衝《つ》いた。

「やっちまったな……。これで、本庁の刑事部に入ることは一生なくなった」

独りごち、肩を落とした。


会議室では日埜原と鹿倉が話し合っていた。

「瀧川君、どうだ?」

「いいな、彼は。洞察は見事だ。不自然なものを感じ取った後の対処の仕方もいい。コーヒーを飲まなかったところは特に―」

鹿倉は差し向かいに残った手つかずのコーヒーカップを見つめた。

「それに――」

日埜原の手元から、瀧川の履歴書を取る。

「天涯孤独という身の上も我々の部署にはうってつけだ」

「幼なじみの有村綾子の存在はどう判断する？」

「結婚しているわけでなければ、たいした問題じゃない」

履歴書を机に置く。

「この男、欲しいな」

「どうする？　今のままでは、完全拒否だぞ」

日埜原が鹿倉を見た。

「おいおい。私は警視庁の公安部長だぞ」

鹿倉はうっすらと笑みを浮かべた。

4

週末、瀧川は綾子に呼ばれ、夕食を共にしていた。

夕食後、遙香と遊んでいたが、午後八時を回った頃に寝てしまったので、瀧川は寝室まで遙香を運んだ。

リビングに戻る。

「ありがとう。あの子、お風呂にも入らないで――」

「疲れてるんだよ。小さい身体で、一週間、目一杯がんばったから」

「よかったら、一杯付き合う?」

「そうだな」

瀧川はダイニングテーブルの椅子に腰を下ろした。

綾子は缶ビールを二本とグラス二つを持ってきた。テーブルに置き、ミックスナッツを皿に出す。

それぞれのグラスにビールを注ぎ、一つを瀧川に差し出し、向かいに腰を下ろした。

「お疲れさん」

瀧川はグラスを掲げた。綾子は微笑み、グラスを合わせた。

グラスを傾ける。ほろ苦さが喉に心地良い。ひと息ついた瀧川は、ピーナッツを口に放り込んだ。

綾子はグラスを握ったまま、瀧川を見た。

「刑事部への異動、あきらめたんだって?」

「誰から聞いたんだ?」

「舟田さん。こないだ、遙香を迎えに行った時、そう話してた」

綾子が言った。

「面接の時、一方的に出てきてしまったからな」

瀧川は目笑《もくしょう》した。

「どうして？」

「まあ、なんとなく。ちょっと俺のイメージとは違ったんで、やめた」

「そう」

綾子は瞳を細め、軽くビールを含む。細かいことは訊かない。

「昨日、少年課への異動を課長に申し出たよ」

「そっか。行けそう？」

「わからないな。空きがなければ、今のままだろうから」

「達也君なら、きっと、大丈夫」

「根拠は？」

「達也君は、昔から口にしたことは実現してきたから」

綾子が微笑んだ。

「結構、失敗してるぞ」

「それでもがんばって、自分の道を切り拓《ひら》いてきたじゃない。私、達也君には励まされてるんだよ」

「そうか？」

「うん。私、何かあるとすぐめげそうになるけど、今回みたいに、一つがダメになっても切り替えて、また次へ向かおうとする達也君の姿勢、見習わなきゃなと思って」

「そんなたいそうなものじゃない。あきらめが悪いだけだ」

瀧川は笑った。

「なあ、綾子」

「何？」

瀧川に目を向ける。

「俺たちは、いろんなことがあって、いろんなことをあきらめなきゃならない思春期を過ごした。大人になって、自分のことを自分で決められるようになった今、もう自分のことをあきらめたくないじゃないか。違うか？」

「そうね……」

微笑し、目を伏せる。

「達也君。今日、泊まってく？」

綾子が顔を上げた。心なしか、瞳が潤んでいる。

「いや、やめとくよ。少年課が扱う事案の判例を勉強しておかなきゃならないしな」

瀧川はビールを飲み干し、席を立った。

「おまえも明日、仕事だろ？　早く寝ろよ。おやすみ」

右手を挙げ、部屋を出て行く。

綾子は座ったまま、瀧川を見送った。玄関ドアを開閉する音がした。

ダイニングがしんとする。

綾子は、瀧川が使っていたグラスを見つめた。

「……バカ」

独りごち、ビールを喉に流し込んだ。


瀧川が異動を申し出て三日後、第二当番が明けた午前九時過ぎに三鷹中央署地域課の課長、新山《にいやま》に呼ばれた。

瀧川は制服のまま、地域課フロアの左奥にある別室で新山と相対していた。

「お疲れさん。夜勤明けに申し訳ないな」

「いえ。話というのは？」

瀧川が切り出す。

「君の異動願の件だが……」

新山の口が重い。

瀧川の顔からも笑みが消える。

「ダメでしたか？」

瀧川から訊いた。

「結論から言えば、そうなる」

「そうですか……」

瀧川は肩を落とした。

警察官の誰もが、希望の部署へ異動できるとは限らない。それはわかっているが、少年課への思い入れが強かった瀧川にとって、断わられたという事実は重かった。

「課長。一つ聞いていいですか？」

瀧川が目を向ける。新山は頷いた。

「私のどこが不適格だったのでしょうか？」

瀧川が訊く。新山は腕を組んだ。

「私は注意報告書でも、少年事案に関する情報を積極的に上げていました。街のことはよく知っていますので、的《まと》の外れた報告はなかったと思います。交番勤務の警察官として、近隣住民と連携し、子供たちの安全にも寄与してきました。それらが評価されなかったということでしょうか？」

「いや、そういうわけではない。君は地域の青少年をよく守ってくれている」

「では、なぜ？」

瀧川が質問する。

新山は眉間に皺を寄せた。しばし押し黙る。

瀧川は黙って新山を見つめた。

新山は目を閉じ、腕を解いた。両膝に手を置き、目を開いてやおら顔を起こす。

「君のためだ。言っておこう」

重い口を開いた。

「地域課での君の行動にまったく問題はない。しかし、ある一点がひっかかった」

「ある点とは？」

「君が十六歳の頃に起こした傷害事案だ」

新山がはっきりと言う。

瀧川は押し黙った。

「私個人は、過去の事案など関係ないと思うのだが、上のほうでそうした経歴を気にする者がいてね。協議の結果、君の少年課への異動は保留となった」

新山が言う。

瀧川は太腿《ふともも》に乗せた手を握った。うつむいて、奥歯を嚙みしめる。が、すぐに顔を上げた。

「今回の件はわかりました。私の不徳の致すところですから。申し訳ありませんでした」

「いや……」

新山は歯切れの悪い返事を漏らした。

「参考までにお聞かせいただければと思うのですが、私が過去の件を払拭《ふっしょく》して、少年課へ行くには、どうすればいいですか？」

瀧川が訊く。

新山は深く息を吐いた。

「……方法はない」

「私は少年課へ異動できないということですか？」

「そうだな。すまない」

新山は顔をうつむけた。

瀧川は拳を握り締めた。うなだれて大きく息を吐く。

が、すぐに笑顔を作り、顔を起こした。

「わかりました。いろいろとお手を煩《わずら》わせてすみませんでした。そうであれば、今後ずっと交番勤務に従事し、少年たちを守っていきます。これからもよろしくお願いします」

瀧川は席を立ち、深々と一礼して部屋を出た。

廊下に出た途端、悔しさが込み上げてきた。

若い頃、激情に任せて傷害事件を起こしたのは自分だ。今回の結果は自業自得でもある。受け入れなければいけない。

しかし、一方で、今になっても過去に縛られることに対する憤《いきどお》りは禁じ得なかった。

「過去はどこまでも付きまとうということか……」

空笑《そらわら》いが滲む。

そのまま更衣室へ向かった。舟田が着替えていた。

「お疲れさん。課長の話？」

「少年課への異動の件です」

「どうだった？」

「ダメでした。昔の傷害事件がひっかかったみたいで」

「でも、スッキリしました。これからは迷うことなくイチおまわりさんとしてがんばります！」

「そうか……」

瀧川が笑う。

舟田は無理に笑顔を浮かべる瀧川を見て眉根を寄せた。

5

日埜原が第二会議室へ顔を出した。

「ご苦労さん」

先に来ていた鹿倉が声を掛ける。

もう一人、四十歳前後のちょっと頭髪の薄い男がいた。

日埜原は鹿倉の対面に座りつつ、その男を見やった。

「この男は今村利弘《いまむらとしひろ》。我が部の作業班員だ」

「今村です」

頭を下げる。

「日埜原だ。よろしく」

そう言って目礼《もくれい》をし、鹿倉に顔を向けた。

「瀧川達也の件だが、少年課への異動阻止に続いて、さらなる工作を仕掛けることにした」

鹿倉の双眼が光る。

「そこの今村君にさせるのか？」

「そういうこと」

鹿倉が一瞥《いちべつ》した。

今村が頷く。

「こうした事態も想定して、今村には瀧川の身辺を調べさせていた」

「怖いね、公安は……」

日埜原が双眉《そうび》を上げる。

「今村、報告を」

「はい」

今村は黒のマーカーを取った。

「瀧川巡査部長についてですが、勤務態度は極めて良く、三鷹中央署、及び周辺住民からの信頼も厚い人物です。過去の傷害事件のことも近隣の古参住民は知っていますが、特に問題視していません。むしろ、彼に同情する者もいるほどです」

「地域のおまわりさんとしての地位を確立しているということか。特異な癖はないのか？」

日埜原が訊く。

「ギャンブル、タバコはしません。酒は飲むようですが、適度です。暴れたという話もありません。女関係に関してもきれいなものです」

「隙がないな」

日埜原が腕を組む。

「ただ、ウイークポイントはあります」

「ほう。瀧川君のような者に弱点があると？」

日埜原が鹿倉を見た。

「どんな人間にも、弱みはあるものだ」

鹿倉は片笑みを滲ませた。

今村が話を続ける。

「すでにご存知でしょうが、瀧川は、この女性の元に頻繁に通っています」

今村は、ホワイトボードのマグネットを取り、写真を二枚、貼り付けた。

「有村綾子、三十二歳。現在、三鷹にある書店の契約社員として働いています。もう一枚は、有村綾子の娘、有村遙香。八歳で、小学校三年生です。有村綾子と瀧川は幼なじみで、お互い、似たような境遇にあったため、今でも交流があるようです」

「有村綾子と瀧川君は恋人同士なのか？」

「そうではないようですが、近隣の者や有村母子を知る三鷹中央署の地域課では、恋人も同然だと囁かれています。また、有村綾子は身体《からだ》が弱く、無理できないようで、たまに生活費に窮することがあるようですが、その際、瀧川がそれとなく援助しているようです」

「この母子を狙うということか？」

日埜原は鹿倉を見やった。

「瀧川の異動を阻むものは、すべて掃除する」

鹿倉は指を組んだ両手に額を乗せ、含み笑いを浮かべた。

6

「有村さん。この本、資格テキストコーナーに出しておいて」

「はい」

有村綾子は、店長の飯沼《いいぬま》に言われ、新刊の段ボールを抱えた。

右手奥にある資格書のコーナーへ向かう。B5サイズの段ボール箱だが、本がぎっしりと詰まった箱は重い。

綾子は立ち読みしている来店客に注意しながら、資格書のコーナーへ入った。

箱を足下に置いて息を吐く。

綾子は駅前の商店街にある隆盛堂《りゅうせいどう》書店で働いていた。

丸の内《まるのうち》に本社を置く系列書店で、フロアは広い。本を出し入れするだけでひと苦労だ。

体力的にはもう少し身体に楽な仕事がいい。しかし、綾子は続けられるだけ続けるつもりだった。

給料は多くないが安定している点が良い。それに何より、書籍の紙やインクの匂いが好きだ。

本に囲まれた空間に身を置くと、実家が小さな本屋を営んでいた頃を思い出し、落ち着く。

父が過労と心労で倒れて死んだ後、書店には近づかなかった。

綾子にとって、書店はつらい想い出しかない場所だった。

だが、遙香を授かり、人の親になった今、幸せだった当時の記憶は、綾子の支えとなっている。

遙香のために働くほどに、父や母の苦労が身に染みて、感謝しきりだった。

資格書のコーナーはいつも閑散としている。平日の夕方、多少学生で賑わうことはあるが、それ以外の時間帯は静かなものだった。

たまに客が来ても、目的がハッキリしているので、目当ての本を手に取って、すぐレジカウンターへ向かう。立ち読み客もほとんどいない。

綾子は段ボール箱を開け、慣れた手つきで本を入れ替えていた。

すると、昼前にはめずらしく、立ち読み客が現われた。

二十代後半くらいの男性で、薄汚れたジーンズでよれたカーディガンを着ていた。髪もボサボサで無精髭《ぶしょうひげ》を生やしている。

男性は肩にトートバッグを掛けている。が、中に何かが入っている様子はない。

本を手に取るが、ぱらぱらとめくって、すぐ本棚に戻す。終始落ち着かない様子で、周囲に目を配っている。

綾子は別の本棚の陰に身を寄せた。男性からも綾子からも互いの位置が見えにくい。

しかし、綾子にはよく見えている。

本棚の隅に小さな鏡がある。来客は気にも留めない程度の小さな丸い鏡だが、実はこれも防犯対策の一環だ。

小さいが、真ん中が膨らんだ拡大鏡を使っているため、空間全体がよく見える。

せわしなく周りを見ていた男性は、司法試験のテキスト本をごっそりと取り出し、平積み台に置いた。

バッグで本を隠しながら、何やらゴソゴソと作業をしている。

間違いない。万引きする気だわ。

綾子の双眸《そうぼう》に緊張が走る。男性の一挙手一投足を見逃さないよう、鏡を見据える。

男性は顔を起こして、再び周りを確認すると、五、六冊のテキスト本をトートバッグの中へ入れた。

現認した。

あとは、男性が店から出るのを確認するだけだ。

男性は本をバッグに収めると立ち上がり、顔を伏せて出入り口へ向かった。努《つと》めてゆっくり歩こうとしているようだが、足取りはどうしても速くなる。

綾子は男性を追った。

綾子と男性の姿がなくなった後、資格本のコーナーに、スーツを着た薄毛の男性が現われた。

平積み棚にまとめて置かれた電子タグとスリップを手に取る。

そこにもう一人、三十代の背の低い男性が現われた。書店員の制服であるエプロンを着けている。

男性は周りを確かめながら、薄毛の男に近づいた。

薄毛の男は店員を一瞥《いちべつ》した。

隆盛堂書店三鷹店の副店長・西原《にしはら》だった。

西原は薄毛男の横に並び、左手を差し出した。

薄毛の男はその手に電子タグとスリップを握らせた。

「すぐPOS処理をしてこい。それと、防犯カメラ映像を今日の開店時間からこれまでの分を消去して、録画停止状態にしておけ」

薄毛男は店員に命令した。

店員は電子タグとスリップを握り、眉尻を下げた。

「今村さん。やはり、こういうことは……」

「いいのか？　おまえがキャバクラ嬢に入れ上げて、借金を重ねたあげく、女のヒモに脅されていたことを家族や親戚、隆盛堂書店の本社役員にバラされても」

「それは困ります。でも、有村さんはよく働いてくれるし、遙香ちゃんもよく知っているし、なんとも……。なぜ、有村さんにこんなことをするんですか？」

西原が訊く。

「おまえが知る必要はない」

今村は目で恫喝《どうかつ》した。

西原は青ざめた。

「おまえは俺に言われた通りのことをすればいいんだ。もちろん、他言無用。少しでもこの話が漏れたら、おまえはすべてを失うことになる。わかるな？」

語気を強め、念を押す。

「はい……」

西原はうなだれた。

「早くしろ。有村綾子が戻ってきてからでは遅い」

今村は西原の二の腕を肘で突いた。

西原はどんよりと肩を落としたまま、レジカウンターへ向かった。

今村は西原の背を見つめ、にやりとした。

綾子は男性の後を追った。

男性が出入り口を抜ける。センサーは反応しない。電子タグを外した証拠だ。

綾子は路上に出た男を追い越し、男性の前に立ちふさがった。

男性はギョッとし、足を止めた。

「隆盛堂書店の者です。バッグの中身を確認させていただきたいのですが」

男性を睨む。

「何のことですか？」

男性はそらとぼけた。が、その声は震えている。

「電子タグを外して、中へ入れたものがあるでしょう？」

「言いがかりだ！」

「私は見てたんです。とりあえず、ここでは人目に付くので、事務所へ来てください」

綾子は男性の手首を握った。

男性は綾子の手を振り払おうと、腕を振った。

綾子は、振り解《ほど》かれないよう男性の右手首を両手で強く握った。

さらなる男性の抵抗を予期して、身が固くなる。

周りの通行人も、綾子と男性の様子を訝《いぶか》しげに見つめている。

男性はしきりに周りを気にしていた。

「さあ、早く」

綾子は店のほうへ男性を引っ張った。

自分を振り切ろうとするはず。と、綾子は思ったが、ふっと男性が力を弛《ゆる》めた。

男性の顔を見上げた。綾子の頭越しに、店の出入り口あたりを見つめている。そして、かすかに頷《うなず》いた。

綾子は男性を捕まえたまま、振り返った。

男性が見ていたほうを確認する。しかし、いろんな客が出入りしていて、男性が誰を見ていたのか、わからない。

いずれにせよ、男性が万引きしたのは事実。綾子は再び、男性を睨みつけた。

「事務所へ来てください」

強い口調で言う。

と、男性は綾子を見下ろした。

「わかりました。行きましょう」

逃げようとして青ざめていた男性の顔は、そこになかった。むしろ、余裕の笑みを滲ませている。

綾子は男性の豹変《ひょうへん》ぶりに、少々戸惑った。

だが、放置しておくわけにはいかない。

男性を促して、店に戻る。スタッフオンリーのバックヤードに入り、奥の事務室へ連れて行った。

パイプ椅子に座らせる。すぐに、店員専用のＰＨＳで店長の飯沼に連絡を入れた。

「万引き犯を捕まえました。事務所へ来てください」

用件を伝えて電話を切り、差し向かいに座る男性を睨む。

「盗んだ本を出してください」

「盗んだ？　僕が買った本を出してくださいの間違いじゃないですか？」

男性が綾子を見上げる。

「私は見ていました。あなたは買っていない」

「断言できますか？」

「ええ」

「つまり、あなたは僕を万引き犯呼ばわりしたわけだ。僕がそうでなければ、どう責任を取ってくれるんでしょうか？」

「責任を取るのはあなたです。覚悟なさい」

綾子は毅然《きぜん》と言い切った。

男性は鼻で笑い、トートバッグに入れた本を次々と出した。

司法試験関係のテキスト本が七冊あった。テーブルに本を出し終える。

飯沼が入ってきた。男性を睨みつける。

「君が万引き犯か！」

野太い声で恫喝《どうかつ》する。

が、男性は平然としていた。

「僕は客です。証拠もなく、万引き犯呼ばわりするのは名誉毀損《きそん》ですよ」

落ち着いたトーンで言う。

飯沼は男性の余裕を見て、戸惑いを覗《のぞ》かせた。

「有村さん。彼は確かに万引きしたんですか？」

「私が見ました」

「そうか……。ちょっと調べさせてもらうよ」

飯沼は本を集めて手に取り、窓際のデスクに置いた端末にＩＳＢＮコードを入力し始めた。

その間、綾子は男性を睨みつけていた。男性はうっすらと笑みを浮かべている。

ＰＯＳデータを確かめていた飯沼の眉根が寄った。

「有村さん……。これらの本の代金は支払われているよ」

「えっ！」

綾子は驚いて、腰を浮かせた。

7

甲田悠司《こうだゆうじ》は重いトートバッグを抱え、中央線に乗り込み、新宿《しんじゅく》へ向かった。

あの後、近隣交番の警察官も来て、しつこく調べられたが、結局証拠は出ず、解放された。

中央東口の改札から外へ出て、その先にある地上への出口階段を足早に駆け上がる。

後ろを振り返る。誰かがつけてきている気配はない。

表に出て、ほっと息をつく。

と、いきなり、肩を叩かれた。

甲田はびくりと震え、身を強ばらせた。

「ご苦労だったな」

声を聞いて振り向く。

今村だった。

甲田は深く息を吐き、肩を落とした。

「驚かさないでくださいよ」

甲田の目元が和《やわ》らぐ。

今村は人差し指を動かし、先を歩きだした。甲田がついていく。

車道を渡った先にある喫茶店に入っていく。甲田も店へ入った。

今村は観葉植物の陰に隠れた最奥の席に腰を下ろした。その向かいに甲田が座る。

甲田の意向は訊かず、店員にコーヒーを二つ頼んだ。周りに目を配り、両肘を突いて上体を倒す。

甲田も前屈《まえかが》みになり、顔を寄せる。

今村はジャケットの内ポケットに手を入れ、茶封筒を取り出した。

「とりあえず、報酬だ」

スッと差し出す。

甲田は封筒を取り、バッグに入れた。

「次の仕事も頼むぞ」

「親父に訴えさせる件ですか?」

「ああ」

今村が小声で言う。

「それなんですけど、もういいんじゃないですか？　あれだけの濡《ぬ》れ衣騒《ぎぬ》ぎになれば、あの有村という女はもう店にいられないでしょうし、後から駆けつけてきてしつこく取り調べた瀧川っておまわりも何らかの処分を受けるでしょうし。親父を使うのは、ちょっと気が引けます。それに訴えたとなれば、本格的に調べられるかもしれないし。そうなったら、ちょっとまずいんじゃないかと思いますし」

口早に話していた甲田が上体を起こした。今村も体を起こす。

店員がコーヒーを持ってきた。

「以上でおそろいですか？」

「ありがとう」

今村が答えると、店員が下がった。

再び、二人して上体を倒す。

「瀧川ってのが、もう一度精査してみると言っていました。自分たちの捜査ミスを確認するというような意味合いで言ったけど、あれ、もう一度万引きの件を調べるという意味じゃないかと思うんですよ。それは、僕にとっても今村さんにとっても、あまりいいことではないんじゃないかと思うんですけど」

「ずいぶん言うようになったじゃねえか、甲田」

今村はどすの利いた声で凄んだ。

甲田の眦《まなじり》が引きつる。

「いや、僕はお互いのためを考えてですね……」

「おまえは何も考えなくていいんだ。それとも何か？　万引きでパクられるのと、ヤクザに追い回されるの、どっちがいい？」

　今村が上目遣いに睨む。

「万引きで逮捕されたら、今村さんのことを……」

「話したらどうなるか、わからねえのか？」

　今村は片眉を上げた。

「ヤクザに追い回される以上に、悲惨な話になるぞ。おまえは、裏スロットにハマってヤクザに多額の借金をし、そのトラブルで命を落とす。おまえが死ぬだけじゃ済まない。おまえの親父も仕事をなくし、母親も妹も路頭に迷うことになる」

「そんなこと……」

「できるんだよ、俺たちは。国家権力をナメるな」

　今村がうっすらと笑った。

　甲田は言葉が出なくなった。こめかみに脂汗が滲む。

　今村は体を起こした。ブラックのままコーヒーを含む。

「ああ、そうだ」

　ソーサーにカップを置き、右手をジャケットのポケットに入れた。

「おまえ、またそろそろ、０９０の支払日だろう？」

「はい……」

甲田が頷く。

「ここへ行ってこい」

今村は名刺大の紙片を取り出し、甲田の前に置いた。

甲田は紙片を取り、広げた。

裏スロット店の場所と台番号が記されていた。

「今日はそいつがサクラ台だ。さっき渡した報酬を元手に打てば、三十万は堅い。090の借金を払っても小遣いは残るぞ」

「でも……」

甲田は逡巡した。

今村と出会ったのは、二年前だ。

元々、パチンコやパチスロが好きだった甲田は、司法試験浪人中の身ながら、友人に誘われ、興味本位で裏スロット店に入った。

そこに今村がいた。

友人は今村と仲がよく、今村が勧める台を打った時は、一晩に十万単位で懐《ふところ》が潤《うるお》った。

次第に友人抜きで、今村とつるむようになった。

勝てる時もあれば、負ける時もある。そのうち、一晩で五十万から百万が増えたり減ったりするようになった。

金がなくなった時は、今村の紹介で闇金《やみきん》に都合してもらうこともあった。

しかし、今村はここぞという時に仕込み台を教えてくれ、借金は一晩二晩で返していた。

そうして夜遊びを続けて三ヶ月が経った頃、ある日を境に、今村が姿を見せなくなった。

単独でそういう場所に出入りするのは心細かったが、その時にはすでに、甲田は立派なギャンブル依存に陥っていた。

少額の勝ち負けでは満足できず、より多額の現金が稼げる店に出入りするようになった。だが、仕込み台がどれかわからない。甲田はいいようにカモにされ、借金を膨らませていった。

にっちもさっちもいかなくなりかけた頃、再び、今村が甲田の前に姿を現わした。

その時初めて、今村に公安部の人間だと明かされた。

甲田の父は、労働問題を扱う左翼系の著名な弁護士だった。

今村は、甲田の借金を肩代わりし、闇金の連中と話を付ける代わりに、父親の活動状況に関するデータを取ってこいと命令した。

甲田は自分が今村の手中に絡め取られたことを認識した。

が、時すでに遅し。

高潔な弁護士の息子が違法ギャンブルに手を染め、闇金で多額の借金を抱えているとなれば、父の信頼は地に堕ち、自分だけでなく、家族の生活をも破壊することになる。

甲田は今村に従うしかなかった。

今村の手から逃れるため、ギャンブルを断とうとした。

しかし、一度覚えた快感からはなかなか逃れられない。しかも、今村は時々、以前のように裏スロット店の仕込み台を教えてくれるし、店や金融屋とトラブルになった時は中に入って助けてくれる。

結局、今村から渡される報酬を元に、裏スロットの爆発的な出玉の快感と金を求め、ずるずると自堕落な生活を続けている。

「俺はおまえを助けたいんだよ。その台は間違いないから打ってこい」

今村の声色が優しくなる。

「それとな。今度の仕事を最後に、おまえから離れようと思っている」

「本当ですか！」

甲田が顔を上げた。

「俺も鬼じゃない。そろそろおまえも本気で将来を考えるべきだ。すべてから足を洗って、勉強に専念して、司法試験に合格しろ」

「今村さん……」

「というわけで、おまえとの付き合いもあとわずかだ。そのわずかな間、思う存分ギャンブルをして、ギャンブルへの未練と闇金の借金を同時に断ち切ってしまえ。直接、借金を返せるだけの金を渡せたらいいんだがな。さすがにそれは無理だから、こういう形で協力させてもらう。今まで苦労かけたな」

深く笑む。

「……ありがとうございます」

甲田は頭を下げ、名刺大の紙片を握り締めた。

今村は心の奥でほくそ笑んだ。

8

万引き騒動から一週間後、瀧川は三鷹中央署署長・柳岡幾久男《やなおかいくお》に呼び出された。

痩せてひょろりとした壮年紳士だ。顔は逆三角形で目が細く、カマキリのような印象を受ける。

柳岡についての署内での評判は良くない。

警察庁や国家公安委員会から提案された改革案や啓蒙《けいもう》案はすぐに実施するが、うまくいかなければ、部下に責任を押しつけ、自分のキャリアを守ろうとする。

太鼓持ちの典型のような上司だが、署長である以上、署員は命令に逆らえない。

柳岡は椅子に仰《の》け反《ぞ》り、脚を組んで、瀧川を見上げた。

「瀧川君。甲田悠司という名前に心当たりはあるか？」

柳岡が言う。

あの万引き犯か……。瀧川はため息をついた。

「はい、知っています」

「何をした？」

「先週の報告書にも書きましたが、彼に万引きの疑いがあったので、通常の取り調べをしただけです」

「通常業務で訴えられたということか？」

柳岡は目を細めた。

「訴えられたんですか？」

瀧川が訊く。

「本庁から連絡が来た。君と隆盛堂書店員の有村綾子という女性を訴えるそうだ」

「なぜ、本庁から？」

瀧川は怪訝そうに眉根を寄せた。

「彼の父親は、労働関係の弁護で有名な甲田晋二郎《しんじろう》氏だ。晋二郎氏は、本庁に直接、今回の件を訴えると通告してきた」

柳岡が口角を下げる。

「ということは、まだ訴えられてはいないということですね？」

「時間の問題だよ、瀧川君！」

苛立《いらだ》ちで声が上擦《うわず》る。

「なぜ、よりにもよって、こんな面倒な相手とトラブルを起こしたんだね……」

「そう言われましても……。疑われるような行動を取ったのは彼のほうですし、私は地域課の警察官としての職務を全《まっと》うしたまでです。署長は、相手を見て行動を変えろとおっしゃるのですか？」

「そんなことは言っていない！」

柳岡が机を叩いた。

瀧川は眉一つ動かさず、冷たい視線を送った。

柳岡は歯ぎしりをした。

保身に走っている様がありありだった。

「この事案は、舟田さんも調べています。あの時点では決定的な証拠はつかめませんでしたが、相手が訴えるというのであれば、私たちももう一度捜査するか、三課に回すかする他なくなります」

「これ以上、事を荒立てるな」

「荒立てているのは先方です。警察官としての正当な職務にまで難癖を付けられては、私たち現場は、今後業務を遂行できませんから」

淡々と言う。

柳岡はため息を吐き、顔をうつむけた。

「瀧川君。君の言うことはわかるが、甲田氏との徹底抗戦は避けたいというのが本庁の見解だ」

「屈しろと？」

「大人の判断をしてほしいと言っているんだ。甲田氏に詫びてもらえないだろうか？」

「私が、ですか?」

瀧川は気色ばんだ。

「ここは一つ……」

柳岡は脚を解き、机に手をついた。

「頼む、瀧川君」

頭を下げる。

瀧川の眉尻が上がった。

「できません」

はっきりと言い切る。

柳岡は顔を上げた。

「私が頭を下げているんだぞ!」

「いくら署長の頼みでも、いくら本庁の判断でも、こんな理不尽な要望は受け入れられません。それをすれば、私は警察官としての正義を失うことになる。それはできませんよ」

「訴えられてもいいというのか?」

「かまいません。甲田氏が権力をもって背理を通そうとするのであれば、私は警察官としてできることをするまでです。失礼します」

瀧川は一礼して、背を向けた。

「瀧川君! まだ、話は終わっていない!」

柳岡が呼び止める。

が、瀧川は振り向くことなく、署長室を出た。

廊下に出て、大きく息を吐き、肩を落とした。

まさか訴えてくるとは……。


綾子から本日付で隆盛堂書店をクビになったと聞かされた瀧川は、夜、マンションへと駆けつけた。

「本社の意向だって。仕方ないよね」

綾子は視線を落とし、やるせない笑みを滲ませた。

「それは不当解雇だ。掛け合ってやろうか?」

憤《いきどお》る瀧川に、綾子は顔を横に振った。

「これ以上、達也君にも店の人たちにも迷惑はかけられない。それに、しばらくは、泰江さんが雇ってくれるというから」

「ミスター珍で働くのか?」

瀧川の言葉に綾子が頷く。

「おばちゃんは、いつまででもかまわないと言ってくれてるし、次の就職が決まらなかったら、おばちゃんのところに居候させてもらうことも考えないと……」

「厳しいのか?」

瀧川が訊く。

綾子は小さく頷いた。ソファーでは何も知らない遙香がぐっすりと眠っていた。

「これで裁判なんてことになったら、もう……ね」

目を伏せ、ため息を吐く。

「そっちは俺がなんとかするよ」

「本当にもういいよ」

「いや、あの件については、綾子だけの問題じゃないからな。俺たちの仕事にも関わってくる問題だ。そうだ、綾子。西原さんって、どんな人だ？」

「副店長がどうしたの？」

「舟田さんが聴取してくれたメモを精査していたんだ」

「本気で、再捜査するつもりだったの？」

「もちろん。警察官としての沽券《こけん》に関わるからな。それで整理してみたんだが、甲田悠司が本を購入した事実を証言しているのは西原さんだけなんだ。おかしくないか？」

「おかしいって？」

「開店早々の午前十一時過ぎに、七冊計二万もの書籍を買ったんだぞ、甲田は。それを、他のレジ担当店員が気づかないということはあり得ないだろう。しかも防犯カメラがその時だけ止まっていた。それに、甲田が抜いたと思しき電子タグやスリップが煙のように消えていて、ＰＯＳの決済処理データに残ってるんだ。おかしいことだらけじゃないか」

「それはそうね……。でも、達也君たちに通報したのは、西原さんよ。甲田悠司と結託して、何かをしたとしたら、達也君たちは呼ばないでしょう、普通」

綾子が言う。

「普通はそうだ。しかし、普通でない何かがあれば、西原さんが何らかの事情で加担したということも考えられる」

「何らかの事情って？」

「それはわからないが、調べてみる必要はありそうだ。それで、西原さんの人となりでも何でも情報があればと思ってね」

「そうね……」

綾子は首をひねりつつ、つぶやいた。

「あまり、悪くは言いたくないんだけど……」

「何でもいい。教えてくれ」

「うん……。ちょっと前のことなんだけどね。西原さんにヘンな噂が立っていたの」

「噂とは？」

「西原さんがキャバクラに入れ込んで、借金をしているって噂」

「ほう」

瀧川の目が警察官の鋭さを宿す。

「確かに一時期、毎日お酒臭くて、すごく疲れた顔をしていた時はあったのよ」

「いつ頃だ？」

「三ヶ月くらい前かな？　その頃、みんなが噂してた」

「どこのキャバクラかわかるか？」

「そこまでは……。ただ副店長くらいになると、出版社の営業さんとかとの付き合いも多くなるから、そういう関係で出入りし始めたのかもしれないよね。噂が本当なら」

「その話はその後、どうなった？」

「さあ。いつのまにか解決したのか、そもそも西原さんの体調が悪かっただけなのかわからないけど、元の通りに戻ったわ」

「西原さんは、女性にだらしない人か？」

「そんなことないと思う。飲み会でも下ネタとか言ったりしないし、休みの日は家族で旅行していたりもするみたいだし」

「なるほどな」

「西原さんを疑っているの？」

「舟田さんが集めた情報を見る限り、あの時間で何かできたとすれば、西原さんだけなんだ。調べてみる必要はある」

「そう……。西原さんにも迷惑かけちゃうな」

　思わず、ため息が漏れる。

「綾子。これは犯罪捜査だ。真実はハッキリさせなければならない。おまえに迷惑はかけないよ」

「達也君は大丈夫？」

「職務を遂行しているだけだから。心配するな」

瀧川は微笑み、立ち上がった。

「もし、甲田晋二郎から訴状が届いたら、すぐに報《しら》せてくれ。一人でなんとかしようとはしないこと。約束しろ」

「……わかった」

「必ずだぞ」

瀧川は言い含め、綾子のマンションを後にした。


翌日の正午前、瀧川は制服を着て、遅番前に隆盛堂書店三鷹店へ出向いた。

西原の姿を認め、歩み寄る。西原は新刊の出し入れをしているところだった。

「西原さん」

声をかける。

西原は振り向いた。警察官の制服を見て、肩をびくりと震わせる。

「あ、ああ……瀧川さんですか」

すぐさま、愛想笑いを作る。

瀧川は笑顔を返しつつも、西原の一挙手一投足に目を凝らしていた。

「今日は？」

西原が訊く。

「先日の万引きの件を再捜査しているんです」

「再捜査？」

西原の眦《まなじり》から笑みが消えた。

「ええ。甲田君のお父さんが不当拘束で我々を訴えるというもので。私は職務を果たしただけなんですがね。納得いただけないようなので、私としても、当日の捜査や任意の職質に過誤がなかったか、検証しなければならなくなりまして。それで、再捜査をしているところなんです。お忙しいとは思うんですが、少し話を聞かせてもらってもいいですか？」

西原にたたみかける。

西原の黒目が右往左往していた。あきらかに動揺している。

「あの、仕事が……」

「ここで結構ですよ。二、三、質問に答えていただきたいだけなので」

「いえ、あの……」

「当日、甲田悠司君の支払いを受けたのは、西原さんでしたね？」

瀧川は西原の動揺を無視して、質問をした。

「そうですが……」

「現金でしたか？　それとも、カードか何かでした？」

「えっ？」

一瞬言い淀む。

「あ、ええと……現金だったと思います」

「思います、とは？」

「ずいぶん前のことなんで……」

西原は笑ってごまかした。

「全部でいくらでした？」

「え、ええと……」

「当日の調べでは、三万五千円となっていますが」

「ああ、そうです。三万五千円を現金で受け取りました」

西原は頷きつつ、答える。

瀧川は胸の底でにんまりとした。

「彼が購入した時間は何時でした？」

「ええと……」

「正午過ぎだったと聞いてますが」

「ああ、そうですそうです」

西原は瀧川の言葉に合わせるだけだった。

「わかりました。お忙しいところ、ありがとうございました」

頭を下げ、メモをしまう。

西原の目元に安堵が滲む。

「あ、もう一つ」

瀧川が言うと、西原が身体を強ばらせた。

「西原さん、どこかいいキャバクラ知りませんか?」

「えっ……」

西原の目元が引きつった。笑顔も作れないほど狼狽《ろうばい》する。

「すみません。新年会の後、いいところがあれば覗いてみようと思って訊いただけです。西原さんに訊くのは筋違いでしたね。失礼します」

瀧川は背を向けた。

やはり、何かあるな――。

そう確信し、店を後にした。

9

瀧川は休暇を取った。

警察官は、なかなか休暇が取れない。非番でも、事件によっては緊急招集がかかることもある。まとまった休みがもらえるのは、勤続二十年、三十年といった記念日くらいなものだ。

瀧川も簡単に休めない立場にはあったが、今回は、甲田晋二郎が訴えるかもしれないという件が幸いした。

地域課課長の新山を通じて、ほとぼりを冷ましたいので休暇がほしいと願い出ると、署長の柳岡はこれ幸いと瀧川の申請を受諾した。

柳岡や新山にとっては、もしも訴えられた場合、当事者が署にいないほうが都合は良い。瀧川も、そうした上司の心理を見越しての申請だった。

時間を得た瀧川は、西原の監視を始めた。

四日目の昼、西原が動いた。

西原はエプロンを外し、従業員通用口から外へ出た。勤務中に出かけるのは初めてのことだった。駅へ向かっているようだ。

瀧川は西原を尾行した。

西原は、時折顔を上げて周りを見回した。そのたびに壁や人の陰に身を隠す。あきらかに周囲を警戒していた。

西原が電車に乗り込んだ。三鷹駅始発のＪＲ総武《そうぶ》線だった。角席に座り、顔を伏せつつも時折目線を周囲にはべらせる。

瀧川は隣の車両の端の席に腰を下ろした。連結通路を挟んで、対角線上に西原の下半身が映る。

電車が新宿駅に滑り込む手前で、西原は立ち上がった。立ち上がりざま、周囲を見回す。瀧川は顔を伏せ、西原の視線をやり過ごした。

電車が新宿駅に到着した。乗客が吐き出される。瀧川は西原の様子を確認しつつ、ホームに降りた。

西原もホームに降り立った。しきりに顔を振る。瀧川は顔を伏せ、上目遣いに西原の陰影を捉えていた。

西原が歩きだす。中央付近の階段を下り、中央東口改札へと進む。

瀧川は人混みに身を隠しつつ、五メートルほどの近距離で西原の後を追った。

西原が改札を出た。瀧川も離されないよう、続く。

西原は左手にあるエスカレーターを横切り、その奥にある地上への階段に向かった。

瀧川も急ぎ足で追った。階段の手前で壁に身を寄せ、階段を覗き見る。西原は、周囲を気にしつつ、階段を駆け上がっていった。

瀧川は西原の視線が外れた隙を見て、躍り出た。西原の背中を見据え、階段を駆け上がる。

西原の姿が地上に消えた。瀧川は走った。

そして、階段を上がりきる手前で立ち止まった。

西原は斜め向かいのビルの角に立っていた。誰かを探しているように、通行人を目で追っている。

瀧川は階段の壁の陰に隠れ、西原の様子を注視した。

西原は目の前を行き過ぎる人々に視線を向けた。

人混みの中に探しているのは、今村の姿だった。

西原は瀧川に甲田悠司のことやキャバクラのことを訊かれて以来、びくびくしていた。自分が工作に加担したことがバレるのではないか。もしバレたら、逮捕されるのではないか……。

瀧川に証拠を見つけられ、問い詰められれば、シラを切り通す自信はない。といって、今村のことを口にするわけにはいかない。

どうしていいかわからなくなり、今村に連絡を取り、指示を仰ぐことにした。

今村とは今日の午後一時に、このビルの角で落ち合うことになっていた。

周囲には、同じように誰かと待ち合わせをしている老若男女が立っていた。その中に、今村の姿はない。

しきりに腕時計を見やる。もう午後一時を過ぎている。

場所を間違ったのか……？

一向に姿を見せない今村に業を煮やし、動こうとした。

すると、声が聞こえた。

「動くな」

今村の声だった。

西原は足を止めて、声のしたほうに向こうとした。

「こっちを向くな。人を探しているふりをしろ」

今村が言う。

西原は首を振りつつ、左隣を見た。

カップルがいた。キャップを被ったジーンズ姿の男は、紺色のスカートスーツ姿の女性のほうを向いている。

が、その横姿は間違いなく今村だった。

姿を確かめ、再び、人を探すように顔を振る。

「おまえ、一人で来たか？」

「当たり前です」

「口を動かすな。歯を嚙んで、小声で話せ」

今村が命ずる。西原はあわてて歯と歯を合わせた。

「おまえが連れてきたわけじゃないんだな？」

「誰をですか？」

西原は少し仏頂面《ぶっちょうづら》を覗かせた。

「どうだ？」

今村は目の前の女に話しかけた。

「嘘はついていないようです」

女が言う。

「そうか。西原。おまえの目は節穴《ふしあな》だな」

「何を言っているんですか！」

歯を合わせたまま、小声で苛立《いらだ》ちを吐く。

「三鷹からここまで、尾行されていたことに気づかないとは」

今村が言う。

西原の顔が強ばった。思わず、今村のほうを見ようとする。女性が今村の肩越しに西原を見据えた。

西原は頬を引きつらせ、視線を反対側に投げた。

「瀧川だよ」

「えっ……」

西原の口から驚きがこぼれる。

「瀧川がおまえを尾けてきた。今、おまえが出てきた駅の階段の壁に隠れている。見るんじゃねえぞ」

今村は釘を刺した。

西原はそちらを見たい気持ちを、グッと呑み込んだ。

「瀧川は再捜査するために休暇を取った。ひょっとして、おまえに的《まと》を張っているんじゃないかと思って、三日間泳がせ、四日目におまえを動かしてみた。予想通りだったよ」

今村は淡々と語る。

西原の顔が青ざめていく。

「ということは……。私のしたことがバレていると……」

「心配するな。そこまではつかんじゃいねえ。何かをつかんでいれば、こんなまだるっこしい真似はしねえだろうから」

「でも、いい勘してるわね、彼」

女性が言う。

「だろ? 自分の勘を信じて、四日間張りつくなんざ、たいしたもんだ。上が欲しがるはずだな」

「何の話ですか?」

「おまえには関係ない」

野太い声でぴしゃりと言う。

西原は唇を固く閉じた。

「どうします?」

女性が訊いた。

「そうだな。古典的な手で嵌《は》めるか」

今村は片頰に笑みを浮かべた。

「何をするんですか?」

西原が訊く。

「今から、この女を歩かせる。おまえは素知らぬフリして、この女の後ろを歩け。そうだな、三メートルくらいの距離を取って、さりげなくな」

「わかりましたが……。何を」

「おまえは俺に従えばいいんだ」

今村は断じ、携帯を取り出した。

「……もしもし、俺だ。これより、ターゲットを捕捉《ほそく》する。各員、配置に付け」

手短に話し、通話を切った。

「頼んだぞ」

女性を見やる。女性は目で頷いた。

女性は今村と別れ、新宿三丁目方面へ向かうタイル張りの道を歩き始めた。

「追え」

今村が命じる。

西原は、言われた通り、女性のすぐ後ろについて歩き始めた。

瀧川は、西原の様子を見ていた。

誰かと話しているような気がする。しかし、西原に話しかけている人物の姿は見当たらない。

隣にカップルがいるが、西原のほうは一切見ていない。

だが、西原の挙動には違和感を覚えた。

「誰と話してる……」

ハンズフリーの通話をしているようにも見えない。

確かめたいが、今、表に出れば、西原に見つかる。

ここまで来て、西原に見つかるわけにはいかない。

必ず、西原は何者かと接触する。甲田悠司か、あるいは見知らぬ第三者か。その〝誰か〟が、今回の件の鍵を握っていると直感していた。

西原が唐突に歩きだした。

瀧川は西原の後を追った。新宿第一ビルの角を曲がり、新宿通り方面へ向かう。

このあたりは、飲食店や家電量販店など、大小の店がひしめいているところだ。

どこへ向かうんだ……？

西原の背中を見据え、慎重に歩を進める。

西原は店に入ることなく、新宿通りに出て、右へ曲がった。

瀧川は西原を追った。アテがありそうな歩き方ではない。といって、足取りは確かだ。

「何をしたいんだ？」

胸の奥がかすかにざわつく。

尾行がバレているのかもしれない。といって、ここを逃《のが》すわけにもいかない。

瀧川は逡巡しながらも、西原の後を追った。

西原は新宿三丁目西信号を右へ曲がった。

明らかにおかしい。これでは出てきた道に戻るだけだ。

瀧川は追うのをやめようとした。

その時、西原が顔を上げた。誰かを見つめている。西原の足取りが速くなった。

接触する！

瀧川は急いだ。

西原は、手前の小路《こみち》を右へ曲がり、その先の小路を左に折れた。

瀧川は西原を見失わないよう走り、家電量販店向かいの小路へ駆け込んだ。

が、西原の姿はなかった。

「くそう！」

小路を駆け抜けようと走る。

しかし突然、スーツを着た男性二人に道を塞がれた。

「どいてくれ！」

押しのけようとするが退《ひ》かない。振り返って、元来た道を戻ろうとする。そこもスーツの男性二人に塞がれていた。

「なんだ、おまえら？」

瀧川が睥睨《へいげい》した瞬間だった。

スーツ男の後ろにいた紺色のスカートスーツを着た女が瀧川を指差して、叫んだ。

「この人です！」

# 10

瀧川は新宿中央署に拘束されていた。取調室で男性刑事二名と向き合っている。

「だから、俺はそんな女も知らなければ、ストーカー行為などしていない！」

机に拳《こぶし》を叩きつける。

が、スーツを着た若い刑事たちはびくともしない。

「証拠はあるんだ。いい加減に認めたらどうだ」

差し向かいにいる細谷《ほそや》という痩身の刑事がため息を吐き、口角を下げる。その隣にいる体格のいい湯沢《ゆざわ》という刑事は、終始腕組みをし、瀧川を見据えていた。

「証拠などあるわけないだろう。俺が彼女に会ったのは今日が初めてだ。名前も知らない」

「ではなぜ、後をつけ回していた？」

「だからそれも説明しただろう。俺が尾行していたのは、その女ではなく、女の後ろにいた男だ」

「あなたは万引き事件の捜査の過程で西原という男を追っていたと言うが、我々が確認したところ、その時間に西原はその場所にいなかった」

「それがおかしいと言っているんだ。確かに西原は俺の目の前にいた。不審な動きで俺の尾行をまこうとしていた気配がある。調べればわかるはずだ」

瀧川は深いため息をついた。

もう二時間も、同じ問答を繰り返している。

細谷たちは瀧川の証言に基づいて西原の動向を調べたが、西原は瀧川が拘束された時間帯、近隣の書店内にいたという。

どこをどう調べれば、そういう結論に達するのか、瀧川にはまったく理解できない。

だが、細谷たちが自分たちの調査結果を疑う節もなかった。

「瀧川巡査部長。そろそろ認めてもらえないだろうか。我々としても、身内の不祥事はできるだけ穏便に処理したい。このまま否認を続けるなら、裁判で争わざるを得ない。そうなれば、あなたの経歴にも傷が付くし、世間に警察全体への不信感を植え付けることにもなる」

細谷が静かに言う。

「誘導だな。記録係。今の細谷警部の言質《げんち》はしっかりと記録しておいてくれ」

瀧川は部屋の隅で会話の様子をテキスト入力している制服警官を見て言った。

視線を細谷に向ける。

「やっていないものを認めるわけにはいかない。裁判でも何でも、俺は受けて立つ」

語気を強め、言い放った。

交番勤務を終えた舟田は、その足で警視庁本庁舎を訪れた。

エレベーターで十六階の公安部オフィスへ向かう。エレベーターを降りた舟田は、ずかずかとオフィスへ入っていった。

公安部員が、舟田の前に立ちはだかる。

「失礼ですが、どちら様で?」

「どけ」

舟田は公安部員を突き飛ばした。そのまま奥へ進もうとする。

公安部員が舟田の肩をつかんだ。

「この先は関係者以外、立ち入り禁止です」

「どけと言っているんだ!」

舟田は怒鳴り、公安部員の手を振り払った。

「鹿倉! どこだ!」

強引にオフィスへ入った。

他の公安部員も集まってくる。舟田は四人の公安部員に取り囲まれた。

「鹿倉、出てこい!」

舟田は声を張り、部員を押しのけようとする。しかし、部員たちは舟田を囲み、動かない。

「どけ!」

目の前の公安部員の胸ぐらをつかむ。

「公務執行妨害ですよ」

「ふざけるな!」

舟田は右腕を上げた。

すぐさま脇にいた公安部員が腕をつかんだ。

舟田が抗《あらが》う。たちまち、舟田は床にねじ伏せられた。

それでも舟田は顔を上げ、声を張り上げた。

「鹿倉！　出てこい！」

「いい加減にしろ！」

部員の一人が怒鳴る。

と、パーテーションの陰から公安部長の鹿倉が顔を出した。

「放してやれ」

鹿倉が言う。

部員たちは指示に従い、舟田から手を離した。

途端、舟田は立ち上がり、鹿倉に駆け寄った。両手で鹿倉の胸ぐらをつかみ、突き上げる。

部員たちがまた、舟田の背後に歩み寄った。

鹿倉は右手を挙げ、部員を制した。

「かまわん。下がれ」

「しかし……」

「命令だ」

鹿倉は部員たちを睨みつけた。

部員たちは一礼して、オフィス内へ戻った。

「舟田さん、お久しぶりですね。地域課勤務の折はお世話になりました。ここでは何ですから、応接室へ」

舟田を見やる。

舟田は下から睨みつけていた。

「お願いします。このままでは、舟田さんを拘束しなければならなくなる。それはお互い、避けたいところだと思いますが」

鹿倉が言う。

舟田は奥歯を嚙み、手を離した。

鹿倉は襟元を整え、舟田に微笑みかけた。

「こちらへ」

促し、先を歩く。舟田は鹿倉についていった。

鹿倉が応接室のドアを開ける。舟田は中へ入った。二人掛けソファーに腰を下ろす。

鹿倉はドアを閉め、舟田の差し向かいに座った。

「舟田さん。今日は？」

鹿倉は脚を組んだ。

「瀧川君を嵌めたな」

「何のことです？　瀧川君がどうかしましたか？」

「とぼけるな！」

舟田はテーブルを叩き、腰を浮かせた。

「おまえたちの手口は知っている。なぜ、瀧川君に執着するんだ」

鹿倉を睨み据える。

「だから、何のことですか」

鹿倉は苦笑した。

「知らないわけがないだろう」

「何をです？」

「瀧川君が逮捕された件だ」

「彼が逮捕されたですと？」

鹿倉は目を丸くし、驚いてみせる。

「しらばっくれるのはたいがいにしろ。瀧川君がストーカー事案など起こすはずがない」

「ストーカー事案ですか。それはそれは……」

鹿倉はそらとぼける。

舟田は鹿倉を見据えた。

「甲田悠司の万引き誤認事案。甲田晋二郎の訴訟問題。すべて、おまえらの手引きだろう」

「その件も初耳です。そんなことがあったんですか」

「あくまでも認めないつもりか。わかった」

舟田は立ち上がった。

「今回の瀧川君のストーカー事案、甲田悠司の万引き事案は、各所轄の刑事課に連絡し、再捜査させる。その際、君たちが関わっているであろうことも伝える。刑事課が動かなければ、私が自《みず》ら、両事案の捜査をする。君も知っているだろうが、いったん捜査に入ったら、私はしつこいぞ。覚悟しておくことだ」

鹿倉を睨み、背を向ける。

鹿倉は部屋を出る舟田の背を見送った。ドアがゆっくりと閉まる。

すぐさま携帯電話を取り出した。

「……もしもし、俺だ。舟田がかき回しそうだ。阻止しろ」

短く命令し、電話を切った。


「わかりました」

今村は、鹿倉からの通話を切った。

「面倒なジジイだな……」

スマートフォンをポケットにしまう。

「さて、どうするかな……」

独りごち、空を見上げる。

思案していた今村の口元に、笑みが滲んだ。

「あの女に動いてもらうか」

玄関のベルが鳴った。

「はーい」

綾子は玄関に駆け出た。ドアを開ける。見知らぬ男性が立っていた。

「失礼します。警視庁警務部の今村と申します」

今村は身分証を提示した。

綾子が怪訝《けげん》そうに眉根を寄せる。

「実は、瀧川巡査部長が逮捕されまして」

「達也君が！」

綾子は目を見開いた。

「その件で少々お話がありまして。今、お時間大丈夫ですか？」

「はい。お入りください」

綾子は今村を招き入れた。

今村は一礼し、中へ入った。リビングへ通される。ダイニングテーブルの椅子を引き、腰を下ろした。

「お茶でよろしいですか？」

「おかまいなく」

今村が言う。

綾子は湯飲みに緑茶を注ぎ、今村に差し出した。差し向かいに座る。

「すみません。いただきます」

今村は茶を一口含んだ。

「達也君が何をしたんですか？」

「ストーカーの嫌疑で逮捕されました」

「彼がストーカーを？」

綾子は目を丸くした。

「我々監察室は、彼がストーカーをするような警察官ではないと思っているのですが、ストーカー被害に遭っていた女性のマンション周りの防犯カメラに彼の映像が残っていたり、彼女の後を尾行していたところを現認されていたりして、まったくの誤認逮捕とも言い切れないのです」

「そんな……。達也君はストーカーなんてしません！」

綾子は今村を睨みつけた。

「わかっています。我々もそう思っている。で、背景を調べてみたのですが、どうも嫌がらせではないかという疑いが出てきました」

「嫌がらせ？」

「以前、あなたが書店に勤めていた際、甲田悠司という青年を誤認逮捕していますね？」

「誤認ではありません。事実です」

「真偽の判断はまた別の機会に伺うとして。瀧川巡査部長は、その件で単独捜査をしていたようですが、本当ですか？」

「はい。甲田悠司さんの父親が弁護士で、私と達也君を訴えるというので、訴えられた時のことを考え、事件を洗い直すと言っていました」

「やはりですか……。どうやら、その動きを察した甲田悠司が、今回のストーカー事件を仕掛けた節があるのです」

「甲田さんが？」

「ええ。ストーカー被害に遭ったと訴えた女性と甲田悠司に接点がありました。おそらくですが、いつまでも万引きの嫌疑をかけられ、追い回されていることに業を煮やした甲田悠司が、腹立ち紛《まぎ》れに瀧川巡査部長に嫌がらせをしたんでしょう」

「じゃあ、すぐにでもその事実を伝えて、達也君を釈放してください」

「そうしたいところですが、先程〝おそらく〟と言ったように、確証があるわけではないのです。被害女性が訴え続け、甲田悠司との繋がりを認めない現状では、証拠を元にストーカー規制法で何らかの処分を受ける公算が高いでしょう」

「そんな……」

綾子は色を失った。

「そうなれば、彼は懲戒処分を免《まぬが》れません。我々も、できればそういう事態にはしたくない。そこでですね、有村さん」

今村は少し身を乗り出した。

「甲田悠司の件は、あなたの誤認だったということにしていただけませんか？」

まっすぐ目を見て切り出す。

綾子の目尻が引きつった。

「甲田悠司の溜飲《りゅういん》が下がれば、被害女性が訴えを取り下げる可能性も出てきます。そうすれば、瀧川巡査部長も無用な懲戒を受けずに済みます。有村さんとしては無念かもしれませんが、ここは瀧川巡査部長のために一肌脱いではいただけませんか。お願いします」

今村はテーブルに手をついて、頭を下げた。

綾子は逡巡した。

事実を曲げることには抵抗を覚える。だが、このままでは瀧川が職を失ってしまう。元はと言えば、自分が甲田悠司を捕まえたことから始まった話。これ以上、瀧川に迷惑をかけるわけにはいかない。

「……わかりました」

綾子はうなだれ、小声で言った。

「ありがとうございます」

今村は再び頭を下げ、腹の中でほくそ笑んだ。

## 11

瀧川が逮捕、勾留《こうりゅう》され、三十一時間が経っていた。

その日も、朝から就寝時間ギリギリまで取り調べを受け、留置場に戻ってきた。

留置場は六畳ほどの狭い部屋で、四床の寝床が敷かれている。ここは居室と呼ばれ、取り調べがある時以外は、ここで過ごすこととなる。

瀧川が留置された居室には、白髪で痩せ細った老齢の男が一人だけいた。砂賀《すなが》という男で、窃盗容疑で逮捕された。

砂賀は窃盗の常習犯で、今回も出所後、わずか一ヶ月足らずで犯行に及び、逮捕されていた。

常習犯だからだろうか、居室にいる様は、まるで自分の部屋にいるかのように自然だった。

砂賀はおしゃべりな男だった。瀧川が布団で横になっていても、勝手に自分のことを話している。

「よう。今日もずいぶん絞られたみてえだな」

笑顔を向ける。上前歯は一本、欠けていた。

「ええ、まあ……」

瀧川は愛想笑いを返し、すぐさま布団に潜《もぐ》り込んだ。

「何をやったんだい、兄さん」

砂賀が訊く。

瀧川は背を向けたまま、答えなかった。

「あんた、悪いことをするような感じには見えねえ。オレみたいに長い間ムショで暮らしてると、そういう臭いはわかるんだ。あんたと逆のヤツもいたなあ。何もしてないって顔してるが、絶対にやらかしてるな、こいつってヤツが。巣鴨《すがも》の留置場に入っていた時は——」

砂賀の話は続く。が、瀧川の耳には届いていなかった。

検察送致判断まで、あと十七時間。明日の朝から、逮捕勾留時刻の午後一時まで、みっちりと取り調べられるだろう。

黙秘すれば、勾留期限の四十八時間はしのげる。が、送致され、検察側から勾留請求されれば、これから十日以上、身柄を拘束されることになる。

弁護士を頼むべきか……。

してもいない犯罪を自分で証明できないのは忸怩《じくじ》たる思いだが、先のことを考えると、そうするほうがいい気もしている。

砂賀の話は、まだ続いていた。

「——でな。逆に冤罪《えんざい》のヤツも見抜いたんだよ。元々の顔の作りが強面《こわもて》で、勘違いされやすそうなヤツが暴行傷害で逮捕されたんだけどよ。オレはそいつを見た瞬間、やってねえと思ったよ。目が違うんだ、目が。犯罪を犯す野郎ってのは、目の奥に表情がねえんだ。達観してるっつうか、冷めてるっつうか。何かが欠けてる目の色なんだ。けど、そいつは違ってた。まっすぐ向ける目の奥には、怒りやら優しさが見えた。顔はともかく、普通の男だと思ったんだ。そうしたら、やっぱりそうだった。そんなのも見抜けねえなんて、近頃の刑事たちもフヌケになっちまったもんだなあ、と思ったよ。昔のデカは、良くも悪くも人を見抜く目があった。だから、オレみたいなヤツは、簡単に捕まっちまうんだけどな」

自分でしゃべり倒し、一人豪快に笑う。とても逮捕された犯罪者とは思えない余裕だ。

瀧川は、警察官として、若干の憤りを感じていた。

しかし、砂賀はそうした瀧川の胸の内など気にする様子もなく、話し続けた。

「けどな、兄さん。近頃の刑事の目が狂っていたわけでもねえんだ、この事件は」

砂賀が思わせぶりな言葉を吐く。

瀧川は思考を止め、砂賀の話に耳を傾けた。

「この強面、真犯人の第三者から嵌められてたんだよ」

「嵌められた？」

思わず反応し、顔を砂賀に向けた。

砂賀はにやりとした。

「そう。真犯人がたまたま街で見かけたそいつを犯人に仕立て上げたんだ」

「そんなことができるのか？」

「オレもまさかとは思ったがね。真犯人側に共犯者が五人もいたんだよ。全部、その暴行傷害事件に関わった連中だ。そいつらが、まとめてそいつだと証言したんだよ。それだけならまだしも、ＳＮＳのやりとりをいじったり、暴行現場が映っていたとされる防犯カメラの映像までねつ造してたんだと。なじみの刑事に聞いたんだが、そのどれもがあまりに精巧で、一瞬では見抜けなかったそうだ」

「本当の話か？」

「本当だ。警察もメンツがあるから、騙されたことは表に出なかったようだけどな」

「なぜ、そんな話をするんだ？」

「さっきも言っただろ。オレは悪いことをするヤツがわかるんだ。目でな。兄さんの目は腐っちゃいねえ。何をしでかしたのか知らねえけど、強面のそいつみたいに、嵌められてんじゃねえかと思ってな」

砂賀が言う。

「嵌められた……」

瀧川は目を見開いた。

「もっとも、完璧に嵌められりゃ、兄さんも逃げ場がなくなるだろうがな」

話していると、担当警察官が近づいてきた。

「就寝時間は過ぎているぞ」

房の前で瀧川と砂賀を睨む。

「こりゃ、すいません」

砂賀は肩を竦《すく》め、布団に潜った。

瀧川も横を向いて、掛け布団を被る。が、目は開いていた。

嵌められた、という砂賀の言葉が脳裏を駆け巡る。

女が自分を嵌めた。そう考えれば、この不自然な逮捕劇も納得がいく。

ただ、なぜ女が自分を嵌めたかだ。

女と自分には何の接点も利害もない。ということは、誰かに頼まれて自分を嵌めたと考えるのが妥当だ。

自分を嵌めたい者は誰だ……。

万引き事件を調べていた瀧川を嵌めたい者の筆頭は、甲田悠司。その次は、甲田悠司に手を貸したとみられる西原。

だが、その二人だけで、警察を動かすほどの仕込みができるとは思えない。

他に誰かいるのか？

自問する。

甲田晋二郎が仕掛けてきたことは考えられる。が、それは同時に、息子の犯行を認めたということにもなる。

晋二郎であれば、裁判に訴えて、勝ちに行くほうが得策だろう。たとえ、悠司の犯行がわかっていても、強引に冤罪を騒ぎ立てれば、世論は甲田父子に傾くこともあり得る。

悠司の名誉回復には、それが最も有効な手段だ。

そのために、瀧川を犯罪者に仕立て上げ、より有利に事を運ぼうとしたとも考えられるが、それは逆に、策を弄《ろう》しすぎているきらいもある。

他は……。

考察していた瀧川の胸裏に、ふと女の姿がよぎった。

「あいつ、誰だ？」

小声で独りごちる。

西原が新宿東口の洋服店のショーウインド前で誰かを待っていた時、紺色のスカートスーツの女は、キャップを被ったジーンズ姿の男の隣にいた。

スーツの女は、初め、その男としゃべっていた。

親しげに、カップルのように。

だが突然、女は特に男に別れを告げるでもなく、一人歩きだした。

その後の男の動向は記憶にないが、カップルであれば、同じように動きだすはずだ。

女が一人で男から離れ、その後ろに西原が続き、瀧川を待ち構えたように刑事たちが待機していた。

西原も女も携帯やスマートフォンをいじっていた様子はなかった。

あの場で、西原と女に同時に指示を出せたのは、あのジーンズの男だ。

何者なんだ？

嵌められたとしても、なぜ自分が陥《おとしい》れられるのか、理由がわからない。

理由があるとすれば、執拗《しつよう》に万引き事件を追っていることぐらいだ。

万引き事件に関係すること……。

瀧川は、布団の中で双眸を開いた。

隆盛堂書店で何らかの細工をした人間だ。

瀧川は強く頷いた。

そもそも、防犯カメラが止まっていたということ自体、不自然だった。しかも、甲田悠司が抜いたとみられる電子タグやスリップが誰にも見られず消えていて、ＰＯＳの決済処理データに残っていたというのもおかしい。

が、そこに第三者が介在していたと仮定すると、すべての辻褄《つじつま》が合う。

綾子が甲田悠司の犯行を認め、店外へ出た後、その第三者は電子タグとスリップを回収し、人目に付かないところで西原に渡す。

受け取った西原はレジで決済を済ませたよう工作する。

その後、すぐに防犯カメラを停止させ、ＨＤＤに記録されている映像を消してしまえば、故障やスイッチの入れ忘れといった言い訳も立つ。

同時に、甲田悠司の犯行や西原の工作を証明する証拠も消え去る。

推論ではある。が、考えれば考えるほど、そうだとしか思えなくなった。

であれば、ターゲットは誰だったのか。

あの万引き事件で最も不利益を被ったのは綾子だ。ということは、綾子に何らかの恨みを持つ者、あるいは綾子を利用しようとしている者が工作を主導した第三者だと思われる。

間違いない。甲田も西原も、その第三者に動かされているだけだ。

第三者を特定すれば、自分の嫌疑は晴れ、甲田悠司逮捕の正当性も証明できる。

明日、弁護士を頼もう。

瀧川は強く頷いた。

留置場の担当警察官が近づいてきた。瀧川は布団の中で目を閉じた。

足音が房の前で止まった。

「瀧川。面会だ」

警察官が房の鍵を開ける。

瀧川が顔を出した。砂賀も顔を出す。

「こんな時間に面会できるのか?」

砂賀が怪訝そうに訊く。

「おまえは関係ない」

警察官がひと睨みした。

「はいはい、すいません」

砂賀が布団に潜る。横になり、砂賀は瀧川に目を向けた。

「兄さん。こんな時間に房から出されるなんてことはねえ。気をつけな」

砂賀が小声で言う。

瀧川は目で頷き、起き上がった。

## 12

留置場を出された瀧川は、そのまま最上階にある会議室まで連れて行かれた。

「瀧川巡査部長を連れてきました」

留置場担当の警察官がドア前で言う。

「入れ」

男の声が聞こえた。

警察官がドアを開ける。瀧川は中を覗いた。

三鷹中央署署長の柳岡と公安部長の鹿倉がいた。

なぜ、公安部長が……?

眉を顰《ひそ》め、足踏みをした。

「瀧川君、入りなさい」

柳岡が言う。

仕方なく、瀧川は中へ入った。すぐさま、担当警察官がドアを閉めた。

「そこへ」

柳岡は差し向かいの席を目で指した。瀧川は言われるまま、二人の対面に腰を下ろした。

鹿倉は笑みを浮かべ、じっと瀧川を見つめている。その眼差しは鋭い。

柳岡は鹿倉の様子を気にして、ちらちらと顔色を窺っている。

どういう意図でこの二人がわざわざ面会に訪れたのかは知らないが、チャンスではある。

瀧川は自ら、口を開いた。

「署長。今回、私が嫌疑をかけられているストーカー事案についてなんですが」

「ああ、その件だがね」

柳岡が声を被せた。

「女性側から、訴えを取り下げてきた」

「取り下げた？」

小首を傾《かし》げた。

「彼女にストーキングしていたのは、君ではなかったようだ」

柳岡はこともなげに言った。

「ちょっと待ってください。私はストーカー対策室の私服警官四人に囲まれて逮捕されたんですよ。彼らが私をマークしていたのは明らかです。そこまで周到に事を進めていて、あっさり誤認はないでしょう」

「誤認だ」

「納得いきませんよ、それでは」

瀧川は食ってかかった。

嫌疑が晴れたことは喜ぶべきだ。が、ただの誤認逮捕というには、あまりに不可解な点が多すぎる。

その理由も聞かされず誤認という事実のみを受け入れろと言われても、承服しがたい。

「説明してください。どういう経緯で、私が逮捕されることになったのか。誤認であれば、担当警官の説明も受けているでしょう」

瀧川が詰め寄る。

柳岡は口角を下げてうつむき、時折、鹿倉に目を向ける。

「署長！」

思わず声が大きくなる。

柳岡は細い肩をびくりと震わせた。

「瀧川君」

鹿倉がおもむろに口を開いた。静かな口調だが、低い声色は有無を言わさぬ威圧感を滲ませる。

「君の逮捕を聞いて、我々が防犯カメラの映像を解析し、犯人の特徴を割り出したところ、君とは別の人物が浮上した。さらに、我々の捜査員が調べてみたら、その人物が見つかったので任意に事情聴取をしたところ、犯行を自供した。だから、君は無罪放免となったわけだ」

鹿倉がすらすらと語る。

瀧川は訝《いぶか》しげに眉根を寄せた。

「なぜ、本庁の公安が、私の事件を調べたのですか？」

「舟田さんだよ」

「えっ」

目を丸くする。

「私も三十年前、三鷹中央署の地域課に勤務していたんだよ。その頃、舟田さんにはお世話になった」

目尻に皺が立つ。笑みに柔らかみが差した。

「その舟田さんが、私のところに来て……正しく言えば、怒鳴り込んできて、君を嵌めるなと私に迫った」

「舟田さんが、なぜ？」

「舟田さんは、今回の件は我々が君を嵌めたと思ったようだ。君、刑事部講習会後の面接に、私がいたことを舟田さんに話したんだろう？」

「話しましたが……」

「以前、私が公安部員となった時、舟田さんは私が当時の公安部に嵌められて、無理やり部員にさせられたと思い込んでいるんだよ。何度も、そうではないと言っているんだけどね」

鹿倉が苦笑する。

瀧川は砂賀の言葉を思い出した。

犯罪を犯す者は、何かが欠けた目の色をしている——。

鹿倉の目をじっと見つめる。

鹿倉も見返してくる。その目は気負いもなく、ごくごく自然だ。

穿《うが》ち過ぎだろうか……。

瀧川は目線を逸らした。鹿倉が口角を上げる。

「どうやら、君も勘違いしているようだな。まあ、仕方がない。公安部の仕事は、同じ署内でもよくわからないものだ。もっとも、身内だからといって、他部署の警察官に簡単にわかられるようでも困るんだがね」

そう言って笑う。

鹿倉の笑顔には表情がある。嘘をついているとは思えない。

瀧川は、鹿倉を受け入れるかどうか、迷っていた。

と、鹿倉は唐突に切り出した。

「ただそれで、少々困った事態になってしまった」

「困った事態とは？」

「舟田さんが、うちの部員に暴行を加えてしまったんだよ」

鹿倉が言う。

瀧川は双眸を見開いた。

「どういうことですか？」

「君を返せと怒鳴り込んできた時、うちの部員と小競《こぜ》り合《あ》いになった。かなり興奮していたからね。それでつい、ということなんだろうが、本庁舎内での騒動だっただけに、ちょっと上で問題になってしまって。なんとか穏便にと、上と掛け合ってはいるんだが、公安部で起きた出来事だけに問題視する幹部も多くてね……」

　鹿倉が苦悩の表情を覗かせる。

「俺のせいで……」

　瀧川はうつむき、太腿に乗せた拳を握り締めた。

「何とかなりませんか?」

「すでに監察官が動いている。お咎《とが》めなし、というわけにはいかないだろう」

「厳重注意程度でしょうか?」

「上は戒告以上の処分を提示してきている」

「そんな……」

　瀧川の顔にも困惑が滲む。

「元はと言えば、私が勝手な真似をして、妙な疑いをかけられたことが原因です。私を処分する代わりに、舟田さんへの処分は軽微なものにしてください」

「それを決めるのは、我々ではないからね」

　鹿倉がため息をつく。

　瀧川は眉根を寄せた。

　舟田は定年まであと三年もない。自分のせいで、舟田のキャリアに傷を付けるわけにはいかない。

「舟田さんの事案を調査している監察官に会わせてもらえませんか?」

「何をする気だね？」

「舟田さんが、公安部へ怒鳴り込むまでの経緯を説明させてください」

「君が出張《でば》る必要はない！」

柳岡が言った。

瀧川は柳岡に目を向けた。

「すべての発端は私です。説明の機会くらいはいただきたい」

「君はこのまま無罪放免となって、通常業務に戻ればいいんだ。余計なことはするな」

「余計なこととは？」

目を細める。

柳岡はどぎまぎした様子で、瀧川から視線を逸らした。

鹿倉が割って入る。

「瀧川君。何を説明するつもりかな。聞かせてもらえないか？」

「そもそも、事は、三鷹駅前の書店での万引き事件から始まっています」

「瀧川君。その件はもう――」

柳岡が口を挟もうとする。が、鹿倉が右手を小さく挙げ、柳岡を制した。

「続けて」

瀧川に促《うなが》す。

瀧川は、不可解な万引き事件から、甲田親子の話、西原の件、ストーカー事案での不審な男の存在等々。留置場で思いついたことをそのまま話した。

「なるほど。見事な推論だ」

鹿倉は深く頷いた。

「こうした一連の出来事があっての、舟田さんの言動だったわけです。公安部が画策しているということは、部長の言葉を信じれば杞憂《きゆう》だったわけですが、万引き事件に端を発した一連の事象は警察官として見過ごすわけにはいかないものです。その捜査の過程で起こった、ちょっとした行き違いだったと説明すれば、監察官も多少、舟田さんの事案について考慮してくれるのではないでしょうか」

瀧川はまっすぐ、鹿倉を見つめた。

「君の言うことはもっともだ。しかし、そう説得するには、その推論が真実であれば、という絶対条件が必要になる。残念ながら、それは百パーセントない」

「なぜですか?」

瀧川は多少気色《けしき》ばんだ。

柳岡は瀧川の顔色を窺う。だが、鹿倉は表情を変えず、平然としていた。

「発端となった万引き事件だが、甲田悠司君を捕まえた有村綾子さんは自分の過ちを認めた」

鹿倉が静かに言った。

「綾子が? そんなはずは――」

「そういうことなんだよ、瀧川君」

柳岡がここぞとばかりに口を出した。

「昨日、有村氏が自分の誤認を認め、甲田悠司氏と晋二郎氏に謝罪した。晋二郎氏は、有村氏の謝罪を受け入れ、君たちを訴えないことにした。すべて丸く収まったんだよ」

「丸くって……。そういう話じゃないでしょうが！」

瀧川はテーブルを叩いて腰を浮かせた。

柳岡は驚き、仰け反《の》った《ぞ》。椅子ごと倒れそうになり、あわててテーブルの端をつかむ。

その横にいる鹿倉は、まったく動じていなかった。

「取引をしたということですか？」

柳岡を睨む。

「そんな真似はしない。有村氏が自ら過ちを認め、謝罪に出向いたんだ」

「あんたが行かせたんじゃないのか！　自己保身のために！」

瀧川は声を張った。暴言だとわかっていたが、止まらない。

「なんだと！　上司を捕まえて、なんだ、その言い草は！」

柳岡は怒鳴り返し、唇を震わせた。自らも腰を浮かせ、テーブルに両手を突いて身を乗り出す。

瀧川と柳岡は鼻息を荒くし、テーブルを挟んで睨み合った。

「まあまあ、二人とも落ち着いて」

鹿倉が言う。

瀧川は柳岡を睨んだまま、座り直した。柳岡も歯ぎしりをし、腰を下ろす。

「どういう結末であれ、君と舟田さんが、公安部が画策したとする根拠は失われた。監察官が明証のない話を考慮することはない。現時点で見えている事実だけで判断を下すのが監察官室だ。君が説明したところで、舟田さんの処分は免《まぬが》れない」

「署長。鹿倉部長。私にもう一度、甲田悠司の万引き事件を洗い直させてください。お願いします」

瀧川は頭を下げた。

「もう終わったことだ。あきらめろ」

柳岡はにべもなく言った。

「お願いします。このままでは、警察官としての本分を見失ってしまいます。舟田さんにも綾子にも申し訳が立たない。お願いします」

再び、テーブルに手をつき、額を擦りつけた。

「いい加減にしろ、瀧川！」

柳岡が怒鳴る。

それでも、瀧川は頭を上げない。

鹿倉は口辺にうっすらと笑みを浮かべた。ゆっくりと瀧川に話しかける。

「瀧川君。所轄も本庁も、結論を得た事案に人員を割くことはできない。ただ一つ、方法はある」

「なんですか！」

瀧川は顔を上げた。

「公安部員となることだ」

鹿倉が切り出す。

瀧川の眼が強ばった。

「公安部員になれば、交番勤務の警察官や刑事部の刑事たちとは違い、ある程度、自分の裁量で時間を使うことができる。むろん、公安部員としての仕事はしてもらわなければならないが、その他の時間は君が調べたい対象の捜査に充《あ》てられる。そこは私が約束しよう」

鹿倉はやんわりと詰め寄り、さらに話を続ける。

「また、君が公安部員となれば、監察官と話ができる機会も得られるだろう。場合によっては、舟田さんの処分を決める際の掩護《えんご》射撃となるかもしれない」

言葉を止め、テーブルに組んだ両手を置いて身を乗り出した。

「君の決断が、周りの人を救うことになる」

鹿倉は語気を強めた。

瀧川は深くうつむき、逡巡した。

恣《し》意的なものを感じる。しかし、鹿倉の言う通り、交番勤務をしていては、もはや綾子の無念を晴らす方法も、舟田を守る策もない。このまま泣き寝入りするだけだ。

沈黙の時が流れる。熟考した後、瀧川はゆっくりと顔を上げた。

「よろしくお願いします」

13

一週間後、瀧川は三鷹中央署にある自分のロッカーの片付けをしていた。

そこに日勤を終えた舟田が戻ってきた。

瀧川は舟田を認めて手を止め、立ち上がった。

「お疲れさんです」

軽く頭を下げる。

舟田は瀧川の足下にある段ボール箱に目を留めた。

「本当にやめるのか?」

「はい。誤認だったとはいえ、自分の軽率な行動が招いたことです。何らかのケジメはつけなければなりませんから」

「そうか……」

舟田が神妙な面持《おもも》ちで顔を伏せる。

舟田には、警察官を辞職すると伝えていた。鹿倉、柳岡両氏と話し合った結果だ。

瀧川が公安部へ移ると知れば、また舟田が鹿倉に詰め寄るかもしれない。

再び、舟田が公安部で騒動を起こせば、今度こそ庇《かば》いきれないと鹿倉は言った。

嘘をつくのは心苦しい。が、これ以上、舟田の経歴に傷を付けるような事態は避けたかった。

「次の就職先は決まっているのか?」

「警備会社で働いている知人が紹介してくれるそうです。体力には自信があるし、警察の仕事と似ているから、やりがいもありそうです」

「そうか。なら、よかった」

舟田が笑顔を見せる。

「一つ訊いていいかな?」

「何でも」

「ひょっとして、今回の君の決断に、私が公安部へ意見をしに出向いたことが関わっているのではないか?」

舟田は瀧川をまっすぐ見つめた。

一瞬、胸中で動揺する。さすがに舟田は鋭い。

しかし、瀧川は心の乱れをおくびにも出さず、笑みを返した。

「そうであれば、舟田さんも処分をされていますよ。そうならなくてよかったと思っていますし、その件に関しては本当に感謝しています。これまでのご指導も含めて、本当にありがとうございました」

瀧川は深々と頭を下げた。

私物を段ボール箱に入れ、ガムテープで蓋《ふた》を閉じる。箱を持ち上げ、舟田を見つめた。

「警察から離れても、舟田さんから教わったことは忘れません」

もう一度頭を下げ、舟田に背を向けた。

更衣室を出るまで、瀧川は背中に舟田の視線を感じ続けた。

瀧川は段ボール箱を自宅マンションへ運び入れ、その足でミスター珍に出向いた。

ドアを開ける。

「いらっ……あ、おかえり」

声をかけたのは綾子だった。白い制服を着て、給仕をしている。

奥の席には、遙香がいた。

「あ、おまわりさん！」

チャーハンを食べていた手を止め、満面の笑みを向ける。

瀧川は店の奥へ入り、遙香の差し向かいに腰を下ろした。

「宿題は終わったのか？」

「うん。帰ってすぐに終わらせたよ」

「えらいな、遙香ちゃんは」

瀧川が微笑む。

遙香ははにかんで、チャーハンを口に運んだ。

女将の小郷泰江がでっぷりとした腹を揺らし、瓶ビールとコップを持ってきた。

「はいよ、おつかれさん」

「ありがとう。綾子、どうですか？」

「よくやってくれてるよ。店の雰囲気も明るくなって、お客さんも喜んでくれてるし。何より、あたしが楽でいいわ」

そう言い、豪快に笑う。

厨房《ちゆうぼう》の奥でも、店主の小郷哲司がほくそ笑んでいる。

書店の仕事を失った綾子は、泰江の申し出を受け、ミスター珍に住み込みで働くことになった。

小郷夫婦も綾子と遥香を娘と孫のように受け入れてくれている。

「おばちゃん。ちょっと綾子に話があるんだけど、いいかな？」

「おや。プロポーズかい？」

泰江がにやりとする。

「違うよ」

瀧川は苦笑した。

「なんだ、違うのかい。早くしないと、綾ちゃんはいい子だから誰かに取られちまうよ。綾ちゃん」

泰江が呼ぶ。

綾子は厨房に皿を運び、駆け寄ってきた。

「達也くんが話があるんだって」

「おばちゃん、上、いいかな？」

瀧川が訊く。

「どうぞ。綾ちゃんも休憩がてら、ゆっくりしておいで」

「ありがとうございます」

綾子が微笑む。

瀧川は厨房奥にある二階への狭い階段を上がっていった。綾子が続く。すぐ手前の引き戸を開けた。八畳一間の部屋がある。綾子たちの荷物が運び込まれていた。

「変わらないなあ、この部屋も」

瀧川の頰が綻《ほころ》ぶ。高校生の頃、住み込みでバイトしながら勉強していた部屋だ。

「狭くないか？」

「私と遙香二人だもの。それに、遙香は喜んでるよ。いつもママと一緒だって」

「今まで、朝から晩まで働いて、一緒にいられなかったもんな。よかったのかもしれないな」

瀧川の言葉に、綾子が頷く。

綾子はポットに入ったお茶を淹れ、小さなテーブルに置いた。瀧川はお茶を一口啜《すす》った。喉を潤《うるお》し、綾子を見つめる。

「突然だけど、本日付で退職した」

「えっ」

綾子は目を見開いた。

「やめさせられたの？」

「いや、自分から辞職を申し出たんだ。ストーカー事案は誤認逮捕ということでカタはついたが、対外的な影響を考えると、そのままというわけにもいかない。厳重注意処分でということだったが、それでは同僚にも迷惑をかけてしまうし、今まで通り、交番勤務ができるとも思えなかったんでな。やめることにした」

「そんな……」

綾子はうつむき、太腿に置いた手を握り締めた。

「心配するな。次の仕事はもう見つけてある。警備会社だけどな。その研修の関係で、少しの間、街を離れることになる」

「いなくなるの？」

顔を上げる。綾子の涙袋が膨らんでいた。

「少しだけだ」

瀧川は微笑んだ。

「綾子、一つ訊かせてほしいんだが」

「何？」

「なぜ、甲田の誤認逮捕を認めた？」

ストレートに切り出す。

綾子の表情が一瞬固まった。黒目が泳ぐ。瀧川の視線を避けるようにうつむいた。

「誰かに何か言われたか？」

問う。

しかし、綾子は押し黙った。

「俺はおまえを信じてる。だから、甲田の件から手を退《ひ》くつもりはないぞ」

「達也君。もういいから」

綾子は顔を上げた。

「おまえに迷惑はかけない」

瀧川は笑った。

綾子の目から大粒の涙がこぼれた。勢い、瀧川に抱きつく。

「ごめんなさい。私のせいで……」

「おまえのせいじゃない」

瀧川は綾子を抱き締めた。

「ただ、おまえの無念は晴らしてやる。おまえが間違っていなかったことはきっちりと証明して、大手を振ってどんな職にも就けるよう、名誉は回復してやるから」

「本当にもういいよ」

「おまえだけの問題じゃない。俺の警察官としての意地もある。もうやめたけどな」

瀧川が言う。綾子は、ギュッと瀧川の背中を握り締めた。

「少しの間、おまえにも遙香ちゃんにも会えなくなるけど、元気でやっていてくれ。というか、おばちゃんのところにいてくれれば、俺も安心だ。何かあれば、舟田さんに相談しろ。いいな」

瀧川が言う。

綾子は上体を起こした。瀧川を見つめる。

「まるで、今生《こんじょう》の別れみたい……」

「ヘンなことを言うな」

苦笑する。が、綾子は目を逸らさない。

「帰ってくる。必ず」

「待ってる」

綾子が目を閉じる。

瀧川はそっと綾子の唇に唇を重ねた。

# 第二章　異世界の洗礼

## 1

　かつて中野にあった警察大学校は、二〇〇一年、府中《ふちゅう》市に移転した。約七万平米の広大な敷地の東側には、味《あじ》の素《もと》スタジアムや調布《ちょうふ》飛行場を望み、警視庁警察学校も併設されている。

　警察大学校は、主に上級幹部や専門職に就く警察官が知識や技能、指揮管理能力を学び、修得する学校だ。

　各科で三週間から四ヶ月程度の授業が行なわれ、学校内には随時七千人近くの現役警察官の学生や職員がひしめいていた。

　研修に来ている警察官の階級は、ほとんどが警部補以上だ。上級職の者も多い。

　だからか、校内の空気はどこか物腰柔らかく、落ち着いている。

　スーツに身を包んだ瀧川は、スポーツバッグ一つを持って大学の正面玄関を潜《くぐ》り、受付で声をかけた。

「すみません。今日より、ここへ入学する予定の瀧川と申しますが」

「身分証と紹介状を」

担当の女性警察官が言う。

瀧川は身分証と鹿倉から預かった紹介状を担当官に差し出した。

担当官は身分証を端末で照会し、鹿倉からの紹介状に目を通した。

紹介状に判を押し、脇にある引き出しにしまい、代わりにカードの入ったネームホルダーを差し出した。

「このネームホルダーを首に提げて、西C棟別館へ行ってください。身分証は研修修了時、その他事由《じゆう》で当校を退校する際にお返しすることになっていますので、その時までこちらで預かります」

「わかりました。よろしくお願いします」

瀧川は女性担当官に渡された地図を受け取り、歩きだした。

正面玄関を出て、右へ折れる。グラウンドや校舎の隙間を縫うように延びる細い道をくねくねと進む。

道は林の奥へ進み、人影もなくなってきて、うら寂しくなってくる。

「本当にこっちか……?」

何度も立ち止まり、地図を見るが、道は間違っていない。

五分ほど歩くと、木々が開け、三階建てのビルが現れた。

正面にそびえるパラボラアンテナの立った中央校舎ビルやその周りに建つ高層マンションの

ような瀟洒《しょうしゃ》なビルとは違い、剝き出しのコンクリート壁で小さな窓しかない素っ気ない建物だ。まるで、監獄のようでもある。

周囲を木々に囲まれているからか、佇《たたず》まいがどことなくじめっとして仄暗《ほのぐら》い。

自動ドアを潜ると、一人の制服警官が立っていた。中肉中背で一見威圧感はないが、ふっと向けられた眼力は強い。

瀧川はやや緊張し、その制服警官に近づいた。

「本日付でこちらに入校する予定の瀧川達也です」

瀧川は告げ、首に提げたまま、ネームホルダーを差し出した。

「君はなぜ、私に自己紹介をし、ネームプレートを見せた?」

警官が訊いた。

「なぜって……。ここにはあなたしかいません」

瀧川は周囲を見回した。小柄な警官以外、他の者はいない。

「私がもし、警察官の制服を着た侵入者だったらどうする?」

「そんなことは……」

「ないと言い切れるか?」

警官が帽子のつば越しに瀧川を睨み上げた。眼光に鋭さが増す。

瀧川は言い返せなかった。

ないとは言い切れない。警察大学校だから、そこに出入りしている者が警察官ばかりだと思い込むのは、先入観以外の何ものでもない。

「失礼しました」

瀧川は素直に頭を下げた。

警官は小さく頷いた。

「それでいい、瀧川達也巡査部長」

瀧川は顔を上げ、警官を見た。

双眸から鋭さが消えていた。目元に柔和な皺が浮かぶ。

「自らの失態に気づいた時、最も重要なのは、それをいち早く認め、次なる手を考えることだ。私は、当校で公安部の基礎教練を教えている森長《もりなが》だ」

森長は身分証を出し、瀧川に提示した。

森長靖弘《やすひろ》、五十三歳。階級は警視だった。

「三階の三〇一一号室が、研修期間中の君の居室となる。二人部屋で、入って右のベッドが君に割り当てられたスペースだ。荷物を置き、用意された制服に着替え、通達があるまで待機しているように」

「わかりました」

瀧川は一礼し、階段を上がった。

踊り場で下を見る。森長は後ろ手を組んで仁王立ちし、立番のような格好で次に入ってくる者を待ち構えていた。

厳しそうだな……。

瀧川は気を引き締め、三階へ上がった。

三階は最上階フロアだった。フロアは広い。中央の廊下を挟んで左右に十以上のドアが並んでいる。

瀧川はドアに書かれた数字を見た。最奥から手前二つ目の右のドアが、三〇一一号室だった。

ノックをして、ノブを倒す。

「失礼します」

声を掛け、ドアを開ける。

中を覗く。誰もいない。そのまま中へ入った。

部屋は十畳ほど。パーテーションはなく、左右の壁にベッドが張りつくように設《しつら》えられている。

ベッドの脚下部分には壁付けの机があり、その下に小さなロッカーが設置されている。

壁上部には棚とハンガーを掛けるレールが備え付けられていた。

窓は半間もなく、明かりと外気を提供するための申し訳程度のものだった。

「プライベートも息抜きもなしということか」

瀧川は息をつき、手に持っていたスポーツバッグをベッドに置いた。

ベッドには、折り畳まれた制服が置かれていた。広げてみる。青色の飾りのないズボンとジャケットだった。下に着る白いTシャツも三枚、用意されている。

制服の着用規定を記したプリントも置かれている。

瀧川はスーツを脱ぎ、着替え始めた。

パンツ一枚になり、Tシャツを着て、その上からズボンとジャケットを着込む。ジャケットは第一ボタンまで留めなければならない。

ネームプレートは、ホルダーから出し、左肩のビニールポケット部分に左側を下にして差し込むことと記されていた。

瀧川はその通りに着替えを終え、脱いだスーツやワイシャツをハンガーに掛けた。

机の下のロッカーを開けると、洗面用具と白い運動靴が入っていた。運動靴は、研修期間中に使用するものだ。

靴を履き替え、ドア裏に取り付けられた姿見に自分を映す。

「囚人だな……」

瀧川は思わず苦笑した。

と、鏡が揺れた。あわてて、後退する。

「ああ、すまない」

背の高い男が顔を覗かせた。

仕立てのいい濃紺のスーツに身を包んだ目鼻立ちの濃い男だ。男は中へ入ってきた。キャリーケースを引いている。

「清掃の人？」

「いえ。今日よりここで研修を受ける者です」

「君も公安部候補生なのか」

男は大きな目を丸くして、瀧川を見下ろした。左肩のネームプレートに目を向ける。

瀧川はさりげなく左肩を後ろに引いた。

「そう警戒しなさんな。僕も君と同じく、公安部候補生。白瀬《しらせ》秀一郎《しゅういちろう》だ。よろしく」

男はネームホルダーを瀧川に見せ、右手を差し出した。

プレートの名前と顔写真を確かめる。間違いなかった。

「瀧川達也です」

瀧川は名乗り、握手をした。

「下で森長教官の洗礼を受けたから、警戒しているんだろう？　わからなくもないが、あまり神経質になっていると、一ヶ月ももたないぞ」

白瀬は飄々《ひょうひょう》と言い、荷物を窓際に置いて、ベッドに腰を下ろした。長い脚を組み、瀧川を見つめる。

「しかし、なんだい、その格好は？」

頭頂から爪先までを舐める。

「制服です」

「これが制服？　研修より、このダサい制服で三ヶ月過ごさなきゃならないのかと思うと、そっちに耐えられるか心配だな」

口角を下げ、顔を横に振る。

「まあでも、仕方ないか」

白瀬は立ち上がると、スーツを脱ぎ始めた。

スーツ姿は細身に見えた。が、脱いでみると、見事な肉体をしていた。胸板は逆三角形に張って盛り上がり、腹筋は八つに割れていた。長い脚も太腿が逞《たくま》しく、よく鍛えられている。アスリートの肉体のようだった。

味気ない制服を身に纏《まと》うと、濃い顔だけが妙に浮いた。

「やっぱり、僕には似合わないなあ。せめて第一ボタンでも外せたら、襟でも立ててファッショナブルにアレンジできるんだが」

姿見に自分を映し、白瀬はぼやいた。

瀧川はベッドに仰向《あおむ》け、目を閉じた。

白瀬が戻ってきて、瀧川に声をかける。

「寝るのか？」

「起きていても仕方がないですから。少しでも体を休めておこうと思いまして」

「なかなか度胸があるんだね。緊張したり、この先のことが不安になったりしないのか？」

「緊張はしています。研修に不安もありますが、わからないことを考えても仕方がないので」

「僕もそう思うよ」

白瀬はスーツを片づけ、同じように仰向けに寝転んだ。両手を後ろ頭に添え、脚を組む。

「僕は神奈川県警本部組対部の刑事をしていた。三十二歳。階級は警部だ。君は？」

「私は警視庁三鷹中央署の地域課に勤務していました。歳は同じですが、階級は巡査部長です」

「へえ、君、巡査部長なのか。すごいね」

「何がですか？」

「警察大学に入校できるのは、通常警部補以上の警察官なんだよ。公安部はその限りではないんだけど、それでも昨今の傾向では、肩書や学歴を気にする場合も多い。そうか。君は東大出か何かかか？」

「いや、高卒ですが」

「それはますますすごい。学歴も肩書もなく、公安部に推薦されるとは、よほど実力があるんだな。いや、これは決して君を馬鹿にしているわけではなく、むしろ敬慕するからこその正直な感想だ。気を悪くしないでくれよ」

白瀬が言う。

瀧川は目を閉じたまま、ふっと笑った。が、すぐに笑みを引っ込めた。

白瀬は悪いヤツではないと感じる。しかし、自分のことをしゃべっているようで、その実、瀧川のことをあれやこれやと聞き出そうとしている。

こうした輩《やから》に気を許してはいけない。いつのまにかペースを握られ、話さなくてもいいことを喋らされる羽目になる。

隙を見せて、足下《あしもと》をすくわれれば、公安部員にはなれない。

公安部員にならなければ、綾子も舟田も守れない。

白瀬はまだ何かを話しかけてくる。しかし、瀧川は寝たふりをし、白瀬の言葉を排除した。

白瀬がおとなしくなってきた頃、天井のスピーカーからアナウンスが流れた。

——研修生の諸君。これより五分後までに、二階の大講堂へ集合してもらいたい。以上。

森長の声だった。

瀧川はむっくりと起き出した。ベッドを降りて立ち、制服の乱れを整える。

隣のベッドを降りた白瀬も、裾や襟足の皺《しわ》を整える。

「さっそく始まるな。お互い、がんばろう」

白瀬は瀧川の肩を軽く叩き、先に部屋を出た。

「おかしなヤツだな……」

瀧川は首を振り、気持ちを入れ替え、部屋を出た。

2

瀧川は白瀬と共に、二階の大講堂へ出向いた。

大講堂は半円形のすり鉢状になっていた。すり鉢の底には教壇があり、マイクが備え付けられている。教壇の背後にはプロジェクター用の白いスクリーンがあった。

教壇と対峙する半円形の席には、瀧川たちと同じ制服を着た研修生が座っていた。

瀧川は教壇から向かって左端最後尾の席に腰を下ろした。白瀬が隣に腰を下ろす。

「なぜ、こんな遠いところに座るんだ？　もっと前のほうがアピールもできていいんじゃないか？」

白瀬が訊く。

多くの研修生は中央前列に座っている。白瀬の言うように、教官に顔を覚えてもらう目的もあるのだろう。

「ここでいいですよ。ここだと全体が見渡せますから」

瀧川はぐるりと講堂内を見渡した。

白瀬も部屋を見回す。

「なるほど。なぜ、全体を見たいんだ？」

「なんとなくです。俯瞰《ふかん》したほうがいろんなことに気づけるような気がして」

「それもまた一理だね」

白瀬が微笑《ほほえ》みを向ける。

瀧川は一瞥《いちべつ》し、改めて講堂内を見回した。

研修生は目算で七十名ほどだった。多くは中央前列にいるが、瀧川たちと同じように後方に陣取っている者もいる。あえて、一人になれる位置に座っている者もいた。

白瀬も同じように室内を見回していた。

「それにしても、やはり公安の研修は厳しいね。早速三割近くが落とされたようだ」

小声で言う。

「どういうことですか?」

瀧川が訊いた。

「ここに残っているのは、七十人くらいだろう? 僕は今回の研修には全国各地から百人くらいの候補生が集まると聞いていた。けど、百人はいない。つまり、三十人程度、約三割は、ここへ入る前に落とされたということだ」

「玄関口で、ということですか?」

「おそらくね。森長教官のトラップを抜けられなかったんだろう」

「やけに詳しいですね、白瀬さん」

「公安部員になりたいなら、その程度の情報は常識だよ。僕にしてみれば、そんなことも知らない君のほうが不思議でならない。君は希望してここへ来たのか?」

白瀬が瀧川に目を向ける。

口調は変わらないが、一瞬だけ、目の奥に鋭さを覗かせた。

「もちろん、希望して来ましたが、私は、階級も部署も公安からは遠い位置にいました。そうした情報を得ることが難しかっただけです」

こともなげに答え、続ける。

「今後も、私が知らない常識とやらを教えていただけると助かります。よろしくお願いします」

瀧川は小さく頭を下げた。

「まあ、僕も他人に教えるほどは知らないんだけどね」

白瀬は差しさわりのない返事をし、教壇に目を向けた。

右手のドアが開いた。

森長が入ってきた。玄関で見た普通の警察官の制服ではなく、背広型の制服を着ていた。袖に金色の斜めラインが入っていて、左胸には金色の階級章を付けている。警視の証《あかし》だった。

森長は手に持っていた青いファイルホルダーを置き、教壇の端に両手をついて、研修生を一《いち》眸《ぼう》した。

「諸君、入学おめでとう」

森長が言う。

研修生たちは、誰もが緊張した面《おも》持《も》ちで森長を見つめた。

「これより三ヶ月、君たちに公安部員としての基礎を教える。主任教官は私、森長が務める。各専門教科は専任の教官が担当する。授業は一時限九十分。月曜から土曜までの六日間、午前九時から午後八時まで六時限行なう」

森長が淡々と連絡事項を伝えていく。

メモを取る者、スマートフォンのメモ機能や録音機能を使って話を記録していく者、森長のほうを見て、話を頭に叩き込んでいる者、様々だ。が、週六日、九時間の拘束と聞かされても誰一人、驚く者はいなかった。

瀧川は話を頭の中に叩き込んでいた。隣では、白瀬がスマートフォンで録音している。

「メモとか取らなくていいの？」

白瀬が小声で訊く。

「メモするものを持っていませんので。記憶しておきます」

瀧川は教壇に目を向けたまま答えた。

本当はメモ帳もスマートフォンも持っている。しかしあえて、メモは取らなかった。

指導は玄関を潜った時から始まっていると、瀧川は感じていた。

最初の挨拶程度を覚えられなくては、公安部員は務まらない。そう考え、わざとメモを取らず、自分の記憶力と集中力を鍛えていた。

「なお、教育期間は三ヶ月だが、教育過程において我々が不適格と判断した者はその時点で去ってもらうので、気を引き締めて臨んでもらいたい。すでに二十八名の研修生がこの場を去った」

森長が言うと、講堂内の空気が一気に張りつめた。

白瀬の言う通り、玄関口でのトラップで三十名近くの候補生がふるいにかけられたようだ。

ますます、気が抜けないな。

瀧川は唇を固く結んだ。

「君たちに与えられる休みは日曜日だけだが、外出には許可がいる。外出理由と時間を申請し

――」

森長の話が続く。

と、右手のドアが開いた。女性警察官が入ってきた。

青いブレザーに膝丈《ひざたけ》のキュロットスカートの制服を身に着けていた。袖の斜めラインは金色。警部補以上の階級だ。左腕にプリントの束を抱えている。

女性警察官は帽子を被っていた。制帽ではなく、交番勤務の警察官が警らに出かけるときの活動帽だ。

制帽は学生帽のようなかっちりとした形のものだが、活動帽はチロリアンハットのように滑らかな曲線を描いた柔らかそうで頭部にフィットする形の帽子だった。

帽子の下に覗く顔貌に化粧気はない。眉は細く、顎先《あごさき》がすっと尖ったスレンダーで美形の女性だ。が、靴まで薄い青系の色であるのは、少々違和感を感じた。

「森長教官、カリキュラムと校内規則のプリントを持ってきました」

マイクに女性警察官の声が通る。

「ありがとう。配ってくれ」

森長は言い、話を続けた。

女性警察官は手際よく、前列の研修生からプリントを配っていった。

手馴れていた。五分もかからずプリントを配り終え、瀧川の背後の出入り口から出ていった。

プリントには、三ヶ月のスケジュールがびっしりと書き込まれている。

諜報《ちょうほう》技術の授業もあれば、ターゲットを落とすための基礎学習もある。各種武器の扱いや格闘訓練の項目もあった。

森長教官の話は、一時間以上続いていた。

連絡事項を伝えた後は、公安部員の心得を話していた。

公安部員は常に死と隣り合わせの現場で働いている。公安部員になりたい者は、いつ何時も死を覚悟しなければならない。

といった主旨の話を延々と繰り返している。

退屈極まりない講義だった。

最初のうちは、誰もが真剣に耳を傾けていたが、そのうち全体の空気がだらけてきた。メモを取っていた者は手を止め、中にはこくりこくりと舟を漕いでいる者もいた。

森長は気にすることなく、淡々と話を続けている。

「いつまで続くんだろうね」

白瀬が横から小声で話しかけてくる。

瀧川は答えず、森長のほうを見つめ、話を聞いていた。

妙だった。

玄関口で研修生を巧みに騙し、その場で資質を見極めるような人が、同じ話をだらだらと続けている。

初対面の印象とあまりに違いすぎる森長の言動を、瀧川は不気味に感じていた。

「ということで、今後、諸君には学習する中で、一人一人が公安部員としての自覚と誇りを育《はぐく》んでもらいたい。私からは以上だ」

ようやく森長が話を締めた。

うとうとしていた者も顔を上げる。両肩を上げ、こっそり伸びをしている者もいた。

森長は自分が持っていたファイルを開き、プリントを取り出した。

プリントを手に持ち、前列正面の者に渡す。

「これを後ろへ回してくれ」

森長が言う。

プリントを受け取った研修生は自分の分を一枚取り、振り返って紙の束を渡した。

各人が自分の分を取り、後ろへ回す。

「私が取ってきますよ」

瀧川は席を立ち、少し離れた研修生の元へ歩み寄って、プリントを二枚受け取った。

白瀬の元に戻りつつ、プリントを見る。

白紙だった。

瀧川が白瀬にプリントを渡す。白瀬は表裏を確かめ、首を傾げた。

「なんだ、これ？」

「さあ……」

瀧川も小首を傾げる。

他の研修生も、白紙の意味がわからず、多少ざわついていた。

「紙は行き渡ったかな?」

マイクを通して森長は訊き、最後尾にいる瀧川やほかの研修生に目を向けた。

瀧川たちが頷く。森長は頷き返し、口を開いた。

「まず、上部に部屋番号と名前を書くように。フルネームで」

森長に言われ、瀧川は筆記用具を出し、言われた通りに部屋番号と名前を記した。

「決意表明でも書かせるつもりかな?」

白瀬が言う。

瀧川は返事をせず、森長の次の言葉を待った。

「名前は書き終えたようだね。では、そこに次の設問の答えを書いてもらいたい。約一時間前、私の元にカリキュラムを持ってきた者がいる。その者の特徴を、記憶している限り、箇条書きで記してもらいたい」

森長が言った。

講堂内がざわっとした。

そういうことか。

瀧川は思った。

森長がわざとだらだらと話を続けていたのは、研修生たちの記憶を散漫にさせる目的があったようだ。

「そりゃないぜ……」

隣で白瀬がぼやいた。

ほとんどの研修生も、白瀬と同じ気持ちだろう。

「書き上げた者は提出して、自室へ戻ってよし。今日はこれ以降の授業はないので、明日からの講義に備えて体を休めてもらいたい。全員、記入始め！」

森長が言う。

瀧川はすらすらと書き始めた。

女性警察官で警部補以上の階級。女性警察官の正装をしているようだったが、帽子は活動帽。スレンダーで眉が細く、顎先の尖った美形の女性。青いパンプスを履いていた。瀧川たちの後ろ、教壇から向かって左手のドアから退出した、などなど。

記憶に留めていた女性警察官の特徴や言動を思い出す限り、箇条書きで記した。

一通り書き記して、顔を上げる。研修生たちの様子は様々だった。

瀧川のようにすらすらと書き連ねている者、頭を抱えて唸っている者、早々にあきらめ、覚えていることだけを記入して提出し、さっさと自室に戻る者。

瀧川は横目で白瀬の様子を見た。

頭を抱えている組だが、時折、ペンが動く。それなりに記憶はしているようだ。

瀧川はもう提出できるだけの記載をしたが、席は立たず、他の研修生の様子を見つめていた。

そして、三分の二が退出した頃を見計らい、席を立った。

「もう終わったのか？」

白瀬が瀧川を見上げる。

「はい。これ以上は思い出せそうにないので、ここでキリを付けて提出します。先に戻ってますね」

瀧川はそう言い、階段を下りて森長の待つ教壇に記入紙を置いた。

「ご苦労。戻ってよし」

森長が言う。

瀧川は一礼して階段を上がり、講堂後部のドアを出た。

3

翌日、瀧川は食堂で朝食を済ませ、午前九時からの授業に出るべく、十分前に大講堂へ入った。

教壇から向かって左端の最後尾に腰を下ろす。持ってきた筆記用具と、ノートを置き、広げる。

他の研修生たちも続々と入ってきていた。白瀬も入ってくる。瀧川を認めると、隣に座った。

「また今日も、こんな端っこか？」

「私はここでいいので、白瀬さんはご自分の好きなところへどうぞ」

「同室なのにつれないねえ」

白瀬は言い、今日もスマートフォンを出し、簡単なメモ帳と共にテーブルに置いた。

「今日も録音ですか？」

「効率がいいだろう？　道具というのは使うためにあるものなんだよ」

ことなげに言う。

「それより気づいたか？」

白瀬が講堂を見回した。

授業開始二分前だが、講堂に空席が目立つ。

瀧川も気づいていた。あきらかに昨日より人が少なくなっている。

「僕が記憶している限りでは、寝ていた連中はみんな来てないな。つまり、早速追い返されたということだ。寝なくてよかったよ」

白瀬が言う。

確かに、瀧川が記憶している中でも、森長の話の最中、前列でこくりこくりとうたた寝していた研修生の姿はなくなっていた。

チャイムが鳴った。右手ドアが開き、森長が入ってくる。研修生たちは姿勢を正し、正面を向いた。

「諸君、おはよう」

「おはようございます」

講堂に挨拶が響く。

「教室に来て気づいた者も多いと思うが、一日目で約半数の研修生を不適格と判断し、退寮してもらった」

森長の言葉に、講堂内が若干ざわつく。

「公安部員たるもの、いつ何時も気を張り詰めておかねばならない。君たちが相手にするのは筋金入りの犯罪者だ。一瞬の油断が即、死に繋がる。また、正体がバレれば、我々の組織にも何らかのデメリットを生じさせることになる。無論、公安部員に危険が及んだ時は全力で救出を試みるが、個人の命と組織の安全を計り、組織の安全が脅かされると判断した場合、公安部は組織の安全を優先する。その時、君たちは自力で犯罪組織から抜け出さねばならない」

「見殺しにするというわけですか？」

前列にいた研修生が訊いた。

「そう取ってもらってもかまわない。だからこそ、常に神経を尖らせ、慎重に慎重を期す癖を付けておく必要がある。つまらない話だからと居眠りする者や、ちょっとした事象にも目を配れない者は公安部にはいらない。命を無駄にするだけだからな。君たちはそういう部署に配属されようとしている。そのことは今一度、肝に銘じてもらいたい」

語気を強める。

研修生たちの表情が引き締まった。

「では、一限目の授業を始める。まずは、公安部の仕事の基本をしっかりと覚えてもらう。末《すえ》松《まつ》君」

森長が正面最前列の研修生を呼んだ。恰幅《かっぷく》のいい角刈りの警察官だ。

「このプリントを配ってくれ」

森長はテーブルに置いたプリントを末松に渡した。

末松は受け取り、一人一人にプリントを配って回った。

わざわざ階段を上がり、自分で最後列の瀧川や白瀬にまでプリントを配り終え、余ったプリントを森長に戻す。

プリントを配る、という指令を受けた末松が確実に指令を遂行するには、プリントを後ろに回すより、自分で配ったほうがいい。

森長は戻ってきた末松に訊いた。

「末松君。何名いた？」

「五十二名です」

「よろしい」

深く頷く。

末松は頬を上気させ、席へ戻った。

その様子を見て、白瀬が顔を寄せた。

「なんだか、あちこちにトラップを埋め込まれているようだな」

小声で言う。

瀧川は無視した。が、胸中では同じ事を感じていた。

いつ、どのような角度から、何を問われるのか、見当も付かない。それだけに、一瞬たりとも気を抜けない。

「プリントに目を通してもらいたい」

森長が言う。

プリントには、公安部員の仕事の概要が記されていた。

公安部の仕事は、簡単に言えば情報収集活動だ。特に、国家を転覆させようとする犯罪、暴力、思想組織の情報を集めることが主要任務となる。

その情報を集めるために、諜報・工作活動を行なう。スパイ活動だ。

スパイと聞くと、一般的にはヒリヒリとした潜入捜査を思い浮かべるが、肝《きも》は、組織の内部を知る相手側の対象者をいかに手中に収め、有益な情報を引き出すかということに集約される。

そのための技術を習得するのが、研修の目的だった。

プリントに書かれているのは概要だけだったが、それでも、瀧川は内心驚いていた。

公安部の仕事は、警察官といえど、わからないことが多い。部署によっては、その存在すら明らかにされない警察官もいると、噂には聞いていた。

が、概要を見る限り、それは風説ではないようだった。

公安部員は、対象者を落とすためにありとあらゆる手段を用いる。

まず、対象者を決めたら、その人物の身辺を徹底的に洗う。

生まれた場所から生育履歴、家族構成といった身上はもちろん、対象者の趣味、生活状況、性癖、対象者と接触する者の身上まで、対象者に関するあらん限りの情報を調べ上げる。そのために尾行をしたり、自宅や職場、車中や出入りする場所での盗聴や盗撮も行なう。対象者の情報が揃った時点で、その人物のウイークポイントを見つけ出し、的確に突く手段を決める。

たとえば、女にだらしない者であればハニートラップを仕掛けたり、ギャンブル好きであれば金を渡して丸め込んだり。弱点らしい弱点が見当たらない者は、接触した後、ギャンブルや女に嵌《は》めて、弱点を作らせることもある。

そうして相手のウイークポイントを周到に探り出し、がんじがらめにして自分たちの手駒にし、情報を引き出していく。

一読しただけで顔をしかめてしまうような内容だった。

「みんな、目を通したな。この概要を読んで、質問のある者は？」

森長が一同を見やる。

瀧川が手を挙げた。

「瀧川君」

「まだ概要を知っただけですが、率直に訊かせていただきます。いくら国家に刃向かう組織の内偵だからといって、法を逸脱する可能性のある行為を行なっても良いものでしょうか？」

瀧川の質問に、講堂内がざわついた。

「君はどう思う？」

森長が訊く。

「私個人の意見ですが、犯罪捜査とはいえ、警察官である以上、法を遵守《じゅんしゅ》するのが当然かと思います。でなければ、警察はただの横暴な権力に成り下がってしまうのではないでしょうか」

「おい、言い過ぎだぞ」

白瀬が小声で言う。

瀧川は森長を見つめた。

森長はふっと微笑み、他の研修生たちを見回した。

「瀧川君と同じ意見、あるいは疑問を抱いている者はいるか？」

訊く。

瀧川の質問は、公安部の存在そのものを否定しかねないものだ。研修生たちは躊躇《ちゅうちょ》していた。

そんな中、白瀬が手を挙げた。

「言い過ぎじゃなかったんですか？」

瀧川が言う。

「言い過ぎだが、言っていること自体は間違っていないからね」

白瀬は片眉を上げた。

他にもチラホラと手を挙げる者がいた。最終的には、十名の研修生が手を挙げていた。

「他の者は、当然だと思っているんだな？」

森長が、手を挙げていない末松を見た。末松は強く頷いた。他の手を挙げていない研修生も一様に頷く。

「結論から言えば――」

森長が瀧川に目を向ける。

「手を挙げている者が正しい」

森長の言葉に室内がどよめいた。

「公安部員は、時として非合法な手段を用いなければならない。その際に大事なことは、その行為は必要に迫られてしているだけという感覚だ。警察官が非合法なことをしていいのかという疑問は常に持っておいてもらいたい。でなければ――」

再び、末松を見据える。

「対象に取り込まれる」

森長が語気を強めた。

誰もが息を呑んだ。

「捜査対象の組織は、公安部の人間が送り込まれる可能性を常に想定している。その上で、潜入者や接触者が公安部員だとわかれば、私たちと同じように、部員を落として手駒にしようと画策する。警察官としての心構えを失った者は、相手に工作を仕掛けられたら一溜《ひとた》まりもなく相手方の手に落ち、利用される憂き目に遭う。残念なことだが、私はそうした公安部員を多数見てきた。しかし、彼らに罪はない。しっかりと教育できず、適性を見極められなかった我々の責任でもある」

「ちなみに、相手に寝返った公安部員はどうなったのですか？」

末松が訊いた。

「利用されるだけ利用されて殺された者もいれば、廃人になった者もいる。そのまま犯罪者となった者もいれば、行方知れずの者もいる」

森長は淡々と答えた。顔を瀧川に向ける。

「瀧川君。君の疑問はもっともだ。そうした疑問を持つこと自体、警察官としての自覚がしっかりと君に根付いている証拠だろう。しかし一方で、非合法な手段を用いなければ、組織の片鱗《へんりん》すらわからない犯罪組織もある。そうした得体の知れない組織を野放しにしておけば、いずれ、一般の罪のない人々にも犠牲者が出ることになる。新左翼組織の事案が良い例だ。彼らは国内はおろか、海外でも無差別殺人を行なった。そうした相手と対峙した時、はたして合法的な手段だけで鎮圧できるだろうか？」

森長が言う。

瀧川は黙り込んだ。

他にも方法はあると思う。しかし、狂信的な組織を疑わしき段階で強硬に潰すことは、それこそ、言論や思想の弾圧になりかねない。

「確実な証拠を元に、正当な理由で国家転覆を企てる組織を潰す。それこそが警察に求められる役割だ。が、そうした組織は一筋縄では馬脚《ばきゃく》を現わさない。手をこまねいていれば、いずれ、一般大衆に甚大な被害を及ぼすことになる。誰かが手を汚さなければ、そうした組織とは戦えない。これは空論ではなく、現実だ。我々は現実を生き、現存するそうした組織と戦わなければならない。多くの民衆を守るために行なう非合法も、君は許されないと思うか？」

「……正直、わかりません」

瀧川が答える。

森長が頷いた。

「それでいい。研修期間中にその答えを見つけ出せばいい。他の者も同じだ。はっきりと言っておく。公安部員となれば、君たちは警察官でありながら、犯罪に手を染める場面にも遭遇するだろう。その覚悟は持ってもらわなければならない。君たちの信条として、それはどうしても受け入れられないと思うのであれば、自ら退寮を申し出てほしい。到底、公安部員は務まらない。しかし、その信条は間違っていない。所轄に戻って、警察官としての職務を全うしてくれればいいだけの話だ。公安部員になれなかったことを恥じる必要もない」

森長は言った。

「授業に戻る。まず公安部が相手をする組織の種類や形態から講義しよう。テキストはない。必要があれば、録音するなりメモするなりしてもらいたい。ただし、録音したものやメモしたものは外部に漏らさぬよう。講義内容が外部に漏れた場合、我々は漏らした者を必ず特定する。特定された者は、警察官としての立場を失うだけでなく、人生を棒に振ることになるということを言い添えておく。では最初は、先程も話に出た新左翼組織についてだが——」

森長が講義を始めた。

瀧川は心中複雑だった。

公安部員になるということは、犯罪者にもなりかねないということでもある。そこまでする必要があるのか……という疑念が拭えない。

だがすでに講義は始まってしまった。

瀧川は釈然としない思いを抱えつつ、気持ちを切り替え、授業に集中した。

4

公安部の研修が始まって、一週間が経った。

初日、二日目を除き、退寮を迫られた者はいなかった。

わずか二日で半減した事実に、研修生たちも気を入れ直したようだった。

今日より、専門講習が始まることになっていた。

瀧川はいつものように教壇から向かって左最後列に座っている。一週間張りついたおかげで、定位置となっていた。

他の研修生たちも自然と席が決まっている。

「よお、相変わらず早いな」

白瀬が隣に腰を下ろした。白瀬も、瀧川の隣が定位置になっていた。

同室でありながら、十分前には確実に教室へ入っている瀧川とは違い、白瀬は大抵五分前かギリギリだった。

「武器講習って、何をするんだろうな？　いきなり、特殊銃でも撃たせてくれるのかな」

「さあ……」

瀧川は小首を傾げた。

一限目は〝武器講習〟と記されていた。

各種武器・銃器専科は、嘉部《かべ》という講師が担当していた。

チャイムが鳴った。右手のドアが開く。瀧川は椅子に座り直し、そちらを見た。途端、目を丸くした。

講堂内がざわめく。

ライダースジャケットに革パンを穿き、ブーツを履いた男が、腰に着けたチェーンをじゃらじゃらと鳴らしながら入ってきた。

白髪をバックに撫でつけ、サングラスをかけている。

「なかなか、エキセントリックなオヤジだな」

白瀬がつぶやき、小さく笑う。

教壇に立った嘉部がサングラスを取った。

「諸君、おはよう」

嘉部が言う。

教室内に挨拶が響いた。

「早速だが、五人ずつ私の元へ来て、着ている物から持ち物まで、じっくりと見てほしい。一班三分間与える。では、前列右から五人、ここへ」

教壇を指す。研修生五人が嘉部の元へ行く。

嘉部は仁王立ちした。研修生に言われ、両腕を広げたり、ジャケットを脱いだり、ポケットの物を出したりする。

三分など、あっという間だった。

一班が終わると、次の五人が班となり、嘉部の元へ出向き、同じように服装や持ち物をチェックする。

最後の班となる瀧川たちにまで回ってくる頃には、授業開始から三十分近くが経過していた。

教壇には銃が置かれていた。自動拳銃もあれば、リボルバーもある。口径も44口径の大きなものから22口径の小さなものまで様々だ。

他にも、ボールペンや手帳、ライター、小型カメラなど、いろんな小物があった。

ライダースジャケットは分厚く重いものだった。ポケットや襟元をまさぐってみるが、中の物はすべて、前班の研修生に出されていた。

ベルトはバックルの大きいものだった。ブーツも底が厚く、重厚感のあるものだ。

「すみません。ブーツを脱いで、見せてもらえますか?」

瀧川が言った。

嘉部は微笑んで頷き、ブーツを脱いだ。中を覗く。蒸れた足の臭いがほのかに沸き上がってくる。靴の中には何もない。

ブーツをひっくり返した。靴底を探る。車のタイヤのゴムくらい分厚い靴底だったが、爪先あたりに小さな穴が空いていることに気づいた。

何だろう……と覗き込んでみるが、よくわからない。

「僕にも見せてくれ」

白瀬が言う。瀧川は、白瀬にブーツを渡した。

瀧川は、仁王立ちの嘉部の全身をくまなく見た。腰にぶら下げたチェーンは、街中でも見かける普通のものだった。

飾りに弾丸がぶら下がっている。これも、アーミー関係のアクセサリーにはよくあるものだ。

教壇の上の小物をもう一度確かめてみる。

ペンは高級ボールペンでずっしりと重いものだった。カメラやライターもどこでも見かけるもの。革張りの手帳も普通のものだった。

あっという間に三分が経った。瀧川たちは、自席に戻った。

嘉部はブーツを脱いだまま、ジャケットを引っかけた椅子に腰を下ろした。

「さて。一通り、全員に私の服装から持ち物までを見てもらったわけだが。私がいくつ銃を持っていたか、答えてほしい。わかった者は挙手を」

嘉部が言う。

瀧川は教壇のほうを見ながら、数えてみた。

すると、前列にいた研修生が手を挙げた。

「長島《ながしま》君」

嘉部が差す。長島は座ったまま、答え始めた。

「全部で七丁かと」

「内訳は？」

「教壇に置かれた実銃が五丁。ペン型の銃が一丁。カメラも銃だと思いますので、合計七丁です」

「悪い線じゃないな」

嘉部は立ち上がった。教壇の端に取り付けた投影用カメラのスイッチを入れる。背後のモニターに嘉部の手元が映った。

「まず、このペンだが」

嘉部がペンをつまみ上げる。

「これは前部がボールペン、後部が22口径の弾丸を一発撃てる銃となっている」

嘉部が分解した。

ボールペンの中程の継ぎ部分を回して取り、小さなパッキンを外し、傾ける。中から22口径の小さな弾丸と細かい部品が出てきた。

「構造は単純。ボールペンの軸が銃身となり、後部の蓋《ふた》に取り付けた小さな鉛筆の芯のような鉄軸が撃鉄となっている」

嘉部は淡々と説明していく。

「どうやって射出するのですか?」

他の研修生が訊いた。

「まず、22口径の弾丸を入れ、弾身部分にバネを被せ、パッキンで固定する」

嘉部は説明通りに、組み立てていく。

「そして、このように敵の固い部分に押しつける」

嘉部は軸を握って、教壇後ろの壁にパッキンを押しつけた。

パッキンが押されて22口径の弾丸が後ろに下がり、撃鉄が信管を叩いた。

瞬間、パン! と乾いた音が室内に響いた。

壁から手を離す。壁には弾丸が食い込んでいた。嘉部の手元からは硝煙がかすかに立ち上り、つんとした火薬の臭いが室内に立ちこめた。

「授業のデモンストレーションのために火薬の量は減らしているが、それでも壁に突き刺さるほどの威力がある。銃身の軸はこの通り、壊れていない」

嘉部はボールペンの軸をモニターに映した。パッキンとバネは吹き飛んでいたが、軸はそのままだった。

「これは一発しか撃てないが、緊急時、敵を殺傷するには、十分な力を発揮する。カメラも似たような構造だ。レンズ部分に弾丸を仕込んでいて、シャッターを切ると発砲するようになっている」

「しかし、そのようなカメラでは、敵に怪しまれるのではないですか?」

長島が言った。瀧川もそれは疑問に思った。

嘉部はカメラを持った。長島に向け、シャッターを切る。

長島が蒼白になった。瀧川たちも息を呑んだ。が、ピッと音がしただけで、弾丸は発射されなかった。

「もちろん、そうしたことは想定してある。君たちもデジタルカメラは扱うと思うが、モード切替のスイッチが付いていると思う。撮影モードにしている時は、このカメラもデジタルカメラとして普通に使用できる。しかし、こうして発砲モードに切り替えると――」

嘉部はスイッチを切り替え、レンズを壁に向けた。シャッターを切る。

炸裂音が響いた。壁に22口径の弾丸が突き刺さる。レンズ部分に硝煙が揺れた。

「これも緊急時の銃器だが、当然、火薬量、使用する弾丸の種類によっては、敵を殺傷し得るものだ。さて、銃は七丁ではない。もっとある。気づいた者はいるか？」

「ジッポ型のライター、ベルトのバックルもそうだと思います」

中程の席にいた研修生が言った。

「その通り」

嘉部は頷き、ライターとバックルを解体して見せた。ペンと同じように、22口径の弾丸が一発撃てる構造をしていた。

「他には？」

嘉部が訊く。

瀧川が手を挙げた。

「ブーツの底もそうだと思いますが」

「ほお。よく気づいたな。どうするかわかるか？」

「いえ、構造までは……」

「これは、踵《かかと》部分に撃鉄を仕込んでいて、爪先のほうに銃身を仕込んである。敵に倒されたり、馬乗りで攻められた場合、踵を地面に打ちつけて発砲する。ライダーブーツのように大きいものなら、38口径の弾丸も仕込める」

嘉部が言う。

「僕も気づいてたぞ」

白瀬が小声で言った。瀧川は微笑み、教壇を見つめた。

「ライターやバックル銃は昔からあり、古くさいと思った者もいるかもしれんが、まだ実際、現場で使われている。むしろ、古くさいだけに、今さら使っていないだろうと敵も油断するので有効性は高い。逆に、君たちも常に注意しておくことだ。どんなに技術が発達しても、人間の殺し方は変わらない。弾丸と筒と撃鉄の代わりになるものだけあれば、銃など簡単に造れる。先端技術だけに頼れば、それだけ死ぬ可能性も高くなる。だから今さらながら、こうした古い技術を学んでおく必要がある。私が教えることは、単に武器の種類を知るためでなく、自己防衛に直結するのだということを肝に銘じてほしい」

嘉部が言う。

瀧川は嘉部の言葉をしっかりとノートに書き留めた。

5

入寮して、一ヶ月が経とうとしていた。

瀧川は日々缶詰にされ、朝から晩まで休みなく勉強する日々を送っていた。

巡査部長の昇進試験を受ける時でも、これほどまでに根《こん》を詰めて勉励したことはない。

その日の午後の授業は、盗聴や盗撮に関する講義だった。

これまで、四回の講義が行なわれている。講師は波多野《はたの》という六十手前の壮年男性だ。

白髪交じりの頭髪を襟足《えりあし》で揃え、黒縁《くろぶち》眼鏡をかけている。青いつなぎを着て、ぼそぼそとしゃべるその姿は、公安技術の講師というよりは、電機メーカーの中間管理職といった風情《ふぜい》だった。

波多野はこの四回、ずっと盗聴器や盗撮器の説明をしていた。機器については、細かく説明している。

しかし、その説明は、電気店の店員がパンフレットを読み上げているような覇気のないものだった。

体が気だるくなるほどの退屈な時が続く。昼食後の二時限、波多野の講義に耐えるのは至難の業だ。

半分の研修生が白瀬と同じく、重くなる瞼《まぶた》をこじ開け、必死に前を向いていた。

そんな中、瀧川はじっくり講義に耳を傾けていた。

盗聴や盗撮に使われる機械の進化は、交番勤務の際に何度か目にしていたが、瀧川が思う以上に技術は進んでいた。

特に驚いたのは、盗撮カメラだ。

車のリモコンキー型のものやネクタイピン型、眼鏡のつるに仕込んだカメラ、ボールペンやタンブラーに至るまで、ありとあらゆるものにカメラが仕込まれている。

解像度が高いものになると車内の運転手の顔まではっきりとわかるほどで、同時録音される音質も、囁き声が拾えるものまである。

さらに、条件によっては、盗聴器を部屋に仕掛けることもない。

対象がいる家や事務所、飲食店などの壁や窓に集音器を向け、遠方から電波を飛ばし、壁やガラスの振動を拾って解析すれば、音声が再生できる。

そこまでしなくても、コンクリートマイクを使えば、壁越しの会話は筒抜けとなる。

噂には聞いていたが、あまりの種類の多さとその性能に、瀧川は畏怖《いふ》を覚えた。

「えー、特に盗聴器は、仕組みを覚えていれば、その場で作れたりもするので、仕組みはしっかりと覚えておくように」

波多野が言う。

講堂内の時計を見た。あと十分で、五時限目は終わる。瀧川はペンを置いて、椅子の背にもたれ、背筋を伸ばした。

「えー、では、このまま六時限目に入ります」

波多野が言った。

教室内がざわつく。

「おいおい、休憩なしかよ……」

白瀬がぼやいた。

瀧川も、まだ座っていられるが、休憩は欲しかった。

波多野はポケットからICレコーダーを出した。教壇に置いたマイクに近づける。

「まずは、これを聞いてもらいたい」

波多野が再生ボタンを押した。

『また人が減ったな。最終日まで、何人残るんだろうな』

スピーカーを通して、男の声が流れてきた。

聞き覚えのある声だ。

『まあ、瀧川君は真面目《まじめ》だから、大丈夫だろうけどね。僕は大丈夫かなあ?』

その後に調子の良い笑い声が流れた。

瀧川は隣を見た。

白瀬の声だった。他の研修生も気づき、白瀬を見ている。白瀬は肩を竦《すく》めて背を丸めた。

波多野は再生を止めた。

「この声は誰かな?」

座席を見回す。

白瀬は小さく右手を挙げた。

「これはいつ話したものかな?」

「えーと……確か、一昨日《おととい》の晩だったと思います」

白瀬が答える。

「そう。一昨日の夜、就寝前の発言だ。なぜ、ここに録音されたものがあると思う?」

波多野が問う。

「盗聴されている、ということですね?」

「その通り」

波多野はICレコーダーを教壇に置いた。

「えー、白瀬君と瀧川君の部屋だけでなく、君たちの部屋には入寮時から盗聴器を仕掛けておいた。この一ヶ月弱、君たちが室内で交わした会話はすべて把握している」

波多野の言葉に、教室内がざわついた。

前列にいる生徒が手を挙げた。

「何かな、矢野《やの》君」

「この一ヶ月で辞めていった研修生の中に、理由もわからず退寮した者がいます。そうした研修生たちは、盗聴された会話で不適格と判断されたということでしょうか?」

「それもある」

波多野が答えた。

講堂内がさらにどよめく。

「先生方は、私たちを疑っていたのでしょうか？」

矢野は波多野を睨んだ。

瀧川にも、矢野の気持ちはわかった。初めから盗聴されていたと知って、気分の良い者はいない。

波多野は矢野を見つめ返した。

静かだが、波多野の眼光は、これまで見せたことがないほど鋭いものだった。

「君は、万が一にも盗聴されているという可能性を考えなかったのか？」

波多野が問う。

矢野は言葉を詰まらせた。

波多野は研修生たちを見回した。

「この中で、初めから盗聴や盗撮の可能性があると、少しでも考えた者は？」

訊く。

三人の手が挙がった。

瀧川は手を下ろしたままだった。まさか、研修生の部屋を盗聴しているとは思わなかった。

「あのー、すみません」

隣の白瀬が手を挙げた。珍しいことだった。

「残念ながら、僕は自分たちが盗聴されているとは、つゆほども思いませんでした。不覚です。自分の甘さは認めます。その上でお訊きしたいのですが、僕たちの部屋を盗聴する意味は何だったのですか？」

白瀬の質問に、波多野が頷く。

「まず、自分の未熟さを素直に認めた点は評価する。我々は、非があればすぐに認め、次なる手を考えなければならない。今、忸怩《じくじ》たる思いをしている者も多いと思うが、それでいい。しかし、そこに留まってはいけない。すぐさま、白瀬君のように原因や理由を突き止め、次なる思考の糧《かて》にせねばならない。現場ではそうした瞬時の切り替えが常に求められる」

波多野の口調は、講義の時とは違い、歯切れのよいものだった。

これが本当の波多野の姿だったのか……と思うと、瀧川は、多少なりとも倦怠《けんたい》を感じた自分の甘さを思い知らされた気分だった。

「なんだ、白瀬君」

「君たちの部屋を盗聴していた理由は二つ。まずは、君たちをより知るためだ。講義中や廊下、共同施設では君たちも気を張っているだろうが、自室はどうしても気が緩む。リラックスできるところで最も本音が漏れやすい。一ヶ月、このことを黙っていたのも、君たちを油断させ、本音を漏らさせるための手段だ。ほとんどの者が、真面目に公安部員になろうとしていたが、中には公安の仕事がどういうものか、探りに来た者もいた」

波多野が言う。

「そんなヤツがいたのか……」

白瀬が目を丸くした。

瀧川や他の研修生たちも、一様に驚いていた。

波多野がふっと笑みを浮かべた。

「そんなに驚くことはない。公安部の仕事は、他の部署の者には理解しにくいところがある。場合によっては、所轄署の署長ですら知らない任務をこなしていることもある。そうした秘密主義を面白くなく思う者もいる。毎回ではあるが、そうした者がここに部下を送り込んで内情を探ろうとする。盗聴の第一の目的は、そうした研修生を炙《あぶ》り出すことや、日常においても適性があるかどうかを判断するため、より君たちを知ることだ」

波多野は一つ息を吐き、話を続ける。

「もう一つは、君たちの意識を向上させる目的がある。公安部員として現場に出れば、我々が対象者を盗聴盗撮するのと同様、敵からも常に監視、盗聴されているという意識を持っていなければならない。我々がうまくいっていると思っていても、実は敵が気づいていて、こちらを手のひらで転がしているということもあるからだ。特に、新人公安部員は、正体がバレると狙われやすい。罠はいつも〝まさか〟と思う場所、時、人物に仕掛けられる。あからさまに人相の悪い人間が罠をかけてくるわけではない。むしろ、この人が？　と思う人物が我々を嵌めてくる」

波多野の言葉には説得力があった。

講師の中でも、波多野は特に、公安技術を研修するような者には見えなかった。

初めは注視していた瀧川ですら、三回、四回と受講するうちに、波多野は地味で、機械を語るだけの専門講師でしかないのだろうと思いかけていた。

「学校という守られた閉鎖空間だからよかったものの、現場でもし盗聴や盗撮されていることに気づかないようであれば、それは即、死に直結する。そういう仕事に臨むのだということを今一度、自覚してもらいたい。そういった意味で、各部屋に盗聴器を設置した。白瀬君、わかったかな?」

「はい。肝に銘じます」

白瀬は頭を下げた。

波多野は笑顔で頷いた。

「さて、六時限目だが、各人部屋へ戻り、我々が取り付けた盗聴器をすべて探してもらう」

波多野が言った。

「君たちが使っていいのは、この器具だけだ」

波多野は膨らんだ茶封筒を開け、中の物を教壇に出した。その一つをつまみ上げる。

親指大のそら豆のような形をしたキーホルダーだった。

「これは、盗聴器発見装置だ。脇にあるボタンを押して、ＬＥＤランプの付いている箇所を盗聴器に近づけると——」

波多野がデモンストレーションを行なう。

そら豆様の装置を盗聴器に近づけると、LEDランプが瞬《また》いた。

「このように、盗聴器があれば点滅するようになっている。市販のものはアラームも鳴るが、我々は秘密裏に盗聴器を確認、除去する必要があるので、アラーム音は切ってある。また、広域の周波数も拾えるよう、改造してある。これ一つで、設置した盗聴器はすべて見つけられるはずだ」

「先生。盗聴器は何個取り付けられているんですか?」

中列にいた生徒が訊いた。

「それは言えない。各部屋、同じ数だけ盗聴器を仕掛けてある。すべてを探せれば合格。一つ見逃すごとに5点減点。五つ見逃した者はその時点で同室者も含め、退寮してもらう。時間はこれより一時間。時間をオーバーした者も一分につき5点減点だ。なお、今後、私の授業では時々テストを行なう。減点が70を超えたら、即退寮させるので、そのつもりで。では、各人。始め!」

波多野が号令をかけた。

研修生たちは、ノートや筆記用具を置いたまま、教室を駆け出た。

白瀬と瀧川も部屋を出た。

「あの先生、一番楽かと思ってたら、一番厳しかったな」

「そんなことぼやいてると、またどこかで拾われますよ」

瀧川は白瀬をたしなめ、共に部屋へ急いだ。

# 6

入寮から三ヶ月が経とうとしていた。瀧川たちは、季節の移り変わりを感じる間もなく、日々研修に追われていた。

この三ヶ月でさらに十二名の研修生が退寮した。

一ヶ月過ぎから始まった減点方式で規定の減点に達してしまったため退寮させられた者もいれば、自ら去った者もいた。

他ならぬ白瀬も、そのひとりだった。

白瀬は瀧川の隣のベッドに座り込み、荷造りをしていた。

減点が規定の点数を超え、退寮を命じられたのだ。

最後の一押しとなったのは、先週の尾行・張り込み実習でのミスだった。

夜間の尾行や張り込みを決行する際、喫煙は厳禁だ。

タバコの火はとても明るく、暗がりで見通しの良い場所であれば、七百メートルから一キロ先まで視認できる。

また、タバコのニオイは非喫煙者にはすぐにわかるので、尾行対象とすれ違ったときに違和感を感じさせたり、張り込み場所を特定されたりする原因となる。

もちろん、嗜好品《しこうひん》であるから喫煙自体は禁止していないし、潜入先の状況によっては喫煙者を気取らなければならないこともある。

が、時と場合によって、どれほど吸いたくても許されないこともある。

その夜、白瀬と瀧川は、教官が用意したターゲットを尾行、潜伏先の張り込みをしていた。

尾行と張り込みは深夜から明け方にまで及んだ。

暖かくなってきたとはいえ、一晩中、外にいると、思った以上に体力を奪われる。

加えて、ターゲットの動向を一瞬たりとも見逃さないよう、常に集中しているため、神経もすり減らされる。

夜が白《しら》んできた頃、白瀬は瀧川から離れてターゲットの住まいの裏手に回った。

そこで、瀧川が知らないうちに喫煙していた。

張り詰めっぱなしで、ターゲットが動かない膠着《こうちゃく》状態の中、一時だけリラックスしたいという白瀬の気持ちはわからなくもない。

そうした場合、食事のついでに温かいコーヒーを飲んだりすることもある。

白瀬は建物からは死角にあたる場所で、喫煙していた。

ターゲットからは見えていなかった。煙もターゲットの建物とは反対の方向に流れ、ニオイで気づかれることもなかった。

しかし、その様子を監視していた教官がいた。

白瀬はターゲットのみに意識を集中させていたため、その周辺に教官がいたことに気づかなかった。

教官は白瀬の喫煙の様子をカメラに収め、後日、その点を指摘し、白瀬に退寮を命じた。

ほんのわずかな油断だ。が、その油断が命取りになることもある。

「あーあ、あと半月くらいで修了できたのにな……」

白瀬がぼやく。

「よりによって、夜間の尾行研修でタバコなんか吸うからですよ」

瀧川は苦笑した。

「だって、もう明け方だぞ。そんな時間にまさか、あんなところに教官がいるなんて思わなかった。君もそうだろう？」

「私も想像はしていませんでしたが。考えてみれば、そこまで予測しておかなければならなかったんですね。現場だったら、ターゲット以外の顔も知らない仲間がいるかもしれないし、自分たちの顔が相手にバレていれば、ああして逆に見張られていることもある。そこまで気を配らないといけないということです。いい勉強になりました」

「僕は教材になっただけか……」

白瀬は肩を落としてうなだれた。

荷物を詰めたキャリーケースを閉じ、立ち上がった。入寮時に着てきたスーツに着替える。

白瀬は襟足を整え、手の甲で裾《すそ》の糸くずを払った。

「さて、仕方ないが出て行きますか。僕は志半《こころざしなか》ばで撤退するが、瀧川君は最後まで貫徹してくれ。まあ、君は大丈夫だと思うけどね」

右手を伸ばしてくる。

瀧川は右手で握り返した。

「健闘を祈る」

白瀬が微笑む。

瀧川は力強く頷いた。


白瀬が警察大学校の正門を出ると、スッと黒塗りのリムジンが寄ってきた。

運転手が降りてくる。白瀬は運転手に手荷物を渡し、後部ドアを開け、乗り込んだ。

「お疲れ様です」

奥に座っていた男に声をかける。

後部座席にいたのは、公安部長の鹿倉だった。

「ご苦労だった」

鹿倉は前に目を向けたまま言った。

白瀬の荷物をトランクに積み、後部ドアを閉め、運転手が運転席に戻ってきた。

リムジンが静かに滑り出る。

「瀧川君はどうだった？」

「問題ないと思いますよ。素質は十分です。真摯《しんし》に授業にも取り組んでいて、吸収も早い。僕の誘いにも応じず、自分のスタイルは崩さないし、口も堅い。少々堅物《かたぶつ》なところが気になりますが、彼ならいい戦力になるでしょう」

「君の見立てなら間違いないな」

鹿倉は頷いた。

白瀬は、鹿倉が送り込んだ公安部員だった。

瀧川には、研修終了後すぐ、パグに潜り込んでもらわなければならない。

鹿倉も瀧川の資質については認めていたが、資質はありながら現場ではもう一つ使えないという人間も少なくない。

それを判断するため、白瀬を瀧川の同室者として投入した。

白瀬は、公安部の中でも、人物の本質を見抜く目が抜きん出ている部員だ。

その目は時に、公安部に潜り込んだスパイや、敵に寝返った公安部員を炙《あぶ》り出す。

「しかし、瀧川君の修了試験まではあと半月あると思っていましたが、思ったより早まるようですね。何かありましたか？」

白瀬が訊いた。

「友岡の体の一部が見つかった」

鹿倉が言う。

白瀬の顔から笑みが消えた。眉根を寄せる。

「小笠原近海で捕獲された、鮫《さめ》の胃袋から出てきた人間の左腕の白骨をＤＮＡ鑑定した結果、友岡のものだとわかった」

「公海上に投棄されたというわけですか……。遺体は？」

「上がっていない。だが、片腕だけが投棄されたとは考えにくいので、ひそかに捜索しているところだ」

「無事であっても、敵に拘束されて拷問を受け、吐かされた可能性も考えたほうがよさそうですね。藪野さんの行方は？」

「依然不明だ。が、友岡の腕が海で見つかったことを思えば、藪野も同様の目に遭っていると見るほうがいいだろう」

「そうですね……」

白瀬は腕を組み、ため息を吐いた。

「パグがこちらの動きを把握している可能性がある中で、未知数の瀧川君をいきなり潜入させるというのは、リスクが高いのでは？」

「そうだが、今は他に方法がない。研修を終え次第、彼をパグへ送り込む。そこでだ。君はこいつを調べてくれ」

鹿倉はポケットから一枚の写真を出した。

黒縁眼鏡をかけた四角い顔のずんぐりとした男だ。肌が浅黒い。口元は濃い髭《ひげ》で青々とし、頭髪も多い。もさっとした印象の男だった。

白瀬は裏を見た。

プロフィールが記されていた。

福田《ふくだ》誠《まこと》、四十四歳。パグを仕切っている事務局長で、組織代表の赤沢の下で労働争議の実務を行なっている人物だった。

「いきなり、本丸に攻め入るんですか？」

「友岡と藪野の死が疑われる現状、もう猶予はない。聖論会の武装化が完了すれば、どれほどの被害が出るかわからんからな」

「赤沢、もしくは聖論会の武装化の目的は？」

「いまだ見えてこない。それだけに、急がねばならん」

「この福田を調べ上げ、ただちに工作ということですね？」

「いや、福田本人には仕掛けない。瀧川君がパグに潜入する窓口として使う」

「修了してすぐ、大物と接触ですか。思い切った作戦ですね」

「垢《あか》がついていないだけ、成功する確率が高い」

「僕では無理と？」

「君は潜入より情報収集と分析に向いている。適材適所だ」

鹿倉は白瀬を見据えた。

「わかりました。瀧川君が無事に内部潜入を果たせるよう、調べ上げてみせますよ。期間は？」

「十日だ」

「了解」

白瀬は言い、福田の写真をスーツの内ポケットに入れた。

7

無事にすべてのカリキュラムを修了し、寮を出た瀧川は、霞ヶ関の警視庁本庁舎へ向かった。

受付カウンターで名前を告げると、公安部フロアへ直接出向くよう、指示された。

エレベーターで十六階に上がる。ドアが開くと、鹿倉が待っていた。

「合格おめでとう」

歩み寄り、右手を伸ばす。

「ありがとうございます」

瀧川は右手を握った。

これで晴れて、瀧川は公安部の新人部員となった。

「今日からここが、君が働くオフィスだ。異動手続きもすでに終わっている」

「手回しがいいですね」

「犯罪者は待ってくれんからな。こっちへ」

鹿倉が歩き始める。瀧川はついていった。左側通路奥の応接室へ入っていく。

ソファーが六脚並ぶ、立派な応接室だった。瀧川は右側奥のソファーを勧められ、腰を下ろした。

鹿倉は右斜めの最奥の一人掛けに座った。

「早速だが、君には今日から任務についてもらう」

「その前に——」

瀧川は鹿倉のほうへ体を向けた。

「鹿倉さん。いえ、部長。約束したことは守ってくれますね？」

「約束とは？」

「甲田悠司の件と舟田さんの処分の件です」

「ああ、その件か。わかった。まず、その報告をさせよう」

鹿倉は携帯を取り出した。

「……私だ。応接室へ来てくれ」

短く伝え、通話を切る。

まもなく、ドアが開いた。薄毛ののそりとした中年男が顔を出した。

瀧川は、その陰影を見たことがあるような気がした。が、どこで見たのか、思い出せなかった。

「今村君。今日から我々と共に働くことになった瀧川君だ」

「今村です。よろしく」

今村は頭を下げた。しかし、目は逸らさない。心の奥底を見透かそうとするような、じとっとした目つきの男だった。

瀧川も名乗り、一礼した。

「今村君。甲田悠司の件を報告してくれ」

「その件ですが、甲田悠司が万引きをした事実を自白しました」

「本当ですか！」

瀧川は腰を浮かせた。

今村は、瀧川を見て頷いた。

「君が追っていた副店長の西原をマークし、洗い直してみた。すると、西原が甲田に自分の店の本を盗ませ、換金させていたことがわかった」

今村が淡々と語る。

「理由は？」

「西原はキャバクラ通いが過ぎ、借金を抱えていた。一方、甲田は違法パチスロにのめり込み、同じく多額の借金をしていた。彼らは飲み屋で出会い、お互い金に困っていることを知り、盗品換金を計画したそうだ」

「これまでに何度も行なっていたということですか？」

「そうだ。甲田に盗ませ、スリップを抜く。抜いたスリップを西原が掻き集め、会計処理をしたように見せかける。甲田の犯行の際は、店内の防犯カメラを止めていたことまで判明した」

「そんなことをしていたのか、あいつらは――」

甲田と西原の顔を思い出し、奥歯をギリッと嚙んだ。

「実に巧妙な手口だったよ。所轄の君たちが掻き回されたのも無理はない。決して、所轄の警察官を馬鹿にしているわけではなく、我々でなければ、つかめなかった犯行だ。ストーカー事案で君を嵌めようとしたのも彼らだ。女性は金で頼まれてやっただけと証言している」

「甲田と西原は……」

「二人は逮捕し、自供させた」

「では、勾留されているのですね」

「いや、表にいる」

「なぜですか!」

瀧川は双眉を吊り上げた。

今村は涼しい顔で見返す。

「西原は夜の街に通じている。甲田悠司は、あの甲田晋二郎の息子だ。利用価値はある」

今村の片頰に笑みが滲んだ。

そういうことか……。

瀧川は一瞬にして理解した。

犯罪を揉み消して、協力者に仕立て上げる。これも公安部の手口の一つだ。

以前の瀧川なら受け入れがたい事実だったが、研修を終えた今、それもあり得ることだと呑み込んだ。

「綾子……有村さんの復権と、舟田さんの処分については?」

「有村さんについては、甲田と西原に謝《あやま》らせ、飯沼店長と隆盛堂本社に事情を話して復権させた。今は元の書店で働いている」

今村が微笑んだ。

「よかった……」

瀧川の眉尻が下がる。

鹿倉が口を開いた。

「舟田さんの件は、今村君の報告を受け、私が監察室と掛け合った。本来、どのような理由であれ許しがたい行為だが、それ以上に甲田、西原両名の手口が悪辣《あくらつ》だったことに加え、君が公安部員となることを考慮し、不問となった」

「ありがとうございます」

瀧川は頭を下げた。

が、どこか釈然としない。

あの万引き事件は実に不可解だった。だが、公安部の調べで明快な真実が露呈した。公安部の実力は、研修で身に染みてわかった。

しかし、甲田と西原の犯行が、一般の警察官に捜査できないものだっただろうか……。

目尻がかすかに上がり、口角が下がる。それを見て、今村が言った。

「出来すぎだと思っているのか？」

「いえ……」

瀧川は目を合わさなかった。

「たとえば、今回の件が、おまえを公安部へ引き抜くために画策したものだとしたら？」

今村が言う。

瀧川は顔を上げた。まじまじと顔を見る。

この男、ひょっとして、新宿で見たキャップを被った男か……。

自然と眉間に皺が寄る。

すると、今村が大声で笑った。

「すまんすまん。今村君。つい、新人をからかってみたくなっただけだ」

「今村君。酔狂はやめたまえ」

「すみません」

今村は目尻を下げたまま、瀧川を見やった。ゆっくり真顔になる。

「だが、もし今、俺を疑ったなら、その気持ちは忘れるな。俺たちの仕事は、時として仲間さえ疑わなけりゃならないこともある。親しいから、仲間だから、肩書があるから。そうしたものはすべて、近視眼的思考を生み出すものだ。おまえはそういう世界に足を踏み込んだ。ここから先は本番だからな。油断は即、死につながる覚悟をしておけ」

静かな口調だったが、重い言葉だった。

「留意します」

瀧川が言う。

今村は頷いた。

「部長。そろそろ工作活動に出るので、いいですか？」

「ああ、ありがとう。ついでに、白瀬を呼んできてくれ」

「わかりました」

今村が一礼して下がる。

「白瀬？」

瀧川はつぶやいた。

鹿倉は何も答えない。

今村と入れ替わりに、ドアが開いた。上背のあるスマートな男が顔を覗かせた。

「ご無沙汰《ぶさた》、瀧川君」

寮で同じ部屋にいた白瀬だった。

白瀬は部屋へ入ってきて、瀧川の差し向かいに座った。持っていたタブレットをテーブルに置く。

「白瀬さん、なぜ？」

「すまないね。僕は神奈川県警の人間ではなく、警視庁公安部の作業班員なんだ」

「騙してたんですか？」

「そういうことになるね。これも命令だ。許してな」

白瀬は悪びれもせず微笑み、脚を組んだ。

瀧川は鹿倉を睨んだ。

「まあ、そういう顔をするな。君には期待をしていたんだ。だから、人物評価には万全を期した」

「たいしたもんだったよ。僕が誘導しても肝の部分は語らないし、授業でも僕や他の研修生の言動に引きずられない。といって、協調性がないわけではない。僕は五年ほど、この仕事をしているが、僕が見た中では君の資質は最上級クラスだね」

白瀬が話す。

瀧川は白瀬を睨むだけだった。

さっき、今村が言っていたように、嵌められたのかもしれないという疑念が膨らむ。

といって、今となっては公安部から抜けることはできない。

してやられた悔しさよりも、仲間も平気で工作にかける公安部に怒りを感じ、そこで働くことになる現実に憤《いきどお》りを覚えた。

「瀧川君」

鹿倉が声をかける。

瀧川は鹿倉を見据えた。

「君の心中は察して余り有る。疑念、憤懣《ふんまん》がその胸の内に沸き上がっていることだろう。だが、君の心情は問わない。これからは私の下で働いてもらう」

「この場で辞職すると言ったらどうしますか?」

「君が辞められないように工作するだけだ」

鹿倉は瀧川を見据えた。

逃げられないか……。

瀧川は視線を外してうつむき、笑みを漏らした。顔を上げる。

「わかりました。部長の下で働きます」

鹿倉が頷く。

「ただし、一つ約束してくれませんか?」

「何だ?」

「何年、公安部員を務めるかわかりませんが、最後は公安部から所轄の少年課へ異動させてください。公安部員で警察官を終えるのはごめんです。約束していただけないなら、この場で辞めます」

瀧川は鹿倉をまっすぐ見つめた。

鹿倉も見返す。そして、ふっと口角を上げた。

「君もなかなか強情だな。わかった、約束しよう。私の責任において、必ず最後は君を少年課へ異動させる」

「よろしくお願いします」

瀧川は両膝に手をつき、深々と腰を折った。

「では、早速、白瀬君と組んで、工作にあたってもらう」

「よろしく」

白瀬が顔の横で立てた指を振った。

「何をするんですか？」

瀧川が訊いた。鹿倉は身を乗り出し、瀧川を睨み据えた。

「パグという組織の武装蜂起を阻止する」

# 第四章 跋扈《ばっこ》する黒い蟲《むし》

## 1

東都中央《とうとちゅうおう》大学社会学部准教授・赤沢君則は、一般社団法人〈パグ〉の事務局長室で一人、出演した深夜討論番組の録画を見ていた。

他の出席者はスーツや小綺麗《こぎれい》なジャケット姿だが、赤沢はネルシャツにジーンズといったラフな格好だった。前髪も長く、丸い眼鏡の縁にかかっている。

画面の中で赤沢は、前髪の隙間から瞳を覗かせ、対面にいる与党議員を見据えていた。

『与党の先生方や経済学者の方々は、いまだにホワイトカラー・エグゼンプションを導入しようとしていますが、サービス残業の解消もなく、成果主義が根付かない現状を踏まえてもなお、この政策を進められるおつもりですか？』

赤沢が問う。語気は鋭い。

『赤沢先生も勘違いされているようですが、ホワイトカラー・エグゼンプションは際限なく労働時間を増やすものではなく、成果を上げればその分、労働時間の短縮にもつながる制度です。現在の多様な働き方に見合った制度であることは間違いないと、私は思っています』

『これだから、ダメなんだよ』

赤沢はぞんざいな口を利いた。

議員が気色ばむ。

『下川《しもかわ》さん。あんた、実際、今の現場で働いてきたらどうだ?』

『私は、議員になる前、一般商社で働いていた。君よりは知っていると思うがね』

議員の口調もつられて乱暴になる。

『違う違う。非正規となって、月に二十万も稼げない生活をしてみてくださいと言ってるんだ。あんたくらいの歳の人でも、非正規労働を強いられている人はたくさんいる。そういう人たちの現実を知らずに労働者実態を語ろうだなんて、厚顔無恥も甚《はなは》だしい』

『ずいぶんと失礼な物言いだな』

議員は片頬がひきつる。

が、赤沢は口を止めない。

『もっと言えば、あんたたちがホワイトカラー・エグゼンプションを推進しようとするのは、すべて経済界のため。下川さん。あんた、ずいぶん経済連の企業からの献金を受けていたり、パーティー券を購入してもらったりしているようだけど』

『その件は今、関係ないだろう!』

『関係あるから訊いているんですよ。どうなんですか?』

『失礼すぎる! 話にならん!』

議員は上気し、眉尻を吊り上げた。

『赤沢君。それは言い過ぎだ』

司会進行をしていたジャーナリストが赤沢を止めた。

そこで赤沢は一時停止ボタンを押した。画面には激高《げっこう》する議員の表情が映し出されている。

「うーん……煽《あお》りが少々、早すぎたか」

赤沢は録画を早戻しし、再生を始めた。

赤沢が気にしていたのは、客席にいる若者の反応だった。

計算では、厚労省の副大臣を務めている下川を責めることで、若者たちから拍手が沸き起こる予定だったが、客席はしんとしていた。

「もっと、若者の雇用実態に触れた後で、追及すべきだったな……」

画面を見据え、独りごちる。

赤沢君則は、若手の論客としてメディアでもてはやされている。

そのきっかけとなったのが、この深夜の討論番組だ。

五年前、NPOで非正規労働者の支援をしていた時、番組への出演依頼が来た。

赤沢はジーンズとシャツという飾らない格好で登場し、与野党の議員、エコノミスト、ジャーナリストと、誰彼かまわず喧嘩腰の議論を挑んだ。

ベテランの論客たちは、赤沢の態度に失笑し、まともに取り合わなかった。

が、視聴者は違っていた。

特に、若い視聴者からは〝よく言ってくれた！〟とか〝老害を駆逐してくれ〟という声が沸き上がり、局にも赤沢の次回の登場を望むメールが殺到した。

二度、三度と出演するたびに、赤沢は与野党、保守革新かまわず、ベテランたちに嚙みついた。

その姿は、ネットで大人たちを糾弾する若者を具現化したようなものに映り、赤沢人気は急速に高まって、二年もしないうちに若手論客の筆頭にのし上がった。

赤沢は手に入れたギャラで、一般社団法人〈パグ〉を設立した。

そしてパグに活動拠点を移し、著名な労働組合と連携して、非正規雇用者の買い叩きや派遣切りへの抗議をし、同一労働同一賃金の徹底などを企業や政治家に働きかけた。

その活動は時に先鋭的で、パグの職員が逮捕されることもあった。

しかし、その過激な行動がさらに若者のみならず、非正規労働で困窮している中年層の支持も取り付けることとなり、今や、左派急先鋒の論客としての揺るぎない立場を得た。

まさに、時代の寵児《ちようじ》である。

有名になればアンチは出てくるが、それでも変わらぬ服装や舌鋒の鋭さは、批判以上に多くの支持を得ていた。

市井《しせい》の若者人気に目を付けた与野党から、幾度となく政治家への転身を打診されているが、赤沢は一切耳を貸さなかった。

その姿勢も支持者を増やす要因となっている。

支援者からの寄付も増え、パグはますます大きくなる。赤沢の知名度も上がっていく。最初は若造の戯《ざ》れ言《ごと》と一蹴していた企業側も、この頃はパグの申し入れに警戒感を示し、内々に話を付けようとするところも多くなった。

今では一定の力を持ったパグだが、赤沢はまだまだ組織を成長させようとしていた。なので、自分が出演した番組や雑誌、新聞記事への反応をチェックすることは欠かさない。パグの事務局は大きくしても、住まいや服装をレベルアップさせないのもそのためだ。市井のヒーローが成金と認知された途端、これまでの支援者が敵となる。今、支援者を敵に回せば、すべてが水の泡だ。

赤沢は人知れず、世論の動向には細心の注意を払っていた。

ドアがノックされた。

赤沢は再生を停止し、テレビを切った。

「誰だ?」

「藤戸《ふじと》です」

「入れ」

赤沢が言う。

ドアが開いた。上背のある体格のいい男が現われた。

藤戸智也《ともや》。二十七歳で、かつては柔道の日本選抜候補に選ばれたほどのアスリートだ。大学四年の時、靱帯《じんたい》を断裂し、予後不良で完治せず、惜しまれつつ引退した。

藤戸とは、NPO時代からの付き合いだった。今は赤沢の下でパグの事務局長代理として全体を統括する役目を担う傍《かたわ》ら、パグ内部にある聖論会という幹部組織のリーダーを務めている。

藤戸の後ろから、中年男性が顔を出した。角張った顔の細目の男。元公安部員の藪野学だった。

赤沢は藪野を見てすぐ、藤戸にドアを閉めるよう促した。

藪野は藤戸の脇を通り、ずかずかと中へ入って、赤沢の右斜め隣に置いてある一人掛けソファーに腰を下ろした。深くもたれ、脚を組む。

「また、自分チェックしてたのか？」

藪野はテーブルに置かれたリモコンに目を向け、片頬に笑みを滲ませた。

「藪野さん。ここへ来る時は一報いただかないと困りますね」

赤沢は前髪の奥から藪野を睨んだ。

「心配するな。周りには気をつけている」

「しかし、万が一ということもありますから」

「俺はその道のプロだ。おまえに指図される覚えはねえ」

藪野は言い、上着の内ポケットからタバコを出して咥《くわ》え、火を点けた。

「ここは禁煙なんですけどね」

「今日から解禁しろ」

藪野はかまわず、胸に溜めた紫煙を天井に向け、吐き出した。

赤沢は口角を下げ、あからさまに迷惑げな顔を見せた。

藪野は小さく笑い、タバコを吸い続ける。藤戸が赤沢の視界に入り、小さく頭を下げた。そのまま、左隣のソファーに座る。

「今日は何の話ですか?」

赤沢は藪野を見た。

藪野は携帯灰皿を取り出し、タバコの火を消した。脚を解いて、上半身を乗り出す。

「工場を移転する」

「またですか?」

「ああ、まただ。金を用意しろ」

藪野は声を抑えて言った。

「私はまだ大丈夫だと言ったんですが……」

藤戸が口を挟む。

「てめえは黙ってろ」

藪野は藤戸を睨んだ。

藤戸は小さく首を横に振り、目を逸らした。

藪野は再度、赤沢に目を向けた。

「奥多摩《おくたま》にちょうどいい廃校を見つけた。そこの土地と建物を買い取る。密造に必要な工具もすべて入れ替える。総額で約四億だ」

「大きいですね」

「たいしたことねえだろう。飛ぶ鳥落とす勢いの赤沢先生だ。ポケットマネーで出してくれりゃあいい」

「冗談はやめてください」

赤沢はにこりともせず言った。

「少し、考える時間をいただけませんか？　四億となると、法人会計の調整も必要になりますし」

「そうですよ、藪野さん。先月、埼玉《さいたま》の空き倉庫を購入したばかりです。立て続けに大きな買い物をすると、それこそ疑われはしませんか？」

藤戸が追従する。

藪野は上体を起こし、再び深くもたれた。タバコを取り出し、火を点ける。

「おまえら、わかってねえなあ。公安を舐めてるだろう」

「そんなことは――」

「いや、舐めてる」

藤戸の言葉を遮った。

「友岡をバラした後、三回、工場を移した。何のためかわかるか？」

藪野は、藤戸と赤沢を交互に見やった。

「いえ……」

藤戸が答える。

「わざと痕跡を残すためだ。友岡の隠れ家からデータは見つかったが、すべてではなかった。どこまで公安上層部が聖論会のことを握っているかわからねえ。だからこそ、ダミーを残す算段を取った。さらに、今回は工具や製作途中の銃器も残していく」

「そんなことをすれば、足が付くじゃないですか！」

藤戸が腰を浮かせた。

「逆だ。かえって、目くらましになる」

「どういうことですか、藪野さん」

赤沢が口を開いた。

「工具の購入者は阪本《さかもと》に統一している。どこからあたっても、阪本に行き着く。その阪本が消えちまえば、そこから先は追えなくなる」

「殺すんですか？」

赤沢は静かに訊いた。

「そういうことになるな」

藪野はさらりと答えた。

「藪野さん。阪本さんは、パグと聖論会の功労者だ。その阪本さんを殺すなど、私は納得できません」

藤戸は藪野を睨んだ。

藪野は一笑に付し、赤沢に顔を向けた。

「下っ端《したっぱ》の意見はいい。赤沢。おまえの腹を聞かせろ」

藪野は煙を吐き出した。

紫煙が赤沢の顔を包む。赤沢はまばたきもせず、藪野を見返した。

「どうしても必要ですか？」

「必要だな」

藪野が言う。

赤沢が腕を組み、目線を落とした。顔にまとわりついていた煙が霧のように晴れる。

赤沢はゆっくりと目を上げた。

「わかりました」

藪野を見据え、視線を藤戸に向けた。

「藤戸。阪本を処分しろ」

「赤沢さん！」

「大義のため。いずれ、我々の革命が達成された暁《あかつき》には、阪本を革命の戦士として讃《たた》えよう」

「しかし……」

「決定だ」

赤沢が鋭い口調で言った。

藤戸は顔を伏せ、握った拳を震わせた。

「それでこそ真の革命家だ」

藪野は携帯灰皿でタバコを揉み消し、立ち上がった。

「金は二週間以内に頼む。それがリミットだ。土地建物と工具購入の手続きは、こっちで進めてある。金が入り次第、すべてが整うようになっている」

「ありがとうございます」

「礼は早い。ここからが本番だ。気を抜くな」

藪野はドア口に歩み寄った。ノブに手を掛け、振り返る。

「そうだ。おまえを支援している先生方には、いつ会わせてくれるんだ?」

「まだ、その時ではありません」

「まあいい。先生方にも、油断するなと言っておいてくれ」

藪野が部屋を出た。藤戸が一礼して続く。

赤沢は前髪を人差し指で梳《す》き、藪野の残像を睨み据えた。

2

鹿倉の命を受けた白瀬は、京王井《い》の頭《かしら》線高井戸《たかいど》駅から徒歩五分の場所にある築四十年のマンションの一室に本部アジトを構えた。

今ここにいるのは白瀬と瀧川だけ。あと二人、チームを組んでいる作業班員がいるが、彼らは北沢《きたざわ》のアパートの一室にいた。

そのアパートは、下《しも》北沢駅から東へ十分ほど歩いた場所にあり、パグ本部事務局があるビルの向かいに位置する。

二名の作業班員は、本部事務局に出入りする人間をチェックし、末端の職員と飲食店や雑貨店などで接触し、情報収集を行なっていた。

高井戸のマンションはチームの総合本部で、北沢のアパートにいる作業班員が上げてくる情報、また、これから瀧川が上げてくる情報を集約し、分析する場所でもある。

「じゃあ、これが専用スマホね」

白瀬がテーブルに黒いスマートフォンを置く。瀧川は手に取った。

一見、普通のスマホと変わらない。が、中身は諜報工作用にチューンナップされている。

「各種ボタンの説明はわかったかな？」

「はい、大丈夫です」

瀧川は首肯《しゆこう》した。

サイドにあるボタンで、録音や録画、写真撮影が容易にできるよう、細工が為されていた。

緊急電話番号は非表示だが、タッチパネルを決められた順に指でなぞれば、白瀬や鹿倉の携帯につながるようになっている。

スマホにはＧＰＳ機能が搭載されていて、常に白瀬や公安部が位置情報を補捉できるようにしてある。

万が一、敵にスマホを奪われた際は、遠隔操作でデータをすべて消去できるようにもなっていた。

「ここまですごい機能を持ったスマホは、授業では紹介されませんでしたね」

瀧川が言う。

「そりゃそうだよ。講義で使用した機器は、一昔前のものだ。最新技術をあの場で披露して、情報漏れがあったらどうする？」

「そこまで慎重だったんですか」

「よく言えば慎重。悪く言えば疑心暗鬼の塊《かたまり》。それが僕たちだよ」

白瀬は自嘲《じちょう》した。

「まだ、工作着手までには二日ある。一度、家に戻ってきてもいいんだよ。有村さんの件も気になっているだろうし」

「綾子には電話を入れておきました。そのまま仕事があるので、当分帰れないと」

「それでいいのかい？」

「それがベストです」

瀧川が言う。

白瀬は目を伏せ、ふっと微笑んだ。

「研修時から思っていたけど、君は僕が思っている以上に、公安に向いているのかもしれないね」

「そうですか？」

瀧川が白瀬を見やる。白瀬は微笑み、頷いた。

「仕事前に家族、あるいは近親者と会わない。それは、近しい人を危険に晒さない意味もあるんだろうけど、自分を律するためでもあるんだろう?」

「そんな大げさなことではありませんが……」

「いいよ、ごまかさなくても。仕事前に会えば、どうしても未練が残る。時に、そうした近親者への未練が判断ミスを誘発することもある」

「白瀬さんも、工作に入る前は近親者に会わないんですか?」

「僕には親も親戚も妻子もいない」

白瀬はさらりと言った。

「すみません……」

「気にしないでくれ。僕は天涯孤独を楽しんでいる」

白瀬が笑う。

瀧川はそれ以上、訊かなかった。

それぞれに理由がある。話したくないこともある。

瀧川も以前は、両親のことや思春期の出来事は誰にも話したくはなかった。

今はそれも、警察官を続ける動機になってはいるが、過去を受け入れられるようになったのはごくごく最近だ。

いずれ、白瀬にそういう時が来るかもしれないし、一生、過去とは決別するのかもしれない。

他人が口を挟むことではない。そう感じた。

「さて、もう一度、段取りを確認しておこう。君が接触するのは、この男だ」

白瀬はタブレットに福田の写真を表示した。

四角い顔のずんぐりとした男だ。黒縁眼鏡をかけている。肌は浅黒く、口元の髭《ひげ》も濃い。

「誰だか覚えているな?」

「福田誠、四十四歳。パグの事務局長を務め、労働争議に明るい。赤沢と直接通じているパグ内部の実力者」

「そうだ。家族構成は?」

「妻一人、子供は中学一年生の男子。福田方の母親と四人で中目黒《なかめぐろ》の一軒家で暮らしている」

「趣味は?」

「主立った趣味はなく、週末は派遣労働者やホームレスの支援活動を手伝っている」

「学歴は?」

「敬林《けいりん》大学社会福祉学部卒業」

「経歴は?」

「大学卒業後、目黒区の児童相談所に職員として入所。そこで現在の妻と出会い、結婚。十年後、児童相談所を退所し、パグの前身となる全国非正規労働者支援協議連盟の職員となる。そこで赤沢と知り合い、赤沢がパグを起《た》ち上げると同時にそこの事務局長に収まる」

瀧川はタブレットの詳細を見ず、答えた。

「上出来だ」

白瀬がニヤリとする。

「児童相談所を退所した理由も覚えているかな?」

「はい。担当していた中学一年の女子が、無職の父親から虐待を受けて自殺。子供を守るためには、まず、その親のケアができなければと思い、非正規労働者の雇用支援ができる場所に異動した」

「そういうこと。そこから導き出される彼の性格、並びに心情は?」

「福田は、基本的に真面目で優しい人間だと考えます。だからこそ、担当していた女子中学生の自殺にはショックを受けた。当初は、働きもせず、子供に虐待を加える親に憎悪を持っていたと思われますが、そこから非正規労働者支援へ舵《かじ》を切ったということは、問題の根本は親の貧困にあり、そこが解決できなければこうした悲惨な事象は後を絶たないと考えた。彼が現在の雇用状況をどう捉えているかはわかりませんが、今は貧困世帯の問題を総合的に解決しなければ、そうした悲劇はなくならないと考えていると思います。ということは、福田はパグ、及び聖論会の一部の者たちのような過激な思想は持ち合わせていない」

「だいたい、僕の読みもそういう感じだ。ただ一点、君とは違う意見がある」

「どこですか?」

「過激な思想を持ち合わせていないという点だ」

白瀬は瀧川を見つめた。

「君はあまり思想犯と接したことがないだろうから、不可思議に思うかもしれないが、過激な思想に走る人間というのは、生真面目な人が多いんだよ」

「生真面目な人なら、常識も持ち合わせていると思いますが」

「むろん、ほとんどの人はそうだ。が、生真面目ゆえに、ある思想や所見に傾倒すると、それしかないと思い込んでしまう。高学歴の者が信じられない犯罪に走る例は、君も知っているだろう？」

白瀬の言葉に、瀧川が頷く。

「彼らは、そもそも人を疑わない。悪意に接すると、そうした人間もいると受け入れる前に、なぜ、そういう人が生まれるのだろうと考える。学があるがゆえに、論理的思考でそれを理解しようとするんだな。そこから、理知的な答えを探して、惑うことになる。福田が児童相談所を辞めたのも、女子中学生の死を受け入れられなかったからだろう。そこに、彼らに都合のいい理を持った人間が現われる」

「赤沢のことですね？」

「福田の場合はね。それは第三者から見れば、支離滅裂の屁理屈なのだが、深く考察して収拾が付かなくなっている思考には、蜘蛛《くも》の糸のような救いとなる。その光を見つけると、人はその思念から逃れられなくなる。時折、理屈に違和感を覚えても、その思念から解かれるとまた惑うことになるので、理屈を付けて、不協和を解消しようとする。それを繰り返しているうちに、とんでもない思想が本人の中で絶対的なものとなり、揺るがない信条となる」

「洗脳ですね？」

「彼らのような人物を手駒にしたいと思う人間から見れば洗脳だが、当の本人たちは洗脳されたと思わない。ここが思想犯の扱いで最も難しいところだね。この点はしっかりと肝に銘じていてほしい。でなければ――」

白瀬がテーブルに肘を置き、身を乗り出した。

「ミイラ取りがミイラになる」

瀧川を見据える。

自分は大丈夫。一瞬、そう口にしかけたが、言葉を呑み込んだ。

物事に〝絶対〟はない。

思い込むことが付け入る隙を作る。

「気をつけます」

瀧川が言う。白瀬は頷いた。

「それを踏まえた上で、明後日《あさって》土曜日の午後、羽根木《はねぎ》公園で開催される大規模なフリーマーケットで福田と接触する」

白瀬が言った。

世田谷区代田《だいた》にある羽根木公園では、年に一度、公園中に即席店舗が展開される大規模なフリーマーケットが開かれる。

特徴的なのは、出店者の多くが市民団体関連だという点だ。

中には、物を売るわけでもなく、あからさまに、原発や戦争反対の主張を行なうためのブースを設ける団体もある。

パグもそのフリーマーケットに参加するという情報を得た。

焼きそばの露店を出すようだが、その隣で、福田が自ら参加し、非正規雇用者の相談会を行なうという。

白瀬たちから見れば、十分に政治色を帯びたブースだが、非正規雇用者の実態調査と支援、という大義を掲げられては、主催者や行政も無下《むげ》に排除するわけにもいかない。

また、赤沢の知名度もある。

万が一、出店を拒んだことを、赤沢にメディアを通じて追及されれば、厄介《やっかい》ごとを背負い込むことにもなりかねない。

特に問題がなければ、思想信条の自由を尊重し、静観する。それが、行政や主催者のスタンスだった。

「君の名前は?」

白瀬が訊く。

「高田義男《たかだよしお》です」

瀧川がすらりと答えた。

「年齢は?」

「三十三歳」

「これまでの経歴を」

「埼玉県の高校を卒業後、民間の福祉施設を運営する会社に就職するも、三年で体を壊し、休職から退職。その後は、派遣仕事やアルバイトを転々とし、現在に至る」

「今困っていることは?」

「現在のアルバイト先での雇用が、軒並み三年近くを迎え、首を切られそう。そろそろ、福利厚生のある会社で正社員として働きたいが、キャリアもなく、仕事探しに苦慮している。借金も九十万円以上抱えている」

「家族は?」

「妻と小三の娘がいる。しかし、一緒に暮らせず、別居状態。いずれは家族と暮らしたいと思っている」

瀧川は、綾子と遙香を思い浮かべ、語った。

白瀬は、しっかりと感情移入できている瀧川の様子を垣間見て、小さく頷いた。

「問題ないね。では、明日から、もう一つのアジトに移ってもらう。住所と位置情報は、スマホの電話帳に登録してあるので、明日の午前中にそこへ出向いてほしい。生活に必要なもの、洋服などはすでに用意してある。福田と接触した後は、ここへ戻ってこないように。連絡は基本的に電話とメール。接触する必要のある時は、僕が君のアジトへ出向く。すべての情報は、部長に直接上げず、いったん僕に預けてもらいたい。僕が分析、精査した後に上に上げる。解析前の生データには、偽情報も多いからね」

「緊急時は？」

「むろん、緊急時はその限りにないが、できる限り、本部とは直接連絡を取らないこと。いつどこで漏れるかわからない。僕とのみ連絡を取っていれば、最悪の場合でも、僕だけが姿を消せば、秘密は守られる」

白瀬はこともなげに言う。だが、その語気には強い覚悟を感じた。

白瀬が立ち上がった。冷蔵庫から冷やしたシャンパンを取り出し、コップを二つ取って、テーブルに戻る。

白瀬はコルクを抜いて、シャンパンを注いだ。

「安物だけど、君の初任務の祝いだ」

「私は――」

「いいから。ゆっくり眠れるのは、今日だけだ。明日からは気を張る日々が続く。気を抜ける時は気を抜くのも仕事だよ」

白瀬は微笑み、コップを取った。

瀧川も取り、笑顔を覗かせる。

「では、成功を祈って」

白瀬がコップを掲げた。

瀧川は白瀬を見つめて、コップを合わせ、酸味のある甘いシャンパンを喉に流し込んだ。

3

瀧川に与えられた新しいアジトは、杉並区下高井戸《すぎなみくしもたかいど》にあるアパートだった。壁は薄く、時折、隣や真上の部屋の声や物音が聞こえてくる。

しかし、どの部屋の人も静かだ。本当に住人がいるのかわからない部屋もある。

瀧川は丸一日部屋にいて、その空気を味わった。

ちょっとした物音も丸聞こえのアパートで、ひっそりと息を殺して日々を送る。収入も少なく、仕事もいつなくなるかわからない不安定な状況で昼夜働き詰める。

そうした三十代男性の不安や不満を感じていく。想像するだけで、息が詰まりそうなストレスを覚える。

が、これは想像でなく、現実社会で起こっていることでもある。

小さなテレビを、音を絞って見つめる。人生への激しい憤りや言い知れない将来への不安が込み上げてくる。

そしてそれらは諦念へと変容し、気力を奪っていく。

瀧川は次第に、三十三歳の高田義男という人物になりきっていった。

明け方に寝て、昼前に目が覚めた。体にずしりと重みを感じる。

小さな箪笥《たんす》内に用意された衣服に着替える。煤《すす》けたTシャツとネルシャツ、ジーンズといった風情だ。洋服の端々《はしばし》はくたびれていた。

多少、無精髭《ぶしょうひげ》も生えていた。簞笥の上に電気カミソリがある。瀧川は髭を剃り始めた。

瀧川なりの高田義男像ができている。

高田義男は、決して不真面目で自堕落なわけではない。自分の人生を何とかがんばろうと思っているのだが、うまくいかない。浮上するきっかけもつかめない。

だから、髭を剃る。服は買えないが、身だしなみだけは、今できる最良のもので整える。

髭を剃り終え、顔を洗った瀧川は、ネルシャツのボタンを留めた。

ショルダーバッグに財布やスマートフォン、汗をかいた時のためのタオルやポケットティッシュを収め、玄関へ行く。

靴も色あせたスニーカーばかりだ。瀧川は靴の埃《ほこり》を払い、紐《ひも》をしっかりと締めた。

アパートを出て、徒歩十分ちょっとかかる京王《けいおう》線下高井戸駅へ向かう。そこから明大前《めいだいまえ》駅で京王井の頭線に乗り換えれば、羽根木公園のある東松原《ひがしまつばら》駅にたどりつく。徒歩を含めて二十分ほどの道程だった。

羽根木公園は一九五六年に都立公園として開園した。今は、世田谷区が運営管理している。

広大な敷地内には、野球場やテニスコートといったスポーツ施設やプレーパークという子供の遊び場がある。

また、梅の名所としても有名で、二月中旬から三月上旬にかけては、梅まつりも行なわれる。

その他、いろんな団体が企画した催《もよお》し物も時々開催される。

大規模なフリーマーケットも市民団体が集まって企画した催し物だった。

北側の入り口から入って丘陵を登り、球場脇の歩道を南へと進む。

歩道にはすでに出店があった。自作のアクセサリーや古本、雑貨などを売っている。一見、どこにでもあるフリーマーケットと変わらない。が、出店の端に置かれた小冊子や古本を見てみると、労働や人権、戦争、原発などに関連した本が目立った。

大広場の周囲には、古着を売っている店や、焼きそばやカレーといった簡単な食べ物を売っている露店がひしめいていた。

大広場ではコンサートが行なわれていた。

それもまた、今どきのバンドという感じではなく、一昔前のフォークゲリラを思わせるような雰囲気と楽曲だ。

あからさまに左派色が前面に出ているが、訪れた人たちはたいして気にせず、芝やベンチに腰を下ろし、のんびりとそれぞれの時間を楽しんでいる。

瀧川はつんのめるように歩き、時折顔を上げ、福田誠が出しているブースを探した。

テニスコート裏の歩道を越えたところに、長机が並んでいる一画があった。

柱状のオブジェが立ち、各柱に労働問題を訴えるビラが貼られている。

他の出店もそれなりの雰囲気は放っていたが、この一画の空気感は、少々異様だった。

髪が伸び放題の若者や薄汚れたシャツの中年男性などが、長机でスタッフと対面し、長々と話し込んでいる。

中には、スタッフに「がんばりましょう！」と励まされ、涙している来客もいる。

特徴的なのは、このブースを訪れているのは男性ばかりで、誰もが背を丸め、うつむいているという点だった。

多くの来訪者が〝高田〟と同じ境遇なのだろうと推察する。

瀧川はゆっくりとブースに近づきつつ、細部を探った。

机を挟んで繰り広げられている光景を見て、奥の席で笑みを浮かべ、満足そうに頷いている男がいる。

福田誠だった。

瀧川は、途中の出店の雑貨を見るふりをしながら、福田の様子を観察した。

福田は全体が見える場所に座っていることが多かった。

その福田の下に、時々スタッフが近づく。福田は指示を出し、スタッフを送り出す。

たまに、スタッフでは手に負えないことがあると福田が出ていき、事を収める。

福田一人で立ちゆかない時は、福田の周りにいるベテラン風の中年男性が二、三人集まって取り囲み、なだめるふりをしてブースから引き離した。

福田が出てくるのは、主に怒りだす者が現われた時だった。

なぜ怒り出したのか、仔細《しさい》はわからないが、端々に聞こえてくる怒鳴り声から推し量るに、どうやら「がんばれ」という言葉に反発している人が多いようだ。

高田の身で考えてみると、それも腑《ふ》に落ちる。

高田と同じような境遇に置かれている者の多くは、自分なりにがんばっている。がんばりすぎるくらい、肉体と時間を酷使している。

それなのに、生活は日に日に窮し、先も見えず、疲労困憊していく。

もうすでにがんばっているにもかかわらず、それ以上がんばれと尻を叩かれれば怒りたくもなる。

これでいこう。

瀧川は雑貨の出店を離れ、福田たちのブースに近づいた。ブースの入り口はない。柱のビラを読み、少しずつ長机のほうへ近づいていく。

と、三十代前半くらいの男が声をかけてきた。飾り気のないデニムシャツを着た、薄顔で中背の男だ。

「こんにちは」

男は口角を上げ、笑顔を作った。

瀧川は返事をせず、目を合わせなかった。

「労働問題に興味をお持ちですか?」

穏やかなトーンで話しかけてくる。

「なんですか?」

瀧川はちらりと男を見て、不機嫌そうに言った。

「私はパグの事務局で働いている大野《おおの》と言います。失礼ながら、先程から柱に貼られたビラを熱心に読まれていたので、労働問題に関心があるのかなと思って、声をかけさせてもらいました。お名前は？」

「高田」

「高田さんですか。お仕事は何を？」

「なんで、あなたにそんなことを訊かれなきゃならないんですか？」

「どのような職業の方が、私たちの活動に興味を抱いてくれるのか、参考までにお聞かせ願えればと。迷惑でしたらすみません」

大野が言う。

言葉は丁寧だが、多少慇懃《いんぎん》無礼な印象を受ける。

おそらくは、瀧川が非正規労働者であることを見越して、声をかけているのだろう。そして、自分たちはそういう人たちを〝助ける〟のだと思っている。

そうした意識が、無意識のうちに非正規労働者と自分たちの間の上下関係を作る。

大野は気づいていないのだろうが、高田の立ち位置で大野の言葉を聞くと、そうとしか聞こえない。

「バイトをしてます」

「何のバイトですか？」

「コンビニで働いてます。昼と夜、別の店で」

「昼夜働きづめなんですか！　それは大変だ……」

大野が眉尻を大きく下げ、大仰《おおぎょう》に同情を見せる。

「生活のためですよ。仕方ない」

「お体は大丈夫ですか？」

「大丈夫なわけないでしょう。そもそも体を壊して、就職した会社を辞める羽目になったんです。それなのに会社を辞めた途端、保障もなく、昼夜も働かなきゃならない生活になってしまった。もう、へとへとですよ、本当に……」

大野を睨む。

「それで、ビラを見ていたんですね。私たちは、そうした方々の支援を行なっています。もしよろしければ、今の労働環境などの話を詳しく聞かせていただけませんか？」

「支援って、何をするんです？」

「その方に合った職場を紹介する傍《かたわ》ら、非正規で働いても正規労働者と同じ賃金、同じ待遇が受けられるよう、会社と交渉します」

「あなた方、労働組合ですか？」

「そのようなものです」

大野が満面の笑みを見せる。

瀧川は鼻で笑った。

「あなたたちに何ができるというんだ。俺は何度も派遣切りに遭い、そのたびにいろんなユニオンに相談してきた。けど、一度として問題が解決したことはない。おまけに、あなたたちの活動に付き合っていると、どんどん就職も遠のいていく。その結果が現状なんだ。支援するとか、簡単に言わないでもらいたい」

瀧川は徐々に憤懣《ふんまん》をあらわにした。

「私たちは違います。もし今、不当な労働を強いられているなら、私たちと戦いましょう！　がんばって、人生を取り戻しましょう！」

「がんばれだと！　俺がどれだけがんばってきたと思ってるんだ！」

瀧川は大野の胸ぐらをつかんだ。

大野の笑顔が引きつる。やおら福田が出張ってきた。

「まあまあ、高田さん……でしたね。私はここの責任者の福田です。うちのスタッフに失礼がありましたなら、謝ります」

福田は殊勝な顔で頭を下げた。が、双眸《そうぼう》は威圧的だ。

瀧川は多少怯えたようなふりをして、目を逸らした。

「よろしければ、私にお話しいただけませんか？」

福田が言う。

瀧川はうつむいたまま、小さく首肯した。

4

瀧川は、パグの事務局がある北沢のビルに入った。エレベーターで四階へ上がっていく。

エレベーター内で、意識を再度、瀧川から高田義男へと切り替えていく。

福田と接触した翌日、瀧川は白瀬とコンタクトを取り、会話内容を報告した。白瀬はその日のうちに、瀧川が福田に話した借金話を裏付ける書類を手配し、翌朝には公安部員に届けさせた。

アパートで書類を確認し、それを持って、瀧川はパグを訪れていた。

エレベーターが開くとすぐ、窓口があった。

手前にカウンターがあり、その奥はオープンフロアになっている。

事務机が十六台、カウンターに垂直に並べられていて、その奥に全体を見渡せるよう、大きめの事務机が並行に一つ置かれている。

役所のような雰囲気だった。

中で働いている男女は地味めな私服で、スーツを着ている人は少ない。カウンター左手は応接室になっているようで、パーテーションがいくつも立っている。

右手にはドアに仕切られた別の部屋があった。

カウンターに近づくと、すぐさま手前の席に座っていた中年の女性職員が歩み寄ってきた。

「こんにちは。どのようなご用件ですか？」

満面の笑みで話しかけてくる。

「先日、羽根木公園のフリーマーケットで、福田さんにこちらへ来るよう言われまして」

瀧川が言う。

「そうですか。少々お待ちください」

女性職員はカウンターを出ると、左手の応接ブースへ入っていった。

少しして、福田とともに姿を現わす。福田はにこやかに目尻を下げ、瀧川に歩み寄ってきた。

「高田さん、お待ちしてましたよ。どうぞ、こちらへ」

福田が応接ブースへ手招く。

瀧川は首を突き出すように会釈し、福田についていった。

パーテーションの裏には、小さな丸テーブルが置かれていた。丸椅子も三脚ある。他のブースからは、職員と来訪者が話し合う声が漏れ聞こえてきた。

「他のブースの声が気になりますか？　気になるようなら、別の部屋にしますが」

「いえ、大丈夫です」

「では、お座りください」

福田は自分の右斜めの席を指した。瀧川が座る。福田も自席に腰を下ろした。

女性職員がお茶を持って入ってきた。終始笑顔で湯呑みを置き、ブースを出ていく。

福田や職員の対応は、優しいものだった。瀧川が普通に困窮している非正規労働者であれば、ここに裏の顔があるとは露ほども思わないだろう。

福田はノートを広げ、瀧川を見つめた。

「早速ですが、先日のお話では、アルバイト先から解雇されそうなことと借金があることがお悩みだということでしたが」

「その通りです。なんとかなりますか？」

「それをこれから話し合いましょう。借金に関する書類は持ってきていただけましたか？」

「はい」

瀧川は煤《すす》けたショルダーバッグから、Ｂ４版の茶色い封筒を取り出した。中から、契約書類や督促状《とくそくじょう》を取り出す。

契約書は程よく古び、端々がささくれていたり、折れていたりしている。これも公安部が用意したものだ。

真新しい紙ばかりでは、福田たちに即席書類であることを見破られるかもしれない。

そこまで見越して、ディテールにもこだわっている。

瀧川自身は公安部に籍を置く身でありながら、そうした工作ができること自体に、空恐ろしさを覚えた。

福田は契約書や書類に目を通した。眉間に皺を寄せ、小難しい顔をする。

「額より、借入先が問題ですね。借りているのは、ここにある書類の会社だけですか？」

「はい……一応」

「本当に、他にありませんか？」

福田がまっすぐ瀧川を見る。

瀧川はうつむいた。が、腹の中ではほくそ笑んでいた。

白瀬の言う通りだった。

白瀬は、電話で借入先に関しての打ち合わせをしている時、「必ず、他に借金がないか訊いてくるから」と言った。

書類まで揃えていても訊いてくるのか半信半疑だったが、実際は白瀬の予測通り、他の借金について問われた。

再度訊かれた際のシミュレーションもできている。

瀧川は顔を伏せたまま、押し黙った。

これは借金がある者の特徴的な行動だった。

多重債務者は、相談窓口に来てもなお、自分の借金を隠そうとする。生活に困って、どうしようもない状態に陥っているにもかかわらず、人前に出ると、見栄を張ってみたり、わずかなプライドを保とうとしてみたりしてしまう。

逆に言えば、明日食う金もないのに、あるような顔を装い、借りてまで体面を保とうとする心理こそが、多重債務を生んでいる。

借金漬けの生活に陥っている人は、そこに気づかない。

気づかないからこそ、この期《ご》に及んでもなお、いい顔をしようとする。

瀧川は、借金地獄に陥った高田義男を完璧に演じていた。

「本当にありませんか?」

福田が詰め寄る。

瀧川はまだ黙っていた。

「高田さん。他に借金があるなら、今、話してください。借金問題を解決するには、すべての借入実態を共有する必要があります。たとえば、あなたが他の借金を隠したまま、破産手続きをしたとしましょう。免責決定が出れば、提出していただいた借金については免除になります。しかし、残った借金についてはそのまま支払い続けなければなりません。また、一部の借金を隠して自己破産をした場合、免責決定が取り消されることもあります。そうなると、手の打ちようがなくなります」

福田は柔らかな口調で言い、話を続けた。

「今、抱えている借金をすべて話すというのは、大きな第一歩なのです。恐れないでください。私たちが全力でサポートしますから」

福田は少しだけ身を乗り出した。

「……すみません。あと一件、借入があります」

「どちらですか？」

「高利の個人金融です」

「金額と連絡先はわかりますか？」

「はい」

「こちらへ書いてください」

福田はノートとペンを差し出した。

瀧川は五万という金額と携帯番号を記した。

「ああ、典型的な０９０金融ですね。いつ借りました？」

「二ヶ月前です」

「いくら払いましたか？」

「利息含めて、六万ほど……」

「わかりました。これは今すぐ、処理してしまいましょう」

福田は微笑み、自分の携帯を出した。その場で電話し始める。

「……もしもし、こちら、長井《ながい》さんの携帯で間違いないですね。私、一般社団法人パグの事務局長を務めている福田という者です。高田義男さんがおたくから借りている金についてですが――」

福田は躊躇《ちゅうちょ》することなく、淡々と話を進めていく。

瀧川は不思議な感覚に見舞われた。

瀧川自身が実際借金しているわけではない。が、隠していた借金を口にし、それを目の前で処理している福田の様を見聞きしていると、なぜかとても救われた気分が込み上げてくる。

胸の奥に広がった深い安堵は、そのまま福田への厚い信頼へとつながる。

困窮者が取り込まれていく心理を、瀧川は高田義男を通じて、体現していた。

「あなたの理由は関係ない。違法ですから。これ以上、高田義男さんへの催促《さいそく》はしないでくださいね。もし、一度でも高田さんにコンタクトを取れば、警察へ届けを出しますので。では、そういうことで」

福田は電話を一方的に切った。瀧川に笑顔を向ける。

「これでもう、この五万円については問題ありません」

そう言い、ノートに書かれた携帯番号に斜線を引いた。

「本当に大丈夫なんですか?」

「はい。これまであなたが払った分で、彼らは十分元を取っています。これ以上騒がれて、すべてを失うよりは、ここで手を引くことを選ぶでしょう」

「……ありがとうございます」

瀧川はテーブルに手を付き、深々と頭を下げた。

「私は普通のことをしたまでです。こうしたことを知らないあなた方が付け込まれているだけですから。他の借金については、書類を精査してすべて処理してしまいましょう。場合によっては、自己破産したほうがいいこともありますが、大丈夫ですね?」

「はい、お任せします」

瀧川は再び、頭を下げた。

福田は微笑んだ。

「さて、借金問題は解決の目途《めど》がつきました。次に仕事の問題です。高田さんは、今のところで働き続けて、正社員になりたいのですか?」

福田が訊いた。

「いえ。福利厚生などとても望めませんし、正社員になっても働きづらいと思っています」

「そうでしょうね。私たちも、相談者の希望に応じて会社と正社員登用の交渉をし、相談者を社員にしたこともありますが、ほとんどのケースでは、その後の人間関係がうまくいかず退社しています。私としても、今のところとは決別して、新たな職場で働くことをお勧めします。ちょっとお聞きしたいのですが」

福田が履歴書を手に取った。

「五年前に技能研修を受けているようですが、何を学んだのですか?」

「旋盤《せんばん》です」

「ほう。そうした方面に興味はおありですか?」

「自分に何ができるのかわからず、職業訓練の技能研修を受けただけなんですけど」

「そうですか。しかし、研修を受けているなら活《い》かさなければもったいないですね」

「でも、研修後にハローワークを通じて仕事を探しましたが、いいところがありませんでした。あまり需要はないみたいですね」

瀧川はしゅんとして下を向いた。

「いやいや、今はそんなことはありませんよ。建設関連の仕事の需要が高まり、関連企業の求人も増えています。どうです? この方向で仕事を探してみませんか?」

「俺にできるでしょうか……」

「できますよ。もちろん、職人技が必要なケースもありますが、機械を扱えればできる仕事もあります。せっかく学んだ技術を眠らせておくことはありません。経験を積む意味でも、そうした場所で働くことを、私はお勧めしますが」

福田が語気に力を込める。信頼した福田の勧めだ。〝高田義男〟なら断わらないだろう。

「わかりました。がんばってみます」

瀧川が言う。

福田は満足げに頷いた。

5

JR青梅《おうめ》線奥多摩駅から二キロほど北上した山腹に、今は使われていない小学校があった。

この周辺には鉱山があり、かつては鉱夫や林業従事者の家族が集い、暮らしを営んでいた。しかし、鉱山の閉鎖や林業の衰退などで人々はその土地を離れ、今はゴーストタウンと化している。家は点在しているもののほとんどは空き家で、わずかに残っている住人も高齢者ばかりだった。

昨今、過疎集落では、空き家や廃校などをクリエイト工房として開放するという取り組みが盛んだ。

藪野はそこに目をつけ、破たん寸前の集落にある廃校を買い取った。

役所には、木工製品の工房として使用すると申請していた。

工業製品の工房であれば、工作機械を運び入れても、保管用の倉庫を設置しても、運搬用のトラックが出入りしていても不自然ではない。

密造所としては、うってつけのロケーションだった。

藪野は、周辺に点在する空き家も買い取った。従業員の住まいにするためだ。

敷地内に従業員宿舎を建設する案も出たが、藪野はあえて、空き家を購入した。

役所や近隣住民に集落の再生をアピールするためだ。

集落に溶け込むこと自体が、結果、当局の目を欺《あざむ》くことにもなる。

工作機械の搬入や設置を終えた藪野たちは、日曜日の午後、小学校の旧体育館に宴席を設け、集落で暮らしている高齢者や町長、役場の助役、町会議員などを招待した。

表向きの顔は、赤沢の右腕である藤戸が務めている。

「いやあ、藤戸さん。一通り、工場を見せてもらいましたが、立派な工房ですな」

町長の寺内《てらうち》が話しかけてきた。

「それもこれも、寺内町長や町議会、集落の方々のご理解があってのことです。本当にありがとうございます」

藤戸が頭を下げる。

「いやいや、こちらこそありがたいことです。地方の集落は、どこも人口の流出を食い止めようと必死です。こうした話が持ち上がっては、町を上げて誘致するのですが、ほとんどは計画段階で頓挫してしまう。あなた方のように本当に来てくれるだけで、私たちにとっては喜ばしいことです。さらに空き家を住居として使っていただけることで、この集落も少しは活性化するでしょう。感謝の言葉しかありません」

寺内は賛辞を惜しまない。

それほど、過疎地にとってはうれしい出来事なのだろう。訪れた高齢者たちにも笑顔が滲《にじ》んでいる。

「微力ではありますが、集落再生の一翼《いちよく》を担わせていただきます」

藤戸は言った。

役場や住民が、銃器の密造工場と知れば驚くだろう。しかし、自分たちの理念を知れば、賛同してくれるに違いない。

藤戸は本気でそう思っていた。

「何かあれば、いつでも役所に申し出てください」

「そうさせていただきます」

藤戸は笑顔を向けた。

寺内は藤戸から離れ、他のメンバーに気さくに話しかけた。

その様子を見ていると、メンバーの一人、貴島《きじま》が藤戸に駆け寄ってきた。組み立て工程のチームリーダーを務めている男だ。

「藤戸さん」

声をかけ、顔を寄せる。

「阪本さんがいらっしゃっていますが」

貴島が言う。

藤戸の眦《まなじり》がひくりと動いた。

「どこにいる？」

「集落外れの一軒家に。藪野さんもいます」

「わかった」

藤戸は貴島を連れ、寺内に歩み寄った。

「寺内さん。ちょっと打ち合わせで席を外さなければならなくなりました。何かございましたら、この貴島に申し付けてください」

藤戸は貴島を紹介した。貴島が笑顔で頭を下げる。

「お忙しいですな。ご遠慮なく、どうぞ」

「ありがとうございます。では、失礼します」

藤戸が会釈する。貴島と目を合わせて頷き、会場を出た。


阪本は、小学校から五百メートルほど北へ進んだ場所にある一軒家にいた。

4LDKの平屋だ。別荘として使われていた屋敷で周りに家はなく、鬱蒼《うっそう》と茂る木々に囲まれていた。

十畳の畳敷きの部屋で、藪野以下メンバー三人と対峙して座っている。

阪本は胡坐《あぐら》をかいて腕組みをし、口角を下げていた。藪野たちを見据える双眸にはあからさまな怒気が宿っている。

藪野たちも押し黙り、阪本を見返していた。

玄関ドアが開いた。メンバーの一人が立ち上がり、迎えに出る。

まもなく、メンバーと藤戸が部屋へ入ってきた。

「阪本さん。いらっしゃるなら、連絡をいただければ——」

藤戸は笑顔で話しかけた。

「ふざけるな、藤戸」

阪本は眉間に皺《しわ》を立て、眉尻を吊り上げた。

「まあまあ、そういきり立たずに」

藤戸は笑顔のまま、藪野の隣に座った。阪本と向き合う。

阪本は腕を解き、片膝を立てた。膝頭に肘をひっかけ、上目づかいに藤戸を睨《にら》む。

「どういうことか、説明してもらおうか」

低い声で迫る。

「藪野さんから説明があったと思いますが」

藤戸が藪野を見やる。

「俺も説明したんだがな。納得いかないらしい」

藪野は顔を横に振り、肩をすぼめてみせた。

「工具の購入、運搬、設置は俺の役割のはずだ。俺を外す気か?」

「とんでもない。今回は、住民に気づかれないよう細工をする必要があったので、他のルートを使っただけです。今後の取り仕切りはまた、阪本さんにお願いしたいと――」

「俺が、そんな戯《ざ》れ言《ごと》にごまかされると思っているのか？」

藤戸の言葉を遮ぎる。

「俺は赤沢とともに、パグや聖論会を作り上げてきた先輩だ。おまえら、そんな俺をないがしろにして、どうなるかわかっているのか？」

「ないがしろだなど。誤解ですよ、阪本さん」

「その新参者にそそのかされたか？」

藪野を見やる。

藪野はうっすらと笑みを返した。

「そいつは元公安だろう。俺たちのように理念もない。ただ、金を儲けたいだけだ。俺より、こんな異分子を信用するというのか？」

「それも誤解です。藪野さんは確かに公安ではありましたが、潜入し、私たちに接しているうちに、私たちの理念が正しいと認めてくれた人です。金儲けのためというのは、同志に対して少々言い過ぎかと思いますが」

「本気でそう思っているのか、藤戸。だとしたら、まだまだ人生修行が足りないな。寝返ったふりをして、さらに深部へ潜り込もうとする犬もいる。こんなヤツの口車に乗って、旗艦工場まで移転して。パグが崩壊するぞ」

阪本は再び、藪野を見据えた。

薮野は目を伏せた。肩を震わせる。やがて、笑い声を上げた。

「何がおかしいんだ？」

阪本が片眉を上げた。

「いや、たいしたもんだと思ってな」

薮野は笑いながら、阪本を見やった。阪本が気色ばむ。

「おまえの言う通り。寝返ったふりをして潜ってるんだよ、俺は」

「薮野さん！　冗談にもほどがありますよ」

藤戸がいさめる。

薮野は右手のひらを上げ、藤戸を制した。笑うのをやめ、身を乗り出して阪本を睨む。

「阪本。おまえの邪推通りだったら、どうするよ？」

「粛清《しゅくせい》する」

「できるか、おまえに？」

「人をおちょくるのもいい加減にしろよ。俺はパグの創設メンバーだ。それなりの場数は踏んでいる。俺についてくる同志もいる」

「俺も元作業班だ。おまえ以上に場数は踏んでいるぞ。おまえら程度は一人で殺《や》れる」

薮野と阪本が睨み合う。

周りにいたメンバーは、あまりの迫力に気圧《けお》され、眉尻を下げた。

沈黙の時が続く。

しばらくして、藪野がふっと微笑んだ。

「わかったよ、悪かった。今回の件は俺が赤沢に直接通して行なったことだ。俺はおまえら以上に公安の動きを知っている。だから、おまえにも話さず、独断した。そのことについては謝る」

藪野は両膝に手をつき、腰を折った。阪本は上体を起こし、藪野を見つめた。

多少緊張が解け、メンバーや藤戸の口から小さく安堵の息がこぼれた。

「ただ、それ以上の他意はない。俺はパグの理念を受け入れ、聖論会の今後を考えて動いている。信じるかどうかはおまえに任せるよ」

藪野は柔らかい口調で言い、メンバーの一人を見た。

「おい、酒を持って来い。新工場が落成した記念の日だ。ささくれているのもつまらねえ。阪本さん。今回のことを水に流す意味でも、一杯付き合ってくれないか?」

「帳消しにしろというのか?」

「いつまでもいがみ合っていていいことはねえだろう。ここはぐっと呑み込んでくれねえか、酒と一緒に」

藪野が言う。

メンバーの一人が、日本酒の一升瓶と湯呑み茶碗を二つ持ってきた。酒を注ぎ、藪野と阪本の前に置く。

藪野は湯呑み茶碗を手に取った。

「あんたらの世界のルールとはちょっと違うが、盃で交わした契《ちぎり》は絶対だ。阪本さん。手に取ってくれないか、その湯呑みを」

　藪野が言う。

　阪本はじっと藪野を見つめた。逡巡する。やがて、ゆっくりと湯呑み茶碗を取り、持ち上げた。

「信じていいんだな？」

「もちろんだ。よろしく頼むよ、阪本さん」

　湯呑みを差し出した。阪本も差し出す。

　縁を合わせた二人は、一気に酒を飲み干した。

　藪野は食道から込み上げてくる熱さを嚙みしめた。一升瓶を取り、空になった自分の湯呑みに酒を注ぎ、阪本の湯呑みにも淹《い》れる。

「おまえらも持って来い。今日はみんなで膝を突き合わせて話そうや」

　藪野は藤戸を見やり、片笑みを浮かべた。


　午前零時を回った頃、阪本は酔い潰れて、その場に横たわった。

　底を尽いた一升瓶が三本転がっている。

「阪本さん、どうしましょうか？」

「ワゴンに乗せろ」

藪野が命じる。

メンバー三人は阪本を抱え、部屋を出て行った。

藤戸が残った。

「これから粛清するおつもりですか?」

「そうだが。今になって、躊躇するのか?」

「いえ……。ただ、ちょっと気になったことがありまして」

「何だ? 言ってみろ」

藪野が促す。

藤戸は湯呑みに残った酒を含み、喉に流し込むと、やおら口を開いた。

「阪本さんが言っていた〝俺についてくる同志〟という言葉が妙にひっかかるんです。パグ内部、聖論会には、赤沢さんより阪本さんに信頼を置いている同志もいます。ここで阪本さんを処分してしまえば、阪本さん寄りの同志が反目《はんもく》して、内部分裂を招くのではないかと……」

「おまえ、なりがデカいわりには気が小せえな」

藪野は片膝を立て、湯呑みを握った。

「阪本の下に何人いようが関係ねえ。蛇は、頭を潰しちまえば動けなくなる」

片頬を上げ、酒を飲み干す。

それでも藤戸は不安げに眉根を寄せ、腕を組んだ。

「今は大事な時です。できれば、トラブルの芽は摘んでおきたいんです」

「わかった、わかった」

藪野は湯呑みを置いた。

「何か、いい策でもあるんですか？」

「要するに、いわゆる阪本派の目が赤沢に向かなきゃいいわけだろ？　簡単な話だ」

話しているところに、メンバー三人が戻ってきた。

「阪本さんをワゴンの後部シートに乗せました」

メンバーの返答に、藤戸は頷いた。

藪野は、藤戸に報告したメンバーに目を向けた。

「おまえ、名前は？」

「中田《なかだ》です」

メンバーの男が答える。

「あとで阪本を送ってもらうから、残れ。おまえらはもういいぞ。ご苦労」

藪野が他の二人に声をかける。

二人のメンバーは一礼し、家から出て行った。ドアが閉まる音を確かめ、藪野は口を開いた。

「まあ、座れ」

中田は会釈し、藪野と藤戸の間に正座した。

「中田。おまえに大事な話がある」

顔を突き出し、じっと見つめる。

中田は緊張した面持ちで、背筋を伸ばした。

「おまえ、本気で俺たちと世の中を変えたいか？」

「もちろんです」

中田が小鼻を膨らませる。

「そのためなら、何でもするか？」

「はい」

太腿に置いた両拳をグッと握り締め、力強く首肯した。

藪野も頷き返す。

「では、俺の指示に従って、これから武装蜂起が終わるまで、逃げ回ってくれ」

「どういう意味ですか？」

藤戸が訊く。

藪野は藤戸に顔を向けた。

「阪本殺しをこいつのせいにする」

中田を一瞥する。

中田は目を見開き、強張った。

「阪本さんを殺すんですか……」

「心配するな。殺しは俺がやる。おまえはひたすら逃げ回ってくれればいいだけだ」

藪野はさらりと言った。

中田は戸惑い、藤戸を見た。藤戸は腕組みしたまま、黙っている。

藪野が話を続けた。

「実はな。阪本が聖論会を割ろうとしていたんだ」

「阪本さんが？」

中田は目を丸くした。

藪野は頷く。

「赤沢や俺たちを無視して、勝手に武装蜂起を起こそうと画策していた。先日、パグの事務局でそのことを問い質《ただ》すと開き直り、銃の製造に必要な工具の出荷を止めた。今回、工具の搬入時に阪本はいなかっただろう？」

「そういえば……」

中田の表情が曇る。

「俺たちが別ルートで工具を仕入れたのは、そのせいだったんだ。さっき、阪本はもっともな顔をして俺たちを怒鳴りつけていたが、あれはおまえらがいたから演技をしていただけだ。内心、あの場面で俺たちが怒って、阪本を追い出すのを待っていた。おまえらが聖論会を割る理由を知る証人になるからな。汚《きたね》え真似をするヤツだ」

藪野は唾棄《だき》した。

「俺はヤツの腹を読んで、和解する方向に持っていった。とりあえず、ヤツの目論見《もくろみ》は潰したが、このまま放っておけば、ヤツとヤツに従う連中に勝手なことをされ、武装蜂起は潰されてしまう。だから、殺すことにした」

「本当ですか、藤戸さん」

中田は再度、藤戸に目を向けた。

黙って聞いていた藤戸は、ゆっくりと深く頷いた。

中田は拳を震わせ、唇を嚙みしめた。

「阪本が殺されたと知れば、阪本派の連中は赤沢に反旗を翻《ひるがえ》すだろう。しかし、武装蜂起の時は近い。今は内紛にかまけている時ではないんだ。わかるよな、中田？」

藪野が問う。

中田は畳を見据え、強く首を縦に振った。

「そこで、おまえが私怨で阪本を殺したことにし、おまえには逃げ回ってもらう。俺たちの準備が整い、世の中を刷新するその時まで。阪本派の連中に捕まらないよう、俺が万全を期して、逃亡をバックアップする。中田」

藪野はいざり寄り、中田の両二の腕をつかんだ。まっすぐ、中田を見つめる。

「我々の武装蜂起が成功するか否かは、おまえにかかっている」

語気に力を込めた。

中田の頰が紅潮した。双眸を剝き、藪野を見つめ返す。黒目の奥には使命感が滾《たぎ》っていた。

「わかりました。その大役、ぜひ私に任せてください」

「ありがとう！」

藪野は深々と頭を下げた。伏せた顔に含み笑いが滲む。

藤戸は沈痛な面持ちで目を閉じた。

## 6

パグの事務局を訪れて二週間後、瀧川は再び呼び出された。

借金の処理があらかた終わったからということだった。

事務局を訪れるとすぐ、応接ブースへ通された。

福田が姿を見せた。

瀧川はすぐさま立ち上がった。

「福田さん。このたびは本当にありがとうございました」

深々と腰を折る。

「いえいえ、私はできることをしたまでです。どうぞ、お座りください」

椅子を手で指す。

瀧川は腰を下ろした。

福田は抱えていたファイルをテーブルに置いた。

「高田さん。電話でお話しした通り、借金問題はほぼカタが付きました。詳細を説明します」

パグ事務局の処理は迅速だった。

借金に関しては、過払い金返還請求をしないということで、ほとんどの金融機関と話を付けた。

通常の弁護士や司法書士なら、過払い金を請求して取れるだけ取り、いくらかでも成功報酬を得ようとする。が、パグの方針は、一刻も早く、依頼者の借金問題を片づけることに主眼を置いている。

民間の金融機関は、過払い金の返還で余計な支出を強いられている。できれば、経常利益に響かないよう、処理したい。

パグの専任弁護士や司法書士は、その心理を巧みに突いた。

借入が長い者ほど、過払い金が発生している。高田義男の借金にも過払い金があった。

パグの借金処理チームは過払い金を請求しない代わりに借金を相殺《そうさい》するよう、金融機関に掛け合った。

初めは渋っていた金融機関も、裁判を起こされ、あげくに過払い金を支払うよりは、多少の利息を取りはぐれても現金を流出させないほうを選んだ。

過払い金がなかった金融機関についても、利息の引き直しを行なった結果、残高が半分以下になった。

たった二週間で、パグ事務局は、九十万を超えていた高田義男の借金を劇的に減らした。その手腕は見事というより他ない。それも法や倫理に反しない方法で、次々とクリアにしていく。

困窮者からすれば、パグや事務局を取り仕切っている福田が救いの神に映る。

人は満たされている時に何を与えられても心に響かない。しかし、貧している時には握り飯一つで救われた気分になる。

そうした恩義は忘れない。

以前、パグの職員の多くは、元々高田義男と同じ困窮者だったと、福田から聞いた。

パグの内情はともかく、職員がフリーマーケットや相談会などで親身になって働いているのは、同じ境遇の者を救いたいという思いのほかに、パグへの信頼と忠誠があるのだろうと感じる。

「──とまあ、こういう具合です。いくらかの借金は残りましたが、自己破産はせずに済みました」

「本当にありがとうございました」

瀧川はテーブルに額を擦りつけた。高田義男ならこうしただろう。

福田は満足げな笑みを浮かべていた。

「残りの借金の件ですが、一つ提案があります」

「何ですか？」

「私どものほうで立て替え、清算してしまいましょう」

「それはいけません！」

瀧川は福田を見つめた。

「ここまで無償で尽力していただいたのに、その上、立て替えてくれるだなんて。申し訳が立たない」

太腿に拳を置いて、うなだれる。

「もちろん、私どもが立て替えたお金は返してもらいます。ただ、利子は取りません。同じ返すにしても、元本だけでいいんです。高田さんが生活を立て直すためには、そのほうが絶対にいい。ここまで来たんです。もう少し、私たちに任せていただけませんか？」

「ですが……」

「高田さん。立て直しまであと一歩。遠慮や躊躇《ちゅうちょ》をしている場合ではありません。ここはすべての思いを呑み込んで、新しいスタートを切ることだけを考える。それが今、あなたがすべきことですよ」

「しかし……。今のバイト生活ではとても返せる自信がありません。また、福田さんに迷惑をかけてしまう結果になっては……」

「もう一つ、提案があります」

福田はテーブルに置いたファイルから、一枚の求人票を取り出した。瀧川の前に差し出す。

瀧川は手に取り、中身を見た。

奥多摩にできた工房の旋盤工募集の求人票だった。

「給料は安いですが、地域の空き家を買い取って従業員宿舎にしているそうなので、家賃はかからない。都心で汲々《きゅうきゅう》と働いているより、環境も良いし、何よりお金を使う場所がないから、その分、返済に回せると思いますが。どうですか？」

福田は微笑んだ。

瀧川は考えた。本来は、このまま失職し、パグ事務局で働くように向けていく予定だった。しかし、福田の申し出は理に適《かな》っている。これを断われば、事務局への潜入も果たせない。

「……わかりました。そちらへ行ってみます」

「よかった。面接の日取りは、私のほうで決めていいですか?」

「はい。いくつか、提示していただけると助かります。バイト先のシフトもありますので」

「そうですね。先方と話し合って、また連絡します」

「お願いします」

瀧川は頭を下げた。


帰り道、瀧川は白瀬に連絡を入れた。その足で、高井戸の本部アジトへ行くことになった。

古マンションの一室のドアを開ける。

「やあ、調子はどうだい?」

白瀬が笑顔で迎えた。

「必死ですよ」

瀧川は苦笑しつつ、中へ入った。

「コーヒー飲むか?」

「いただきます」

そう言い、テーブルの脇に座る。

白瀬はカップを二つ出し、保温ポットに作り置きしていたコーヒーを注ぐ。

瀧川はカップを取り、コーヒーを口に含んだ。ほろ苦い薫りを口の中で嚙みしめる。

「すっかり、貧乏中年が板に付いているね」

白瀬は煤《すす》けたネルシャツとジーンズ姿の瀧川を見て、言った。

「実際、ろくに食事もしていないですからね。コーヒーも久しぶりです」

「二十四時間、役作りか。さすがだな」

「そうしないと、高田義男になりきれませんから」

瀧川は言い、もう一度コーヒーを含んで嚙みしめた。

白瀬は微笑み、自分もコーヒーを啜る。

「ところで、福田が指定してきた工房のデータは？」

「求人票をもらってきました」

瀧川はショルダーバッグの中から、求人票を出した。

白瀬はコーヒーを片手に目を通した。

「新日本《しんにほん》工房か。クリエイト工房というわりにはセンスがないな」

「どういう会社かわかりますか？」

「すぐに調べてみるよ。わかったら、スマホにデータを送る」

白瀬は口に運んだカップをテーブルに置いた。

「旋盤工募集か。銃器製造に関係しているかもしれないね」

白瀬が言う。

高田義男が旋盤の技能研修を受けているという履歴を提案したのは、白瀬だった。

工作技術を持っていれば、密造工場への潜入の足がかりになり得ると踏んだからだ。

さっそく、敵の本丸に入れるとは思っていないが、旋盤工としての腕が認められれば、いずれ、密造工場の従業員として移動させられるかもしれない。

それはいいが……。

「一つ、困ったことがあります」

瀧川は白瀬を見つめた。

「旋盤ができないという点か？」

白瀬の言葉に、瀧川は頷いた。

高田義男は旋盤の技能研修を受けたことになっているが、瀧川自身は工場すら見たことがなかった。

「さすがに、現場に出ればバレてしまいます」

瀧川がうなだれる。

が、白瀬はこともなげに言った。

「そういう事態も想定して、場所は用意してあるよ」

「えっ」

瀧川は顔を上げた。

「この求人票を見る限り、工房への出勤は早くても二週間後になるだろう。それまでに、基本技術を覚えればいい」

「どこで学ぶんですか？」

「協力者の工場に手配をしてある。さっそく明日から、そこに出向いて基本技術を習得してもらう」

「二週間で大丈夫ですか？」

「大丈夫。高田義男が技能研修を受けたのは五年前。その後、旋盤の仕事はしていない。多少忘れていたり、機械がうまく扱えなかったりしたところで、なんら問題はない。ちょうど二週間程度の研修をしたぐらいしか覚えていないよ」

白瀬が笑う。

そこまで考えて、履歴を作っていたのか……。

瀧川の背筋がかすかに震えた。

「事務局への潜入はどうします？」

「それは今後の状況を見てということになるが、君がそのまま工場にいたほうがいいと判断すれば、また別の工作班員を事務局潜入へ送り込むことになると思う」

「私は事務局に戻らないということですか？」

「ケースバイケースだよ。状況は常に流れる水のごとく変わる。その時々の状勢を見て、臨機応変に対応していく。それも僕たちの仕事だ。今夜、協力者に連絡を入れておくから、今はとりあえず、旋盤技術を磨いてくれ、高田君」

白瀬はにやりとして、コーヒーを飲み干した。

瀧川はカップに口を当て、小さく息を吐いた。


その夜、福田に呼ばれ、藤戸が奥多摩から都心へ出てきていた。

パグ事務局の局長室で、複数人の履歴書を見ている。高田義男の履歴書もあった。

「一、二、三……計五名を工房で雇えということですか？」

「これから本格的な増産体制に切り替えるんだろう？　工員は多いほどいい。違うか？」

「それはそうですが……。彼らの身辺調査は確かですか？」

「聖論会のメンバーに調べさせた。間違いはない」

福田が言う。

福田に〝聖論会〟の名を出されると、あからさまに疑うわけにもいかなかった。

「しかし、一度に五人は多いですね。特にこの高田義男という男は、五年前に技能研修を受けただけで、それ以降、仕事をしていないようで。使い物にはなりませんよ」

「ずぶの素人よりは使えるだろう。ここで借金の肩代わりもすることになった。恩と金で縛れる人間だ。これほど使い勝手のいい人間もいないと思うが」

福田は藤戸を見据えた。

「わかりました。福田さんがそれほど推《お》すなら、雇い入れましょう」

藤戸は履歴書をテーブルに置いた。

「そういえば、藪野と阪本が揉めたという話が聞こえてきているが」

「工具の搬入を別ルートにしたことが気に入らなかったようです。藪野さんとは一応の和解をみたので、問題はありません」

藤戸はそらとぼけた。

阪本粛清の件は、藪野、赤沢、藤戸で決めたことだ。いずれ話す時はくるだろうが、今この時期に無用な波風は立てたくない。

「藪野はトラブルメーカーだな」

「ちょっと扱いにくい点はありますが、まだ必要な人材ですので」

「いつまで必要だ?」

「あと一年程度かと」

「そうか。だが、犬は所詮、犬だ。気を抜くなよ」

福田の言葉に、藤戸は強く首を縦に振った。

7

瀧川は奥多摩駅に降り立った。

まもなく、男が声をかけてきた。

「高田さん」

瀧川は呼ばれたほうに顔を向けた。

中背で薄い顔をした地味な男だ。瀧川はすぐに笑みを浮かべた。

「ああ、大野さん」

名を口にする。

大野は、羽根木公園の会場で最初に声をかけてきたパグの職員だった。

当時、瀧川は、大野の態度に腹を立て、胸ぐらをつかんだ。むろん、それは福田に近づくための演技でもあったが、大野が知る由《よし》もない。

「お久しぶりです。あの時はすみませんでした」

瀧川は深々と腰を折った。

「公園での件ですか？　気にしないでください。私も心配りが足りませんでした」

「いえ。暴力を振るおうとしたのは本当に恥ずかしいことです。改めて、お詫びさせてください」

もう一度、頭を下げる。

「わかりました。では、これで当時の件はなかったことにしましょう」

大野は満面の笑みで頷いた。

「ところで、大野さん。今日はどうしてこちらへ？」

瀧川が訊く。

「今日から高田さんが勤める新日本工房に、私も起《た》ち上げから参加しているんですよ」

「じゃあ、パグの仕事は辞められたんですか？」

「休日、ボランティア活動がある時は手伝っていますが、メインは工房の従業員です。これからは同じ職場で働く者同士。よろしくお願いしますね」

大野が右手を差し出す。

「こちらこそ。大野さんがいるとは心強い。いろいろと教えてください」

大野の右手を堅く握る。

大野は微笑み、頷いた。

「車を待たせています。どうぞ」

大野に案内され、改札を出る。

黒いワンボックスが駅前で待機していた。

大野がスライドドアを開ける。と、中にはすでに四人の男がいた。

ほとんどは、瀧川と同じ三十代と思われる男だった。が、一人、六十代も後半かと思われる男が最後尾の席にいた。白髪で痩せた男だ。

男は隣の若い男と談笑している。おしゃべりで、上の前歯が一本欠けていた。

ふと目が合う。男は、瀧川を見た瞬間、かすかに目を見開いた。しかし、会釈をするとまた隣の男と話を続けた。

瀧川は小首を傾げた。

どこかで見たことがある……。

だが、思い出せない。

大野が助手席に乗り込んできた。シート越しに振り返る。

「みなさん。新日本工房へ来ていただいてありがとうございます。これから、みなさんが働くことになった工房へ向かいます。その後、みなさんが住む社宅へ案内しますので、私物は車の中に置いといてください。では、出発します」

大野が言う。

ドライバーがアクセルを踏んだ。

瀧川は窓際に座り、体を横に向けて窓の外を見つめていた。

傍目《はため》には、瀧川がただ外を眺めているように見える。

しかし、瀧川は胸のポケットに入れたスマートフォンのレンズを外に向けていた。

駅に着いた時から録画している。撮っている映像は、そのまま白瀬のスマートフォンへ飛ばされている。電波を通じて、中での会話も送信されていた。

十分ほどして、車は廃校を改装した新日本工房の敷地に到着した。

金網の右端にかつての学校正門があり、そこから入っていく。L字形に二棟の校舎が並んでいた。車は右側の校舎の玄関前で停車した。

瀧川は下車した。

玄関の背面には広大なグラウンドが広がり、その奥に体育館が見える。その脇には小さなプレハブが複数並んでいる。

瀧川は周りを見るふりをして、校舎や周辺の様子を撮影した。

改めて玄関のほうを向く。入口は何ということのない普通の学校の玄関に見える。しかし、よく見ると、そこかしこに監視カメラが取り付けられていた。

玄関へ入る。左側にはかつての学校事務所がある。窓口には、工房の職員が座っていた。

大野が瀧川たちの前に立った。

「みなさん、お疲れ様でした。ここが廃校を利用した私たちの工房です。出勤時、左手の事務所窓口にあるカードリーダーにＩＤをかざしてもらい、出欠確認をします。ＩＤカードは後ほどお渡しします。また、ここから先は、新商品を開発している部署もありますので、私的な通信機器は事務所へ預けることになっています。申し訳ありませんが、スマホや携帯を持っている人は、今ここで事務所に預けてください」

大野が言った。

瀧川はスマホを胸ポケットから取り出した。電源ボタンを短く三回押し、その後長押しして、電源を切る。

こうすることで、スマホの画面は公安部との連絡用画面から、高田義男が使っている通常画面に切り替わり、白瀬たちへの連絡先データや公安として仕入れた情報へのアクセスがロックされる。仮に、第三者が電源を入れても、高田義男が通常使用した分のデータと連絡先しか出てこない。

強引にＳＩＭカードやＳＤカードを解析された場合は、内部データが破壊されるようにプログラムが仕込まれている。

一度、高田義男モードに戻したスマホを公安部モードに切り替えるには手順が必要で、それは瀧川しか知らない。

渡されたスマホ一台一台すべて、ロック解除の手順は違う。

瀧川以外が別の手法でロックを解除しようと試みた場合、そのデータもまた白瀬に送られることになる。

瀧川は電源を切ったスマホを事務所に差し出した。従業員は、茶封筒にスマホを入れ、高田の名前を書いて保管箱に入れた。

靴のまま、校舎へ入る。玄関口を上がるとすぐ左へ曲がった。事務所を通り、まっすぐ奥へ進んでいく。

廊下の真ん中あたりにかつての校長室がある。大野はその前で立ち止まった。

ドアをノックする。中から「どうぞ」と野太い声が聞こえてきた。

大野がドアを開けた。

「みなさん、中へ」

促され、瀧川たちは中へ入った。

執務机の手前にソファーが置かれていた。正面奥の一人掛けソファーに短髪の体格のいい男が座っていた。

新日本工房代表の藤戸智也だ。パグで採用面接を行なったのもこの男だった。

新日本工房に関する情報は、白瀬から届いていた。

この工房は、パグにいた藤戸が複数企業からの出資を募《つの》り、設立した株式会社だった。株式は、出資した会社の出資比率に応じて振り分けられている。

出資会社は、大手の電機メーカーや自動車、玩具《がんぐ》メーカー、IT企業などだった。

特徴的なのは、どの会社も経済民間企業連合会に所属する会社だということだ。

経民連は、政権与党や保守系経済団体とは一線を画す労働組合中心の民間経済団体で、理事にはパグ代表の赤沢君則も名を連ねている。

白瀬は補足事項として、新設されたこの工房の規模から、銃器の密造工場があるかもしれないとの見方も示していた。

左右に三人掛けのソファーがあり、手前にも入口すぐの場所に背を向けて、二人掛けのソファーがある。団体でも話し合いができる場所として使用しているようだ。

藤戸の右手にあたるソファーの端には、見知らぬ男が座っていた。

角張った輪郭の目の細い男だ。微笑みを浮かべているが、その眼光は鋭い。

瀧川たちは左右のソファーにそれぞれ座った。瀧川は右ソファーの入口近くの端に座った。全体が見渡せる位置だ。

藤戸の対面にあたる二人掛けソファーには、大野が腰を下ろした。

藤戸が笑顔を向け、口を開いた。

「みなさん。よく来てくださいました。先日もお話ししましたように、我が工房は、日本の物作りの再生と同時に、地域再生の新しい形を模索するために設立されました。みなさん一人一人が新しい社会を創造していくのです。共に未来へ向け、がんばりましょう」

藤戸が語気を強める。

藤戸の言葉を聞き、瞳を輝かせて頷いている者もいれば、うつむいて押し黙っている者もいる。

藤戸は気にせず、話を続けた。

「こちらは経営アドバイザーとして参画していただいている藪野さんです」

藤戸が細い目の男を紹介した。

藪野？

瀧川の眦《まなじり》がかすかに揺れた。

藪野といえば、東雲《しののめ》の銃器工場を捜査していて行方不明となった公安部員の名前と同じだ。そう多くない姓でもあるし、何よりここはパグ関連の施設だ。

公安の藪野だとすると、生きていたことにも驚くが、なぜここにいるのかがわからなかった。

「では、一人ずつ自己紹介をお願いします」

大野が言う。

一人一人、座ったまま、簡単な名前とプロフィールを口にする。

瀧川が気になっていた白髪の老齢男性は〝佐川《さがわ》〟という名前だった。熟練工で、町工場を退職したあと、ここへ来たという。

名前に聞き覚えもなければ、町工場関係者は協力者以外知り合いはいない。

気のせいか……。

そう思いつつ、瀧川は高田義男の名と経歴を語った。

代表との顔合わせを終えると、内部見学が始まった。

教室はそれぞれ、小さな工房に改装されていた。木製の椅子やテーブル、小物、玩具を製作しているところもあれば、新製品を開発している企画室やプログラムを開発しているITルームもあった。

基本は木工製品の開発をしているようだったが、それ以外にも収入の術《すべ》を模索しているようだ。

廊下を渡り、もう一つの校舎に入る。そこも基本的に前校舎の工房の造りと変わらないが、三分の二ほど進んだところで、廊下は堅牢《けんろう》な鉄扉で閉ざされた。

大野はその手前で止まった。

「案内はここまでです」

「この先は？」

瀧川が訊いた。

「ここから先は、出資企業の方々から依頼された商品開発を行なっていますので、特定の従業員しか入ることができません。こちらの部署に配属されれば、この先の職場で働くことになります」

「何を開発しているのですか？」

　他の男が訊く。

「一切、口にできないんです。申し訳ありません。決して怪しい研究をしているわけではありませんから、ご心配なく」

　大野は冗談めかして笑った。

　瀧川も笑う。が、その目はドアの構造を確かめていた。

　右上部にＩＤカードリーダーとテンキーがある。二重認証方式を取り入れているようだ。

　扉には取っ手はなく、隙間もない。扉を囲う金属製の枠も分厚く強固なものに映る。銀行の地下にある金庫の扉のように思えた。

　密造工場があるとすれば、この先だな。そう瀧川は睨んだ。

「それでは、みなさんの社宅となる家へご案内します。どうぞ」

　大野が踵《きびす》を返す。

　瀧川たちは大野について、校舎を出た。再び、ワンボックスカーに乗せられ、五分ほど走る。

　古びた一軒家の前で停まった。それぞれの荷物は家の中に入れられていた。

　空き家を改築した宿舎だった。広々とした一軒家に五人で住むこととなった。

　大野は宿舎の規則を一通り説明して、家から出て行った。

　それぞれが与えられた個室に入っていく。八畳一間の畳部屋だが、防音対策はできていて窓もあるので、見た目より快適だ。テレビや寝具、洋服箪笥も備え付けられている。食うや食わずの生活をしてきた者にとっては、有り難《あがた》い住み家だった。

瀧川は、さっそくスマートフォンを公安仕様に切り替えようとした。

と、ドアがノックされた。

「はい」

声をかける。佐川が顔を出した。

「すいませんね、高田さん」

「いえ。どうぞ」

言うと、佐川が中へ入ってきた。

高田の間近に座り、じっと顔を覗き込んでくる。

「ちょっと訊きてえんだがな」

「何でしょう？」

困惑した様子で佐川を見つめる。

にやにやしていた佐川が真顔になった。

「兄さん、オレに見覚えねえか？」

「いえ……」

「オレの名前は佐川じゃねえ。砂賀だよ、瀧川さん」

佐川の言葉に、瀧川は息を呑んだ。

思い出した。

目の前の男は、瀧川が誤認逮捕で留置された時、同じ留置場にいた窃盗犯の男だ。瀧川に、誤認逮捕は誰かから嵌《は》められたのではないかと説き、夜中に留置場から出された時、気をつけろと用心を促してくれた。

しかし、まさかこのようなところで会うとは思わなかった。そもそも、窃盗の累犯である砂賀が、なぜわずか四ヶ月程度で出所できたのかがわからない。

瀧川はどう返答したものか、逡巡《しゅんじゅん》した。

瀧川であることを明かし、砂賀がここにいる詳細を聞き出すか。それとも、あくまでも高田義男だとシラを切り通すべきか……。

考えあぐねていると、砂賀のほうから話を進めてきた。

「あー、心配しないでくれ。オレがあんたの本名を明かすことはねえから」

砂賀が片笑みを浮かべる。

瀧川はもう一度思考した。

砂賀は、瀧川が警察官であることは知らないはずだ。留置場でそういう話はしていないし、看守も砂賀の前で瀧川を警察官として扱ったことはない。

ただ素性がバレているだけであれば問題はない。むしろ、犯罪者仲間ということになれば、密造工場へも近づけるかもしれない。

とはいえ、砂賀がなぜこんなところにいるのか、理由がわからない限り、迂闊《うかつ》なことは口にできない。

瀧川はつい押し黙った。

砂賀は話を続けた。

「まあでも、兄さんが無事でよかったよ。心配してたんだぞ。夜中に面会だなんて連れ出されたまま、戻ってきやしねえから」

砂賀は冗舌《じょうぜつ》だった。

留置場で会った時も、よくしゃべる男だった。元々そうなのか、あえて話すことで、こちらから何かの情報を引き出そうとしているのかわからないが、以前会った時の印象では、砂賀の話し好きに他意はないように思えた。

このまま調子よく話をさせて、情報を引き出す手もある。

瀧川は名乗ってもいいか……と口を開きかけた。

が、喉元にまで出かかった言葉を呑み込んだ。

砂賀が何らかの理由で瀧川のことを知り、新日本工房のスタッフに高田義男が偽名であることを話していて、その真偽を確かめるために工房側が砂賀を利用しているということも考えられる。

事情がわかるまで口を聞かないほうがいい。そう判断した。

「あの……何の話をしているんですか？」

瀧川はそらとぼけた。

「おいおい。オレは人の顔を覚えるのだけは得意なんだよ。一度捕まったおまわりの顔は絶対忘れねえ。でもまあ、兄さんにもワケがあるんだろうから、詳しくは聞かねえよ。オレの名前も明かさないでくれよな。佐川を名乗れと頼まれただけだから」

「頼まれた？　誰にですか？」

「そいつは言えねえよ」

砂賀が意味ありげに微笑む。

瀧川は心中で苦笑した。

誰が何を目論《もくろ》んでいるのかは知らないが、砂賀のようなおしゃべりに何かを頼んだとすれば、相当の節穴《ふしあな》なのだろう。

「ここでは、兄さんとオレは、高田と佐川だ。お互い知らんぷりでよろしくな」

砂賀はそう言い、瀧川の部屋を出た。

瀧川は真意をつかめないまま、砂賀の残像を見送った。

「一応、連絡を入れておくか」

スマートフォンを取り、電源スイッチを操作し、パターンロックを指でなぞって、公安部連絡仕様に切り替え、画面を表示した。

翌日の朝からさっそく、作業場で働くことになった。

瀧川は砂賀や他の新人と共に食事を済ませ、従業員宿舎である一軒家を出た。

徒歩でも十五分程度の距離だ。ぽちぽちと歩き、廃校舎へたどり着く。瀧川は事務室前で、スマホを通常モードに切り替え、電源を切って事務員に差し出した。

ふと見ると、砂賀も二つ折りの携帯電話を何度か操作して、電源を切っている。

瀧川はその様子に違和感を覚えた。

砂賀が持っている携帯電話は、いわゆるガラケーと言われているものだ。機能は通話とメールが中心で、簡単な写真を撮る程度のものしかない。電源を切るのに、二度三度操作しなければならないということはない。

砂賀が扱いに慣れていないだけなのだろうと思ったが、もし、砂賀の携帯に自分のスマホと同じような機能が付いているのだとしたら……。

砂賀を送り込んだのは公安か？

一瞬、疑念がよぎる。

砂賀に関する報告はまだない。

考えすぎだと思うが、現場に出た時は考えすぎるくらいがちょうどいいということは、警察大学校で叩き込まれた。

瀧川はそれとなく、砂賀の言動を注視することにした。

新人五人は、それぞれの作業場に案内された。

一人は木工椅子の組み立て場に。二人は製品検査の室内に。瀧川と砂賀は、旋盤機械が置かれた作業場に配属された。

室内には普通旋盤の機械が複数台あり、工員たちが黙々とねじを作っていた。

富沢《とみざわ》という男が責任者として、旋盤作業の指示をしていた。

瀧川と砂賀は、一台の旋盤機械を任された。機械の脇の台には、直径七ミリ、長さ十センチ程度の細長く丸い金属棒が置かれていた。

「高田さんと佐川さんは、旋盤工作経験はあるけどブランクが長いようですから、まずはダイスを使っての雄《おす》ねじ加工をしてください。感覚が戻ってきたら、バイトを使っての細かい作業もしてもらいます。ダイスは取り付けていますので、そのまま雄ねじを作ってくだされけっこうです。機械の扱い方は？」

「大丈夫です」

瀧川が言う。

「オレもこの機械なら大丈夫かな」

砂賀が言った。

「では、よろしくお願いします。わからないことがあれば、いつでも聞いてください」

富沢はそう言い、別の旋盤作業を見に行った。

富沢が離れると、砂賀が顔を寄せてきた。

「兄さん、この機械、使えるか？」

「使えますけど。佐川さんは使えないんですか？」

「実はオレ、工具は素人《しろうと》なんだよ」

悪びれもせずに言う。

「教えてくれるか？」

「いいですけど……」

瀧川は苦笑した。

富沢に言われた作業は、そう難しいものではなかった。

雄ねじ作りは、バイトと呼ばれる鋭い刃先の工具を使う方法と、ダイスと言う円形の金型の中に四つ葉のクローバー型の穴が空いた工具を使用する方法がある。

バイトは主に細かく精密なねじを作る時に使用するため、素人には扱いが難しい。

しかし、ダイスは円形の金具をダイスホルダーという器具に装着して、加工された金属棒をダイスの中心に挟み、反対側を回し板に固定して回転させれば、ねじ山ができる。

もちろん、軸がずれないよう、まっすぐセットする必要はあるが、慣れれば難しくない。

瀧川は金属棒をセットし、作業をして見せた。

スイッチを入れると回転盤が回り、金属棒の表面が削れ、削り屑《くず》が台下の屑受けに落ちる。

ダイスホルダーのネジを弛《ゆる》めて金属棒を取り出すと、ねじ山の付いた雄ねじができていた。

「うまいもんだな」

砂賀が目を丸くする。

「このくらいはできないと、ここで作業はできませんよ。なぜ、熟練工なんて嘘をついたんですか」

呆れて、首を小さく振る。

「オレが決めたんじゃねえよ。ただいい歳だから、そうでも言わないと、ここで雇っちゃくれねえだろ。そう言うから、渋々承知したんだ。まあ、熟練工とはいえ、手をケガしちまって、自由に動かせないということにはなっているけどな」

「誰がそんなことを考えたんです？」

「それは言えねえって」

砂賀は周りに注意を払い、小声で言った。

「ともかく、今、追い出されるのはまずいんだよ。兄さん、悪いが、しっかり教えてくれるか？」

「……わかりました」

瀧川は砂賀の会話の一言一句に隠された何かを探りつつ、ねじ切り作業を教えた。


藪野は、従業員が作業をしている時間に事務室を訪れた。

「お疲れ様です」

事務員が腰を浮かせ、頭を下げる。

藪野は右手を挙げて労《ねぎら》い、事務員に歩み寄った。

「昨日入ってきた新人たちの携帯やスマホは？」

「預かってますよ」

事務員は一つの収納トレーを手に取った。名前を書いた茶封筒に入れた携帯電話やスマートフォンが無造作に入れられている。

「ちょっと借りるぞ」

「怪しいものでもあるんですか？」

「いやいや。興味本位に写真とか撮ってないか調べるだけだ」

「それなら、俺らがやっときますけど」

「どうにも自分の目で確かめなけりゃ気が済まない性分なんでな」

そう言い、トレーを持って空いている席に移動する。

藪野は一つ一つ取り出し、電源を入れて、中身を確かめ始めた。

瀧川と砂賀の携帯やスマホ以外は、サッと見流して電源を落とし、封筒にしまった。

藪野は砂賀の携帯を封筒から出した。二つ折りの携帯を開く前に、上に下にと返し、細かな部分を確かめる。

そして、携帯を開いて、電源を入れてみた。

少し顔から離し、携帯全体を眺める。受話口の穴が一瞬だが光った。中身を確かめる。メールや通話履歴はほとんどない。写真は一枚も保存されていなかった。

「ふむ……」

一人頷き、瀧川のスマートフォンを取り出す。砂賀の携帯と同じように外観をくまなく見た後、電源を入れ、少し離してスマホ全体を眺める。

瀧川のスマートフォンは、ロック画面が表示される寸前に、かすかにチリッと画面が揺れた。

藪野はスマートフォンを見据えた。

「何かありましたか？」

「いや、何もなかったよ」

藪野はスマートフォンの電源を切って封筒に戻し、トレーに入れて席を立った。

笑顔を見せ、事務室を出る。が、廊下に出た途端、笑みが消えた。

「やはりか……」

眉間に皺を立てる。

藪野は事務室前を映している監視カメラの映像で、初出勤時の新人たちの動きを観察していた。

新人が入るたびにそうしている。招かれざる虫が舞い込むこともあるからだ。

映像を見た藪野は、砂賀と瀧川が携帯端末をいじる様子が気になった。

公安部員が持たされる携帯端末の操作方法は、自分も持っていたので熟知している。

砂賀と瀧川は、かつての自分と同じような動きで端末を操作していた。

それで確かめてみた。

彼らの持っていた携帯やスマホは、電源を入れた時、不自然な点滅や画面のぶれがあった。

一般の者なら気にならないだろうが、別プログラムが仕込まれている端末がそうした動きをすることを、藪野は知っている。

「もう送り込んで来やがったのか」

奥歯をギリッと噛む。

「まだ早い。今、かき回されたら、すべてが水の泡だ……」

廊下を歩きながら独りごちる。

「仕方ない」

藪野は踵《きびす》を返し、中庭に出た。

自分のスマートフォンを取り、画面に表示されたテンキーをタップした。

電話口に相手が出る。

「もしもし。藪野です——」

9

その日の作業を終え、瀧川は砂賀と帰路に就いた。

明日から二日間は休みだ。工房自体は動いているが、中で働く作業員は週休二日で、シフトに従って就労することを義務づけられている。

勤務初日、旋盤機械のハンドルすらまともに扱えなかった砂賀は、瀧川の指導を受け、日に日に上達していった。

元々は窃盗の常習犯だ。手先は器用だった。

たった五日で、瀧川と変わらぬくらいの作業をこなすようになっていた。

この五日間、瀧川は時々砂賀に話しかけ、それとなく、砂賀の企図を探った。

しかし、砂賀はのらりくらりとかわすだけで、目的を推測させるような言質は一切出さなかった。

瀧川は白瀬に、砂賀と藪野についての調査を依頼していた。

その返答が昨晩届いた。

砂賀に関しては、瀧川が留置された時、その場所にいた窃盗犯だということは確認された。

が、出所の経緯や新日本工房までの歩みについては、調査中ということで詳細はわからない。

藪野については、別人だという報告が上がっていた。

添付した写真を確認した上での報告なので間違いないのだろう。

だが、瀧川は百パーセント、白瀬の報告を信じているわけではなかった。

彼や公安部には何度となく騙された。公安部員になったとはいえ、彼らが再び、自分を欺《あざむ》かないとは限らない。

藪野に関しては、個人的に注視しておこうと決めた。

歩いていると、砂賀のほうから話しかけてきた。

「いやあ、ホント、兄さんのおかげで助かったよ。他のヤツと組まされたら、オレが素人だってのがバレちまってた」

「本当に一度も旋盤をしたことはないんですか？」

「ない」

「それにしては覚えるのが早いですよ。俺が二年以上も掛けてやっと覚えたものを、たった五日でこなせるようになったんですから」

「兄さんも二年はやってねえだろう。せいぜい一、二ヶ月といったところだ。違うか？」

目を細め、下から覗き込む。

瀧川は目を逸らした。

砂賀はふっと微笑んだ。

「まあいいや。ともかく助かった。ありがとよ」

「いえ、自分のやることをやったまでですから」

瀧川は笑みを返した。

砂賀は時々、高田が瀧川だということを確認するような言葉を投げかけてくる。そのたびに受け流しているが、少々やりにくい。

砂賀が積極的に瀧川の正体を暴こうとしているようには感じない。しかし、パグ関係者や別の何者かの息がかかっている可能性も否定できない。

瀧川はあくまでも高田義男としての態度を貫いていた。

「休みはどうするんだい？」

砂賀が訊く。

「住んでいたアパートの精算をしなければならないので、不動産屋へ行くつもりです」

「前の住まいは引き払っていないのか？」

「はい。ここに来れば寮があるのは知っていたんですけど、実際に働けるかどうか心配だったので、一応残しておきました。荷物はほとんどないんですけどね」

苦笑してみせる。

「手伝おうか？」

砂賀が言う。

瀧川は一瞬、思考を巡らせた。

アパートでは白瀬と会うことになっている。だが、ここで断われば、砂賀にあらぬ疑念を抱かせることにもなる。

「いいんですか？　荷物はバッグ一つ分の服くらいしかないんですけど、掃除をしないといけないので。手伝ってもらえると助かります」

瀧川が言う。

と、砂賀は渋い表情を見せた。

「掃除か……。オレ、掃除は嫌いなんだよなあ。やっぱ、やめとくよ。すまないな」

「いえ。そう言ってもらえるだけでうれしいです」

笑みを返しつつ、内心、安堵の息を吐いた。

「佐川さんはどうするんですか？」

「オレはどこにも行くとこはないから、部屋でごろごろしてる」

「それが一番ですね。俺もそうしたいです」

「若いのが何言ってんだ。彼女の一人もいないのか？」

「いたら、こんな生活していませんよ」

指で鼻の頭を掻く。

「まあ、それもそうか。もうちょっとがんばれ」

砂賀は瀧川の二の腕を軽く叩いた。

瀧川は少し先を歩きだした砂賀の背中を静かに見据えた。

翌日の午後、瀧川は下高井戸のアパートへ出向いた。

残った衣服や靴を整理していると、白瀬が一人で顔を出した。

「やあ、お疲れさん」

手には缶コーヒーの入った袋を持っていた。

和室に入り、腰を下ろす。瀧川も手を止め、白瀬の向かいに座った。

白瀬が缶コーヒーを差し出す。瀧川は受け取り、プルを開け、コーヒーを喉に流し込んだ。

「旋盤作業はうまくできているか？」

白瀬が訊く。

「はい。二週間鍛えてもらったおかげで、なんとかついていけています」

「よかった」

白瀬は微笑み、コーヒーを口に含んだ。

「白瀬さん。藪野という男、本当に行方不明の公安部員ではないんですか？」

「そう返答が来た。君が送ってくれた写真と本部に残っているデータを照合したが、そこでも別人という判定が出ている。写真の照合精度は高い。別人で間違いないだろう。何か、気になる言動でもあったのか？」

「そういうわけではないのですが。なんとなく気になります」

「そうか……」

缶を握る。

「僕は現場を見ていないから何とも言えないが、気になるなら、気をつけるにこしたことはない。しかし、そこに囚《とら》われて、本来の目的を見失ってもいけない。その点は留意してくれ」

「わかっています」

瀧川が頷く。

「君が、密造工場の可能性を示唆した場所だが——」

白瀬はタブレットを取りだした。

ファイルをタップし、新日本工房が工場として使っている廃校の敷地図を表示した。

「ここで間違いないか？」

白瀬が人差し指でタップした。

正門と並行のグラウンド奥にある校舎の左側のスペースに赤い丸が表示された。

「ここです」

瀧川が言う。

「調べてみたが、この一画だけ、かなり強固な防音防振工事を行なっているね。電波を遮断するシールドも設置しているみたいだ」

「やはり、ここで間違いないようですね」

「断定はできないが、可能性は高い。このスペースで就業できそう？」

「いえ、俺のスキルでは難しいですね。各セクションには俺の目から見ても腕のある技術者がいるのですが、彼らが引き抜かれる様子はありません。ひょっとしたら、別ルートがあるのかもしれませんね」

「時間がかかりそうか？」

「はい。正直」

瀧川は唇を締めた。

白瀬も渋い表情を覗かせる。そしてふと顔を上げた。

「そうだ。砂賀を使ってはどうだろうか？」

「使うとは？」

瀧川が小首を傾げる。

「彼は窃盗の常習者だ。その管理区域への侵入もできるかもしれない」

「ちょっと待ってください。砂賀については、出所した経緯も目的も不明です。そうした人間を使うのは危険だと思います」

「そうした者を利用するのも、我々の仕事だよ」

白瀬の目つきが変わる。ゾッとするほど冷徹だ。

「特定に時間はかけられない。もし、新日本工房に密造工場がないとすれば、すぐにでも捜査ターゲットを切り替えなければならない。こちらがまごついているうちに、密造銃が世に出回っては元も子もないからね」

「そのためには、砂賀一人の犠牲など、関係ないということですか？」

瀧川は白瀬を見据えた。

「君は勘違いしているね。何も、砂賀に犠牲になれとは言っていない。彼の持っている〝技能〟を借りて、捜査に協力してもらいたいと言っているだけだ」

白瀬がしゃあしゃあと答える。

ふざけるな……と怒鳴りそうになったが、瀧川は言葉を呑み込んだ。

「ともかく、秘密区画の実態を明確にすることは急務だ。砂賀に協力を願うのも一つの方法だということは念頭に置いておいてくれ」

白瀬が言う。

瀧川は缶を握り締め、うつむいた。

アパートを引き払い、午後七時を回った頃に奥多摩へ戻った。

共有スペースとなるダイニングキッチンでは、同居している従業員たちが食事の傍ら、酒を酌み交わしていた。

「よお、高田さん、おかえり」

依田《よだ》が声をかけてきた。瀧川と同じく、六日前に工房へ来た新人従業員だ。

「アパートを引き払ったんだって？」

「ええ。ここで働けそうなんで」

「賢明だな。俺はここへ来る時に引き払っちまったんで、一週間で追い出されたらどうしようかとヒヤヒヤしてたよ」

そう言って笑う。

瀧川も笑顔を返した。

テーブルには、砂賀以外の三人が揃っていた。

「佐川さんは？」

瀧川が訊いた。

砂賀はたいがい、みんなが集まる時には顔を出す。今日のように飲んでいる時はなおさらだ。

「なんか、用事があると言って出て行ったよ」

別の同居者が答える。

「どこかで飲んだくれてるんじゃないかとは思うけどね」

もう一人の同居者が答えた。

「高田さんも一杯どうだ？」

依田が誘う。

「あとで顔を出します」

瀧川はそう言い、自室へ引っ込んだ。

ドアを閉じる。笑みが消える。

衣服を詰め込んだバッグを置き、敷きっぱなしの布団の上に座った。

「どこへ行ったんだ？」

独りごちる。

砂賀は、行くところはないので部屋でごろごろしていると言っていた。

そもそも、つい最近まで留置されていた窃盗犯だ。友人が近辺にいるとも思えない。

砂賀の動きに違和感を覚える。

同時に、白瀬の言葉が脳裏を過《よぎ》る。

砂賀のような者を利用するのも、我々の仕事だ――。

いずれにしても、瀧川の本名を知られている以上、砂賀の目的を確かめておく必要はある。

瀧川は立ち上がった。音を立てないようドアを開け、廊下へ出る。

砂賀の部屋は、瀧川の部屋とは反対方向の奥にある。キッチン前を横切らなければいけない。

瀧川は壁際に身を隠し、そろそろと廊下を進んだ。隙間から覗き込み、キッチンの様子を窺う。

三人は談笑しながら缶ビールを傾けていた。依田の体が廊下側に向いている。

依田がビールを飲み干し、立ち上がった。冷蔵庫へ向かう。その隙にキッチン前を横切り、廊下の奥へ走った。

砂賀の部屋のドアに手を掛け、ノブを回す。鍵は開いていた。

瀧川は素早く、砂賀の部屋に侵入した。

# 10

砂賀は校庭の端に植えられた大木の陰にしゃがみ、暗視スコープ付きの双眼鏡を覗き込んでいた。

視線の先には秘密区画があった。従業員たちの出入りを確認する。

向かって左手の校舎の裏から、見知らぬ従業員たちが出てくる。

「あそこに別の出入り口があるというわけだな」

砂賀は双眼鏡を当てたまま、片笑みを浮かべた。

瀧川は、キッチンの物音や話し声に注意を払いつつ、砂賀の部屋を物色した。

物はほとんどなかった。目立つものといえば、敷きっぱなしの布団の脇にある煤《すす》けたスポーツバッグくらいだ。

瀧川はまず、備え付けの簡易クローゼットを開いてみた。中には何もない。小机の下や布団の裏も確かめてみる。物はなかった。

畳に座り込み、スポーツバッグを手繰《たぐ》る。

古びた衣服を引っ張り出すと、奥にぽつんと折り畳みの携帯電話が置かれていた。

「出かけているのに、携帯は置いたまま……?」

疑問が口を衝《つ》く。

充電しているならまだしも、携帯はバッグの中に隠すように入れられたままだった。

開いてみる。充電の残りは五十パーセントを切っていた。

瀧川はメールや写真を見てみた。

メールは一通もない。写真もどこで撮ったのかもわからない草花のものが五枚あるだけだった。

電話帳を見てみる。わずか三人ほどの電話番号が記録されているだけだ。

送受信履歴を見てみると、砂賀からの発信はなく、二週間ほど前に電話帳登録者の一人から電話があっただけだった。

携帯は真新しい。釈放後に買ったものだとすれば、その新しさも、登録人数やデータの少なさも納得がいく。

考えすぎたか……。

思考を巡らせながら、携帯の電源ボタンをいじる。

「んっ?」

瀧川の目に奇異な明かりが飛び込んできた。

二度、三度と電源ボタンを押してみる。

違和感を覚えたのは、受話口の明かりだった。電源ボタンを押すたびに、受話口の奥に青白い明かりが灯る。こんな場所が光る携帯電話は見たことがない。

電源ボタンを何度か押してみる。受話口の明かりは、そのたびに点滅する。そうしているうちに、表示されているデジタル時計の数字が揺れた。

明らかに不自然なノイズだが、見たことがある。

瀧川は自分のスマートフォンを取り出した。電源ボタンを何度か押してみる。

モニターのデジタル時計の数字に、砂賀と同じようなノイズが走った。

「まさか……」

瀧川は両の目を見開いた。

そんなはずはないと思う。

だが、これまでの砂賀の言い回しを思い返すと、砂賀に何かを頼んだ〝誰か〟が、瀧川をここへ送り込んだ〝公安の人間〟であっても、おかしくはない。

公安部の者なら、手を回して砂賀を釈放させ、協力者に仕立て上げることくらい造作ないだろう。

勘ぐりすぎかもしれない。が、公安の本質は身をもって知っている。

彼らなら、やりかねない。

この携帯を解析できれば、砂賀に何かをさせている人物を特定できる。

しかし、解析は難しい。

もし、瀧川の推測通りだとすれば、携帯の中にあるSDカードをいじっただけでデータは破壊され、砂賀を操っている何者かにも勘づかれることになる。

白瀬に渡して……とも考えたが、こうなると、白瀬もはたして、砂賀のことを本当につかんでいないのかが気になってくる。

誰が何を画策しているのか、見えてこない。思考するほどに混乱する。

「聞いてみるしかないか……」

瀧川は、砂賀の携帯をポケットに入れ、そっと部屋を出た。

ダイニングの様子に注意していったん部屋へ戻り、何食わぬ顔で再び部屋を出た。

同居人たちが瀧川を見やる。

「高田さん、ビールでいいか？」

依田が訊く。

「すみません。俺もちょっと出かけてきますんで」

「どこへ？」

「佐川さんが飲んでいるとしたら、駅前の餃子屋《ぎょうざ》でしょう。あそこの餃子、一度食べてみたいと思っていたんで、ちょっと覗いてきます」

「今行っても、下山客ばっかだぞ」

別の同居人が言う。

「その時はあきらめて、コンビニでビールでも買ってきますよ」

瀧川は微笑み、家を出た。


樹幹の陰に隠れ、校舎左手の出入り口を見張っていた砂賀は、手に持っていた双眼鏡を置いた。

裏口とみられる場所からの人の出入りは収まった。

辺りには薄闇が広がり、ぽつりぽつりと灯った部屋の明かりだけがグラウンドをほんのりと照らしている。

腕時計に目を落とした。午後八時を回ったところ。時間的にはまだ、校舎内や秘密のエリアに人が残っている可能性は高い。

しかし、砂賀は木陰から出て、校舎へ向かった。

侵入するには、少し人が残っているくらいの時のほうがいい。社内の人間がいる時は、相手も油断している。まさか、社内の人間がいる時に盗人《ぬすっと》が入ってくるとは思わないからだ。

一般人の想定外の行動を取ることが、砂賀たちのような人間の〝仕事〟の成否を決める。

砂賀は普通の足取りで裏口付近へ歩み寄った。

通用口のドアがあった。ドアの横にはカードリーダーが設置されている。だが、校舎内の取っ手もない金属ドアとは違い、ドアノブもあり、出入口感がある。

砂賀は監視カメラの位置を確認して、死角へ移動した。

そこで左腕を持ち上げた。クロノグラフタイプの時計の盤面を入口に向け、右上のボタンを押す。

腕時計はカメラになっていた。撮影された静止画や動画は、同時に依頼者へ送信されるようにもなっている。

砂賀はそこで、鍵を開けるわけでもなく、じっと突っ立っていた。

ドアが開いた。つなぎを着た若い作業員が二人、話しながら出てくる。

砂賀は腕時計の動画モードのスイッチを入れ、すました顔でドアに近づいた。

「お疲れさん」

声をかけ、閉じかけたドアを握る。

「お疲れさんです」

作業員たちは笑顔で会釈した。

砂賀はそのまま中へ入った。

盗みに入るのに、何も鍵をこじ開ける必要はない。開いているドアや窓から入ってしまえばいいだけだ。

人に見られても心配はない。人は日常生活の一風景でしかない出来事など覚えていないものだ。警備員のように、常に警戒している者は気をつけなければならないが、一般人は問題ない。

砂賀は入ったところで立ち止まり、時計の盤面を奥に向けた。

出入口から奥へと廊下が続いている。左側に教室が並んでいて、旋盤やハンマーで金属を打つ音などが響いている。

見た目も雰囲気も、間仕切りされていない通常の工房があるスペースと何ら変わりがない。

左手をポケットに浅く差し込み、盤面を正面に向け、何食わぬ顔で奥へと歩いていく。

すれ違う作業員と笑顔で会釈をかわし、奥へと進む。

工房として使っている教室を覗く。旋盤を使っている作業は、砂賀たちが作っているねじや金属棒の加工と変わらないように見える。

「やっぱり、嘘くさいな……」

つぶやき、さらに奥へと進む。

通常工房と秘密スペースを分かつ金属壁の前まで来た。二階への階段がある。砂賀は階段を上った。

進行方向が逆となり、右手に教室が並んだ。砂賀は腕組みをし、盤面を教室のほうへ向け、歩き出した。

中央まで来たところで、足を止めた。

「本当だったのかい！」

目を丸くする。

教室内のテーブルの上に、円形の金属がいくつも置かれていた。直径十センチ弱の短い円柱に六つの穴が掘られている。

形状は間違いなく、リボルバーのシリンダーだった。

砂賀は依頼者から、新日本工房で造られているらしい密造銃の実態を調べて来てくれと頼まれていた。

見返りは、今回の罪の帳消しと一千万円のギャラだ。

窃盗の常習犯である砂賀は、今回の逮捕で懲役五年は確実だった。

もう還暦を越えた。ここから五年もの懲役は、正直きつい。

どうにかならないかと思案していたところ、公安を名乗る警察官から捜査協力の依頼を受けた。

新日本工房という製作会社が銃を密造しているという。工房に潜り込んで、その証拠をつかんできてほしいという依頼だった。

にわかには信じがたい話だった。

犯罪者仲間から、密造銃の話を聞いたことはある。ただそれは、銃に詳しい者がモデルガンを改造し、小遣い稼ぎに売っている程度のものだ。工房まで構えて組織的に密造銃を製作しているという話は、日本では聞いたことがない。

他に意図があるのではないかと勘繰ったが、断われば実刑を食らうだけ。

であれば、話に乗ろうと考えた。

本当に証拠をつかめれば赦免《しゃめん》され、大金を得ることになる。

新日本工房の話が眉唾《まゆつば》で、証拠をつかめなかったとしても、その時は逃げてしまえばいい。いずれにしても、娑婆《しゃば》にいれば、いくらでも逃げる算段は取れる。

そう考え、話に乗ったが……。

「まさか、本当にこんなことをしているバカがいたとはな」

思わず、独りごちる。

作業員の顔に盤面を向ける。三十前後の若者が多かった。

銃を造ってはいるが、犯罪者の風貌には見えない。どちらかといえば、犯罪とは接点のないインテリのように映る。

教室のドアは開いている。砂賀は作業員の様子を見ていた。手前にいた作業員が、カットされた円柱を持って奥のスペースへ引っ込んだ。

その隙を狙い、素早く中へ入った。シリンダーをつかみ、ポケットに突っこんで外へ出る。

その間、五秒もない。

再び、奥へと歩き出す。

「しかし、これだけじゃあ、証拠としては弱いな」

膨らんだポケットを叩く。

シリンダーだけでは、モデルガンを造っていたと言われればおしまいだ。

モデルガンになくて実銃にあるものは……。

「ライフリングの入った銃身か実弾だな」

本格的に密造しているなら、その二つは欠かせない。

さらに組み上がった完成品を手に入れられれば、完璧だ。

砂賀は二階のフロアを徘徊《はいかい》した。が、銃身も実弾もなかった。

踵《きびす》を返し、金属壁のほうへ戻る。

三階への階段に足をかける。ふと歩みを止めた。

この工房で密造銃が製造されていることは、ほぼ間違いない。一、二階で組み立てをしていないということは、三階で行なわれている可能性が高い。

ここから先は、敵にとっての本丸。それだけ危険度も増す。

長年、犯罪に従事してきた者特有の〝勘〟がざわついた。

しかし、確たる証拠をつかまなければ、再び、この工房から留置場へ戻されることになる。

それだけは勘弁だ。

階段を上がり始めた。と、上から誰かが下りてきた。砂賀は顔を伏せ、やり過ごそうとした。

その人影が足下にかかる。立ち止まって顔を上げた。

「何をしているんだ、佐川?」

藪野だった。

砂賀は笑顔を作った。

「見学させてもらっているんです」

「誰の許可だ?」

「藤戸さんに許可をいただきましたけど」

「そうか」

藪野はにやりとした。同時に、右拳を砂賀の腹部に叩き込んだ。

砂賀は双眸を剝き、腰を折った。

「そんなわけねえだろう。やっぱりおまえ、犬だったな」

「何の……ことか……」

とぼけようとする。

藪野が腰に手を回した。何かをつかんで、砂賀の腹部に押し付ける。

砂賀は色を失った。

手に持っていたのは銃だった。

藪野は砂賀の腰部分のベルトをつかんだ。振り向かせ、腰に銃口を押し当てる。

「黙って歩け。わずかでも抵抗すれば、蜂の巣だ」

銃口で腰を押される。

砂賀は言われるまま歩くしかなく、藪野と共に階段を下りた。

## 11

瀧川は駅前の餃子店を覗いてみた。思った通り、砂賀はいない。

その足で工房へ向かった。

砂賀に何かを依頼した〝何者か〟が瀧川と同類なら、目的は一つ。密造工場の内偵だ。砂賀はベテランの窃盗犯。ならば、侵入を命じられたと考えた。

廃校の正門まで来た。教室の明かりはポツリポツリと灯っているだけで、閑散としている。

瀧川は暗がりを選んで中へ入り、校庭の金網沿いを回って校舎に近づいた。

秘密のスペースがある校舎左側に近づいていく。

と、校舎の裏手からドアの開く音が聞こえた。物陰に身を寄せる。

奥から漏れてきた明かりに二つの人影が浮かんでいた。

「出ろ」

命令口調の低い声が聞こえる。

まもなく、男が現われた。

砂賀だった。

その後ろから顔を出したのは、藪野だ。藪野は砂賀の背後に密着していた。

ドアがゆっくりと閉まる。瞬間、藪野の手元が鈍く光った。

瀧川は眉間に皺を寄せた。

銃を握っている……。

砂賀の腰元を見た。藪野は砂賀のズボンのベルトをしっかりと握っていた。

拘束に慣れている。

ヘタに手を出せば、砂賀は簡単に殺され、砂賀を盾にし、瀧川も狙ってくるだろう。

迂闊には動けない。

「歩け」

藪野は校舎の縁を回り、砂賀を連れて裏門へ向かう。

瀧川は藪野の背中を見据え、二人の後を追った。

藪野は裏手の林の奥を進んでいく。瀧川は足音を立てないよう、慎重に歩を踏み出しつつ、尾行を続ける。

林の中はみるみる闇に包まれる。場所によっては、自分の足元すら見えなくなる。頼りになるのは、時折、枝葉の隙間から差し込む月明かりだけだ。

五分ほど歩き、藪野が立ち止まった。

瀧川は樹幹に身を寄せ、藪野の様子を覗き見た。

「両手を後ろ頭に添えて、そのまま座れ」

藪野は命令した。

砂賀は背を向けたままゆっくりと両手を後頭部に回し、両膝を地につけた。

藪野は銃口を頭部に押し付けた。

「何をしていた？」

静かに訊く。

「だから言ったでしょう。藤戸さんから許可をもらって、見学していただけです」

「いつ許可をもらった？」

「昨日の終業後です」

「昨日？　直接藤戸に会ったのか？」

「はい。藤戸さんから直々《じきじき》に許可をもらいました」

砂賀が必死に訴える。

と、藪野が大声で笑った。笑い声が木々の隙間に溶けていく。

「それはない」

「本当ですって！」

「藤戸は三日前からここにいない。いないヤツにどうやって会うんだ？」

銃口で頭を突く。

「もう少し、ましな嘘を考えろ」

笑い声が止む。

「誰に頼まれた？」

藪野が訊いた。

砂賀は押し黙った。

「公安の人間だろう？」

藪野が言う。

砂賀は少し顔を起こした。明らかに動揺が見て取れる。藪野はその動きを見逃さなかった。

「やはりそうか。部長の鹿倉に直接頼まれたのか？　いや、こんな小賢《こざか》しい真似をするのは今村あたりか」

今村、という名前を出した時、砂賀が顔を傾け、藪野を肩越しに見上げた。

今村さんもこの捜査に携《たずさ》わっていたのか。瀧川は藪野の話を聞きながら思った。

同時に、公安の内情を知っているという事実は、目の前にいる藪野が、行方不明のままだった元公安部員・藪野学である確証となった。

寝返ったのか……。

瀧川は奥歯を噛み、藪野を睨み据えた。

藪野が敵側に寝返ったと判明した以上、藪野を捕まえて吐かせれば、密造工場の実態は把握できる。

隙を見て、捕らえよう。

瀧川は二人の様子を注視し、タイミングを計った。

「おまえに頼んだのは今村か？」

藪野が再度問う。

砂賀は顔を背《そむ》け、うつむけた。その狼狽《ろうばい》ぶりは、藪野の質問を肯定したのと同じだった。

「何を頼まれた？」

銃口をごりっと押し付けた。

砂賀は黙りこくっている。

「そうか。まあいい。依頼者が誰かわかれば、手も打てる。犬は何匹もいらない」

藪野がトリガーに指をかけた。

瀧川はとっさにしゃがみ、足元にある石を拾った。

砂賀を見殺しにはできない。

がさっと音がする。藪野の指が止まった。

「高田！　いるんだろう。出てこい」

藪野が声を張った。

瀧川は肝《きも》が潰れそうだった。しゃがんだまま息を潜める。

「おまえが工房から尾行していたことはわかっている。余計な真似をするな。佐川もおまえも死ぬぞ」

闇に声が響く。

瀧川は石を置いて、立ち上がった。姿を見せる。

「両手を上げて、こっちへ来い」

藪野は顔を振り、指示をした。

瀧川は言われた通りに左右の手を上げ、ゆっくりと藪野に近づいた。

隙を探る。が、藪野が全身から発する気配に緩みは感じられない。

「後ろ頭に手を当てて、佐川の横に跪《ひざまず》け」

瀧川は言われるまま、行動するしかなかった。

砂賀の横に両膝を落とす。砂賀が瀧川に顔を向けた。

「兄さん。どうしてこんなところへ来たんだ」

砂賀が小声で訊く。

背後で藪野が小さく笑った。

「おまえと同じ、公安の犬だからだ」

藪野が言い切る。

砂賀は目を丸くした。

「本当かい、兄さん！」

瀧川は答えず、肩越しに藪野を見上げた。

「なぜ、わかった？」

「おまえらの携帯とスマホだ。細工したモバイルには、必ずその痕跡がある」

「それに気がつくのは、おまえが元公安の藪野学だからだろう？」

瀧川は率直に切り出した。

砂賀は双眸を見開き、背後を見上げた。月明かりの下に、藪野の笑みが浮かぶ。

「だったら、どうする？」

藪野は砂賀の頭に銃口を押し付けた。

瞬間、瀧川は左手で砂賀を真横に突き飛ばした。

砂賀の頭から銃口が外れる。

藪野は銃を瀧川へ向けようとした。瀧川は座ったまま、藪野の右手首を左手でつかんだ。藪野が前のめりになる。

瀧川は右膝を開き、左膝を引き寄せた。座ったまま、全身が大きく右側へ動く。

そのまま藪野の腕を引いた。

藪野の上体が傾いた。木の幹に顔がぶつかる。藪野が相貌を歪めた。

右手で銃を握る。

「逃げろ！」

瀧川が怒鳴った。

砂賀は慌てて立ち上がろうとした。緩い土壌に足を取られ、両手をつく。それでも死に物狂いに立ち上がり、林の奥へ走り去った。

瀧川は銃身を握り、真下へ折り曲げた。藪野の手首が内側へ直角に折れる。

素早く、銃を真上に向けた。藪野の指が銃から離れ、するりと銃を引き抜いた。

そのまま銃を持ち替え、藪野へ向けようとする。

藪野が顔を起こした。血混じりの唾液《だえき》を瀧川に吐きかけた。

瀧川は一瞬顔を背け、目を細めた。

瞬間、藪野が瀧川の頭髪をつかんだ。引き寄せると同時に、頭突きを叩きこむ。

瀧川の鼻梁《びりょう》が歪み、血が噴き出した。

藪野は幹に手をつき、体を起こした。すかさず、瀧川の両肩をつかみ、右膝を蹴り込む。

瀧川は目を剝いた。胃液が込み上げる。銃を持った右手を持ち上げようとした。

藪野は右手首を両手でつかんだ。腕を伸ばし、幹に思いきり打ち付ける。瀧川の肘《ひじ》が悲鳴を上げた。

「ぐっ！」

瀧川はたまらず、手に持った銃を落とした。

藪野が瀧川から離れ、銃を拾おうと腰を屈《かが》めた。

瀧川は右肘を押さえ、藪野の顔面めがけ、右足を蹴り上げた。

藪野はとっさに起き上がり、背を反《そ》らした。顎先を瀧川の爪先が掠《かす》める。

背を反らした反動を用い、藪野が低い体勢で瀧川に突っこんできた。

瀧川は足を下ろそうとした。

藪野は左肩を瀧川の股間に入れた。胸ぐらをつかみ、同時に上体を起こす。

瀧川の体が浮き上がった。藪野がつかんだ胸元を支点に瀧川の全身が弧を描く。

藪野が手を離した。投げ出された瀧川の体が地面に落ちる。放置された枯れ木の枝が脇腹に突き刺さった。

瀧川は奥歯を嚙みしめ、身をよじった。シャツにじわりと血が滲む。

藪野は落ちた銃を拾い、銃把を握った。

「少しはやるようだが、その程度の格闘術では実戦で使えない。府中もぬるくなったもんだな」

「府中というのは、警察大学校のことか？」

瀧川は脇腹を押さえ、左肘をついて上体を起こした。

「そうだ。おまえも行ったんだろう？　府中の研修に」

「やはり、おまえは――」

「そうだ。おまえの先輩だ」

藪野は銃口を起こした。まっすぐ瀧川に照準を向け、撃鉄を起こす。

瀧川は動けなくなった。

「おまえの上は誰だ？　今村か。それとも鹿倉直属か？」

藪野が訊く。

瀧川は答えず、藪野を見据えた。

「なぜ、寝返った？」

逆に問う。

「おまえのような使えない若造に話すことは何一つない。俺の仕事の邪魔をするな」

「ふざけるな。密造銃を造って売ることがおまえの仕事か？　おまえには警察官としての誇りがないのか」

「警察官じゃない。公安部員だ」

「公安も警察だ」

瀧川が睨む。

藪野は鼻で笑った。

「おまえはたぶん、鹿倉たちに嵌められて公安になったクチだろうが、公安部員には向いてない。今すぐやめろ。でないと命を落とすぞ」

「向き不向きではない。仕事だ」

瀧川は藪野の目を見据えたまま、気丈に言った。

藪野は周囲に目を向けた。そしてゆっくり瀧川に視線を戻す。

「そうか。なら、仕方がない」

藪野の指が引き金にかかった。


砂賀は真っ暗な林の中を右往左往しているうちに、現場へ戻ってきていた。

藪野と瀧川が闘っていた。しかし、瀧川は叩きのめされた。

「兄さん！」

叫びを呑み込む。

出ていきたい。助けてやりたいが、公安部員である瀧川をいともたやすく叩きのめすような男にかかっていったところで、何もできないまま捕らえられるだけだ。

逃げよう。逃げて、今村に状況を知らせ、瀧川を助けてもらおう。

「すまない、兄さん」

砂賀が背を向け、走り出そうとした時だった。

銃声が轟いた。

砂賀は双肩を震わせ、その場に立ち竦《すく》んだ。
二発、三発と銃声が響く。
砂賀はやおら振り返った。
月明かりに照らされた藪野の手元から硝煙《しょうえん》が立ち上る。
瀧川は地に伏せ、動かなかった。
「兄さん……」
砂賀は目を閉じ、唇を噛みしめた。
そして、再び背を向け、闇にまぎれて姿を消した。

# 第五章 神風

1

白瀬は警視庁本庁舎に戻ってきた。玄関を潜ると、公安部の同僚とすれ違った。

「よう、白瀬。今日はこっちか?」

同僚が声をかける。

が、白瀬は返事をしない。同僚が目に入っていないような勢いで無視をして、エレベーターホールへ向かう。

「なんだ、あいつ……」

同僚は首を傾げ、本庁舎を出て行った。

白瀬はエレベーターに乗り込んだ。

いつもは飄々《ひょうひょう》として、笑みを絶やさない白瀬も、この日だけは鬼のような形相《ぎょうそう》をしていた。

公安部のフロアで降りる。同僚が笑顔を向けようとするが、すぐに顔を強ばらせ、声を引っ込めた。

白瀬はフロアを踏み鳴らし、奥へと入っていった。

「部長は？」

顔なじみの公安部員に訊く。

「今村さんと第一応接室で会議中だけど……」

顔なじみが言う。

白瀬は返事も返さず、第一応接室へ向かった。

ドアの前で立ち止まる。ノックもせず、ドアを押し開いた。

鹿倉と今村が、同時にドア口へ顔を向けた。

「白瀬君。どうした？」

鹿倉はしらっと訊いた。

白瀬はドアを閉めると、鹿倉に歩み寄った。

「部長。何をしたんですか？」

「何をとは？」

鹿倉がそらとぼける。

白瀬は両の拳を握り締めた。

「ふざけるな！　今村と組んで、何をした！」

怒鳴った。声はドアの外にまで響いた。

白瀬はポケットから写真を出した。テーブルにばらまく。

今村は写真を手に取った。

砂賀の姿が映っていた。

「砂賀太三《たいぞう》。窃盗の常習犯で、一ヶ月前に実刑判決を受けていながら執行猶予が付けられ、釈放されている。その後、パグを通じて、新日本工房に送り込まれた。絵を描いたのは、おまえだろう？」

白瀬は今村を見据えた。

「おいおい、言いがかりはやめてもらいたいな」

今村は背もたれに仰《の》け反《ぞ》り、片眉を上げた。

「とぼけるな。砂賀の身柄は、僕たちが確保している」

白瀬が言う。

今村と鹿倉の表情が強ばった。

「瀧川君から連絡をもらった後、こっちに問い合わせた時、まったくわからないという返答だった。おかしいと思ってね。北沢のアジトにいる千葉《ちば》と竹内《たけうち》に調べさせていたんだよ。そうしたら、砂賀が工房から逃げ出し、都内の知り合いの家に潜伏したという情報が入った。だから確保した。あんたらにも報告が入っているだろう？　逃げ出した件は」

白瀬が二人を睥睨《へいげい》する。

二人は顔を背け、押し黙る。

「砂賀を捕まえ、事情を吐かせた。細かいところはなかなか吐かなかったが、僕らもプロだ。断片情報で十分推測はできる。その砂賀の情報では、瀧川君が藪野に撃たれたということだった。僕らは現場を訊き、極秘裏に瀧川君の遺体を捜したが、現場にはなかった。しかし、血痕はあった。生死は定かでないが、正体はバレたとみていい。彼が生きているとすれば、極めて危険な状況にある。それもこれも、あんたらが掻《か》き回したからだ」

「白瀬君、それは言い過ぎだろう。我々の捜査には、常に危険が付きまとう」

鹿倉が言う。

「そう。だからこそ、情報は共有し、無用な危険に晒さなくする必要がある。しかし、あんたらは勝手に瀧川君を知っている砂賀を潜入させ、瀧川君の身を危うくさせた。僕が知っていれば、手を打てたことだ。つまり、あんたらが彼を人身御供《ひとみごくう》にしたというわけだ」

語気が荒くなる。

「まあ、落ち着け」

鹿倉が諭す。

「落ち着け？　僕と組んだ仲間が生死を彷徨《さまよ》っているんだ。落ち着けるか！」

白瀬は激高《げっこう》し、テーブルを蹴った。二人を見据える。

が、鹿倉も今村も、眉一つ動かさない。

白瀬は奥歯をギリッと嚙んだ。

「部長。一つだけ訊かせてください」

「なんだ？」

「藪野という男は、本当は東雲で死んだと思われている藪野学ではないんですか？」

「写真の照合結果を送っただろう。それがすべてだ」

「あくまで、僕らに隠し事をするつもりであれば、それでもかまいません。僕は千葉たちとチームを組んで、工房に潜入します。藪野の正体も徹底して暴きます。むろん、砂賀が取ってきた情報も渡しませんので」

白瀬は言い切り、背を向けた。

今村が身を起こした。

「待て、白瀬」

白瀬が立ち止まる。

「ここから先は俺たちが仕切る。おまえらは外れろ」

「あんたの命令は受けない」

白瀬は背を向けたまま言った。

今村はため息を吐き、鹿倉を見やった。鹿倉が頷く。

「わかった。話してやる。藪野は、おまえらの睨んだ通り、元公安部員の藪野学だ」

今村が言う。

白瀬はやおら振り返った。

「俺たちがその情報をつかんだのは、つい最近だ。藪野が生きていたとすれば、あの東雲の事案前から寝返っていたことになる。とすれば、これまでの方法では、向こうに先手を打たれ続けることになる。そこで、おまえらには極秘で、砂賀を送り込んだ。砂賀はベテランの窃盗犯だ。隙さえ見つければ、証拠品を盗んでくるくらい造作もない。ともかく、銃密造の証拠をいち早くつかむ必要があった」

「なぜ、瀧川君の正体を知っている者を送り込んだ？」

「警戒させるためだ。おまえを通じてその事実を報《しら》せれば、おまえらが先手を打ってしまう。しかし、そうした動きを知れば、藪野なら見抜いて、さらに警戒するだろう。やつは公安部でも生え抜きの捜査員だった。一本筋では簡単に見破られ、また潜られる。そうなると、捜査はさらに困難になる」

「やはり、瀧川君……いや、僕たちを当て馬にしたようなものでしょう」

「だとしても」

今村は白瀬を見据えた。

「おかげで、藪野の正体は把握した。そしてまだ、新日本工房を奥多摩から動かす気配はない。つまり、複数の人間が送り込まれていたことで、やつは深慮《しんりょ》しているということだ。瀧川君には申し訳ないが、やつに即断させなかったという点では上出来だ」

「あんたは……捜査員の命を何とも思っていないのか！」

白瀬は唇を震わせた。

「瀧川は死んでいない」

今村が言う。

「他に潜り込ませている捜査員から、報告が来ている。俺だって、仲間を死なせたいわけじゃない。瀧川を死なせたくなかったら、動くな」

「信じられないな。僕は僕で動く」

「白瀬君」

鹿倉がおもむろに口を開いた。

「君、及び、千葉君、竹内君はこの件から外す。君たちが持っている情報と砂賀の身柄は速やかに今村君へ渡すように」

「お断りします」

「白瀬君」

鹿倉は両手の指を組んで、胸元に置いた。ゆっくりともたれ、脚を組み、白瀬に目を据える。

「これは命令だ。背くようなら、君の身分を剝奪《はくだつ》し、拘束せざるを得ない」

「そうですか。わかりました」

白瀬はジャケットのポケットから身分証を出した。

テーブルに置く。

「本日付で辞めさせていただきます。お世話になりました」

白瀬は鹿倉を睨みつけ、振り返ることなく部屋を出た。

ドアが閉まる。

今村は呆れたような笑みを浮かべた。

「部長。白瀬って、こんなに感情的なヤツでしたっけ？」

「飄々として見えるが、中身は瀧川君と似ていたよ。この頃は、公安部員としての自覚を得たと思っていたが。瀧川君に感化されたかな?」

鹿倉がふっと微笑む。

「どいつもこいつも……。正義感だけで犯罪を防げると思ってやがるのか。ぬるま湯も度が過ぎる」

「まあ、そう言うな。そうした警察官も必要だ。でなければ、我々も犯罪集団となんら変わらない組織になってしまう」

「良心ですか? それを犯罪者に説いてやってくださいよ。坊さんみたいに」

今村は嫌味を吐き捨て、席を立った。

「ともかく、白瀬に勝手な真似をされたら、それこそこれまでの捜査がダメになってしまう。拘束しますが、いいですね?」

「やむを得んな」

鹿倉はゆっくりと頷いた。


白瀬が本庁舎へ怒鳴り込んだ同時刻、藪野はパグ事務局を訪れていた。

赤沢、藤戸、福田が顔を揃えている。左側の一人掛けソファーに赤沢が、対面の二人掛けソファーに藤戸と福田が座っている。

藪野は細い目の尻を吊り上げ、藤戸と福田を睨み据えていた。

「てめえらの目は節穴《ふしあな》か？」

静かに恫喝《どうかつ》する。

福田がうなだれる。藤戸も目を逸らしていた。

「二匹も犬を放り込みやがって。しかも、別ルートでだ。おまえらは何をチェックしてるんだ？」

低い声が響く。

藤戸が顔を上げた。

「しかし、彼らの履歴や接触の仕方に何の問題もありませんでした。俺ら素人に見抜けというのは酷な話ではないですか？」

「伝えていたはずだ。俺たち公安の接触の仕方を。特に、あの佐川という男など、ムショから出てきてすぐ、酒を呷《あお》ってここへ来たというじゃないか。その時点で妙だと感じないおまえらの警戒心のなさには呆れて物も言えねえ」

「それは言い過ぎでしょう。あんただって、携帯やスマホを調べなけりゃ、彼らの正体に気づかなかったはずだ」

藤戸が気色《けしき》ばむ。

「仮定で話すんじゃねえ。俺は気づいて、おまえらは気づかなかった。それが現実だろうが」

藪野が言う。

藤戸は奥歯を噛んだ。が、言い返すことはできなかった。

「まあ、藪野さん。そのくらいにしましょう」

赤沢が割って入る。

「藤戸、福田。パグからの工房への増員は当面見送る。藤戸は現在の人数で、業務を遂行。福田は、パグ本来のユニオンとしての仕事に専念してほしい」

「わかりました」

藤戸と福田が頷く。

「戻っていいぞ」

赤沢が言う。

二人は席を立ち、一礼して事務局長室を出た。

ドアが閉まり、藪野と二人になる。

「藪野さん。今回は助かりました。ありがとうございます」

赤沢が軽く頭を下げる。

「ところで、潜入した二人ですが、どうされたんですか?」

「高田は捕まえた。今、監禁して吐かせているところだ。もう一人は逃げた」

「ということは、公安に情報が漏れた可能性が高いということですか。困りましたね……。すぐに逃げたヤツを捕獲しましょう」

「いや、追うな。逆にこっち側の人間が捕まる可能性もある」

「放っておくのですか?」

「仕方ない」

「そうなると、また工房を動かさないといけませんね」

「いや、工房は動かさない」

「それでは、公安に踏み込まれますよ」

「まだ大丈夫だ。やつらは、情報を二重三重に検討し、確信を得てからでないと動かない。それに高田を捕らえていることも伝わっているはずだ。より慎重に動く。そこでだ。このタイムラグを利用して、武装蜂起を早めたい」

藪野が切り出した。

「それは私の一存では決められないことです」

「上には俺から話す。会わせろ」

藪野が言う。

赤沢は腕組みをし、眉間に皺を寄せ、小難しい顔をした。

「赤沢、時間がねえ。ここまで来たら一気に攻めねえと、それこそ公安に踏み込まれる。これまでの苦労が水の泡だ」

「信じていいんですか？」

「仲間を殺してまで、てめえらの仲間になったんだろうが。てめえらが躊躇《ちゅうちょ》するなら、何もかもぶちまけちまうぞ」

藪野は恫喝した。

「……わかりました。セッティングします」

赤沢は渋々了承した。

2

瀧川は、校舎西側の秘密スペースの端にある部屋に閉じ込められていた。

部屋には段ボール箱が積まれ、壁のようになっていた。箱の壁が作った迷路のような道を進んだ奥に空間がある。そこにパイプ椅子が置かれている。

瀧川はその椅子に座らされ、プラスチック手錠で支柱に両手首を縛り付けられていた。

瞼《まぶた》や唇は暴行を受けて腫れ上がり、左目は塞がっている。

瀧川の前には、貴島が立っていた。密造銃の組み立て工程のチームリーダーを務めている男で、藤戸の腹心だ。

小柄で人なつっこそうな垂れ目の男だが、今はその双眸も別人のように吊り上がっている。

貴島の脇にはもう一人、若い男がいた。貴島は男を真鍋《まなべ》と呼んでいた。

真鍋の両手の拳は瀧川の血にまみれている。暴行を加えていたのは主に真鍋だった。

貴島は真鍋に右手を挙げてみせた。真鍋は拳を止め、瀧川に近づいた。髪の毛をつかみ、顔を上げさせる。

「高田。そろそろ口を割ってくれねえか。でないと、殺しちまうかもしれねえ」

冷たく見下ろす。

瀧川は無言で右目を開き、貴島を見返した。

「まだ、ねばるか……」

貴島がため息を吐く。

「どうします？」

真鍋は拳を握り返した。

「どうするかな」

貴島が手を離した。瀧川がぐったりとうなだれる。

携帯が鳴った。貴島はズボンの後ろポケットから携帯電話を出し、繋いだ。

「はい、貴島です。いえ、まだ何も……はい……はい。わかりました」

手短かに話し、電話を切った。

「誰からです？」

「藪野さんからだ。藪野さんたちが帰ってくるまで待てと指示があった。俺は仕事に戻るから、おまえはここで見張ってろ。手は出すな」

「わかりました」

真鍋が頷いた。

貴島は瀧川をひと睨みし、部屋を出た。

真鍋は、壁際に立てかけていたパイプ椅子を開き、瀧川の正面に置いて腰を下ろした。

脚を組み、瀧川を見据える。

「なあ、高田。本当に吐いちまったらどうだ？」

語りかける。

瀧川はうなだれたまま、顔を上げない。

「オレも人殺しにはなりたくねえんだ。でも、このままだと殴り殺してしまうかもしれねえ」

「……何かを話しても殺されるだろうよ」

瀧川は声を絞り出した。

「しゃべってくれりゃあ、オレが逃がしてやるよ」

「そんな甘言《かんげん》が通じると思うか？」

瀧川はやおら顔を起こした。

「本当だ。オレは意味のない粛清はしたくないんだ。殺すべきはおまえじゃない」

真鍋は真顔で言った。

瀧川は右目でじっと真鍋を見つめた。

「本当だろうな」

「約束する」

真鍋が頷く。

「……近くに来てくれ」

瀧川が言った。

真鍋は席を立ち、瀧川に顔を寄せた。瀧川は背筋を起こした。

真鍋が顔を傾け、耳を近づけようとする。

瀧川は顔を後ろに引いた。思いっきり頭を振る。

真鍋のこめかみに額がめり込んだ。ゴッと骨を打つ音が響く。

真鍋が顔を押さえ、体を起こした。

瀧川は椅子を握り、立ち上がった。腰から九十度に折れる。そのまま回転した。

椅子の脚が、真鍋の脇腹を抉《えぐ》った。

真鍋が身を捩《よじ》る。すぐさま反転して、椅子の脚を振る。今度は真鍋の腹部に脚が食い込んだ。

真鍋は胃液を吐き出し、両膝を落とした。

三度、椅子の脚を振る。脚が真鍋の顎先を弾いた。

真鍋は双眸を見開いた。動きが止まる。やがて、真鍋の上体がゆっくりと傾き、床に突っ伏した。

瀧川は椅子を起こして座り、息をついた。

靴を脱ぎ、爪先で靴下を脱いで、足の指で真鍋のポケットをまさぐる。ズボンの右ポケットにライターがあった。

瀧川は爪先をポケットに入れ、ライターを引っ張り出し、椅子ごと床に倒れた。

ライターを引き寄せ、右手に握り、火を点ける。火先でプラスチック手錠を炙《あぶ》る。

指や肌が炎に燻《いぶ》され、熱い。それでも歯を食いしばり、火で炙りながら右手首を動かした。

やがて、プラスチック手錠が焼き切れ、右手が自由になった。左手の手錠も焼き切る。

右手首は火傷《やけど》していた。瀧川は真鍋のポケットにあったハンカチを出し、火傷した手首に巻いた。

靴を履くと、真鍋のズボンのベルトを外し、背後で両手首を拘束し、ズボンで両足首を縛った。真鍋のシャツを破り、口に入れる。

これで、真鍋に騒がれることはない。

瀧川は気絶した真鍋を壁際まで引っ張っていき、段ボール箱で真鍋の体を隠した。

段ボール箱はずしりと重い。

真鍋の体を隠した後、箱の一つを開けてみた。上に盛られた紙くずを掻き分けると、下からティッシュの箱が出てきた。蓋は細工されている。

開けてみた。瀧川の双眸が鋭くなった。

中にはリボルバーと弾丸がセットで梱包《こんぽう》されていた。

「出荷寸前ということか。待ったなしだな」

瀧川は銃を取り出し、シリンダーに弾丸を込めた。

藪野は、赤沢が運転する車で横浜市桜木町《さくらぎちょう》の高層マンションを訪れた。

地下駐車場から直接エレベーターに乗り、三十階へと上がっていく。

広いホールから左右に廊下が延びていた。廊下の左手に、ぽつりぽつりとポーチが並んでいる。

二人は三〇一二号室の前で立ち止まった。ポーチの支柱にあるインターホンを鳴らす。

――どちら様ですか？

女性の声が聞こえてきた。

「赤沢です」

――お待ちください。

インターホンが切れ、すぐにポーチ奥の玄関ドアが開いた。グレーのパンツスーツに身を包んだスレンダーな女性が姿を見せた。

ポーチの格子戸を開く。

「お待ちしておりました。どうぞ」

女性は二人を招き入れた。

藪野は周りを見回しながら、中へ入った。

大理石のエントランスを靴を履いたまま進んでいく。

女性は藪野と赤沢を追い越し、右手奥にあるドアに手をかけた。

「こちらです」

ドアを開く。

広々とした空間が現われた。部屋の中央に応接セットが置かれている。壁沿いには特注の無《む》垢《く》のダイニングボードが置かれ、高級食器や酒が並べられている。

壁には絵画が飾られ、調度品の壺《つぼ》は正面の吹き抜けの窓から差し込む柔らかい陽光に煌《きら》めいていた。

窓の向こうには広いルーフバルコニーがあり、横浜港を一望できた。

窓際にスーツを着た背の高い男が立っていた。ドアの音に気づき、振り返る。

藪野はスッと目を細めた。

「よく来たね、赤沢君」

微笑むその男は、野党民進党の梅岡卓《うめおかすぐる》だった。

梅岡は民進党の若手ホープと言われている四十五歳の政治家だ。紳士的で柔和な顔つきとは裏腹に、舌鋒《ぜっぽう》鋭い与党への追及姿勢で、国民からの人気も高い。

「まあ、座って」

梅岡がソファーを指す。

赤沢は一礼し、右手の二人掛けソファーに腰を下ろした。梅岡が上座《かみざ》の一人掛けソファーに座る。

「藪野君だったね。私は、民進党の梅岡卓だ」

「存じ上げております」

「君の尽力は聞いている。どうぞ」

赤沢の隣を手で指す。藪野は会釈をし、腰かけた。

先ほどの女性が紅茶を淹れたカップを三組持ってきた。

一組ずつ、それぞれの前に置く。青と白のコントラストに金の縁取《ふちど》りが美しいカップだった。

藪野はソーサーごと持ち上げた。

「ウェッジウッドですか」

「ほお、目利《めき》きだね。本物を知るのは大切なことだ」

梅岡が微笑む。

藪野は紅茶を含みつつ、梅岡を見つめた。梅岡が首を傾げる。

「なんだか、納得のいかない顔をしているね」

梅岡が言う。

藪野はソーサーとカップをテーブルに置いた。

「いえ……。梅岡先生といえば、労働者問題を庶民目線から切り取ることで有名な方でしたので、少々驚いただけです」

忌憚《きたん》なく言う。

梅岡は笑った。

「労働者問題を扱う者が清貧でなければならないというのは、大いなる誤認だよ。本物を知り、それ相応の対価を払うことが、労働問題を解決する唯一の術《すべ》だ。そのためには私自身が本物を知っておく必要がある。違うかな？」

「それも一理かと」

藪野は目を伏せた。

「さて、あまり時間がないんでね。私に話したいこととは？」

梅岡が赤沢を見る。

「藪野さんから」

赤沢が藪野に目を向ける。

藪野は居ずまいを正し、梅岡に顔を向けた。

「確認ですが、パグ及び聖論会のことはご存じですね？」

「知っているも何も、私が赤沢君を代表にして作った組織だ」

「愚問でした。すみません」

「気にすることはない。今日初めて会うんだからね。そうして確認するあたり、君という人物の評価に値《あたい》するよ」

「ありがとうございます。話とは、公安のことです」

「多少は聞いている。最近も犬が二匹潜り込んでいたようだね」

「はい。私が見つけたので事なきを得ましたが、潜入経路が多岐《たき》に亘《わた》ってきているようで、この先、福田や藤戸では対処できない状況まで来ていると感じています」

「どうすればいい？」

「梅岡先生。武装蜂起の時期を教えていただきたい」

藪野が切り出す。

「なぜだ？」

梅岡の双眸から笑みが消えた。

「時期がわかれば、それまで公安の動きを抑えることは可能です。今のまま時期未定では、いたちごっこの末、公安に食い込まれることは必至でしょう。そうなれば、武装蜂起前に潰されます」

「これまでも犬は処分してきた。それではダメかな?」

「おそらく、こちらが想定している以上に公安が食い込んでいると思われます。ゴキブリと一緒ですよ。一匹見つけたら、百匹いると思え」

「なるほど。しかし、心配は無用。すでに計画は進みだしている。まもなく、各地で我々が作った銃器が狼煙《のろし》を上げるよ」

「そうですか。それはよかった。いつですか?」

「その前に、ゴキブリは見つけ次第、処分しなければならない」

梅岡がにやりとした。

藪野の背に寒気が走った。途端、四肢《しし》に痺れが走る。藪野は震え、目を剝いた。座っていられず、上体が傾く。

「な……何を……」

息も苦しくなってくる。

藪野は喉元《のどもと》を押さえ、ソファーから崩れ落ちた。

「赤沢より上がいると気づき、探ろうとする者。犬以外の何者でもないだろう」

「ご……誤解だ……」

「これまで、ゴキブリを炙り出してくれてありがとう。ただもう少し、協力を願うがね。それまでしばし眠っておいてくれ。赤沢、あとは頼んだぞ」

「承知しました」

赤沢が頷く。

梅岡が席を立った。

「ま……て……」

藪野はソファーを掻きむしった。視界が霞《かす》む。

ドアの閉じる音がした。同時に、藪野の意識も途切れた。

3

瀧川は、銃弾を込めたリボルバーを腰に差し、他の段ボール箱を次々と開いた。

彼らが用意していた銃器は、リボルバーだけではなかった。

自動拳銃、ライフル、自動小銃、ショットガンまである。銃器の博覧会のようだ。

瀧川はスマホを手にし、写真を撮った。撮影した写真は、すぐさま白瀬のいるアジトのＰＣに転送される。

撮影をしていると、スマホにメールが入ってきた。

開いてみる。

藤戸からだった。藤戸からは時々、業務関係のメールが届く。

「こんな時間にか？」

中に目を通した。

瀧川の双眸が見開く。

《本日、我が工房にチヨダの犬が紛れ込んでいることが判明しました》

眉間に皺が立つ。

チヨダというのは、公安部作業班を指す隠語だ。

「俺のことか……」

思いつつ、先を読む。

《犬は複数匹いると思われます。大変危険なので、見つけても手を出さないようにしてくださ い。なお、先ほど捕獲したYについては、明け方までに第二工房にて処分しますのでご安心ください》

「Y……藪野さんか！」

眉尻が吊り上がった。

瀧川は、数時間前の出来事を思い返した。

藪野が瀧川に向け、銃を放った。

銃声が轟《とどろ》く。銃口からは硝煙《しょうえん》が立ち上る。

瀧川はとっさに身を伏せた。銃声が闇に溶けていく。

ガサッという音がした。砂賀の影が林の奥へ消えていく。

やられた……。瀧川はそう思った。が、銃弾が放たれた痕跡はない。全身無傷だった。

藪野は砂賀がいなくなったことを確認し、銃を下ろした。

瀧川はやおら身を起こした。

「なぜ、殺さない？」

藪野を睨み据える。

藪野は片笑みを滲ませ、手に持った銃を放ってよこした。

瀧川はすぐさま銃を取り、藪野に向けた。

「撃ってみろ」

藪野が余裕の笑みを覗かせる。

瀧川は躊躇《ちゆうちよ》なく頭を狙った。

銃声がこだました。しかし、藪野は平然と立っていた。

「空砲か……」

瀧川は握った銃を見つめた。

「どういうつもりだ？」

藪野を見上げる。

「どうもこうも、最初からおまえらを殺す気はなかった。特におまえは仲間だからな」

「仲間？」

「言ったろう？　俺はおまえの先輩だと」

「元公安部員だと言いたいのか？」

「元じゃない。現職だ」

　藪野が言う。

　瀧川は目を丸くした。一瞬、何を言われたのか理解できなかった。

「おいおい、そこまで驚くことはないだろう」

　苦笑し、瀧川の前に座り込んだ。

「去年の末、俺と友岡は一芝居打ったんだ」

「一芝居とは？」

「東雲のアジトに突入して、銃の密造実態をつかむ。本来、俺たちの仕事はそこまでだった。だが、赤沢の上に政治家の影があった。それに気づいた俺と友岡は、さらに深く潜るために友岡を殺し、寝返るふりをした」

「潜り込むために、仲間を殺したのか」

　瀧川が睨む。

「心配するな。友岡は死んじゃいない。それと同じようなものだ」

　藪野は瀧川の手元の銃に目を向けた。

「空砲を使ったのか」

「そう。弾頭の代わりに動物の血を詰めたカプセルを仕込んだ空砲で友岡を撃った。友岡は血まみれだ。誰もが死んだと思ったろうよ。そのくらいの工作、俺たちには造作もない話だ。友岡はパグの連中の遺体と共に海に捨てた。海上ですぐさま他の仲間に拾わせる予定だった。が、救助される前に腕一本、鮫に食われちまった。悪いことをしたが、おかげで友岡の死を疑う者はいなくなったから、結果オーライだ」

「友岡さんは、今どこに？」

「さあ。任務を外れ、家族とどこかにいるんだろう。いずれにせよ、あいつは俺と違って家族持ちだ。作業班からは外れたほうがいい」

藪野が宙を見つめ、微笑む。

「それから俺は、友岡がつかんできた政治家と接触するため、パグの仲間となった。名前はわかっていたが、本当に赤沢たちと関わっているのか確信が持てなかったからな。赤沢との繋がりが判明し、銃の密造にも関わっている確固たる証拠がいる。俺はこの八ヶ月あまり、それを探っていた。ようやく届きそうだ」

「それで、邪魔をするなと言ったんですか」

「そういうこと。ここまで来て掻き回されたら、やつらは雲隠れしちまうからな。それは友岡を通じて、部長にも伝えておいたんだが、連絡がないことを不審に思い、今村やおまえを使って、別ルートで探らせたんだろう。部下を信じられねえ上司ってのは、困ったもんだな。だから、連絡を入れ、他の公安部員の動きを止めるよう要請した」

藪野が笑った。

「あなたの照合結果が出てこなかったのも──」

「そういうことだ。作業班員なら必ず、俺の写真を撮って転送し、分析をする。身分が判明すれば、おまえらは真っ先に俺を捕らえに来るだろう。それは大迷惑だからな。仕方なく手を打った」

「なぜ、東雲の一件の後、公安部に連絡を入れて、共闘しなかったんですか」

「潜入ってのは、一筋縄にはいかない。犯罪者側は警戒しているからな。俺から、公安部員の臭いを完全に消し去る必要があった」

「危険が迫った時はどうするつもりだったんですか？」

「その時は死ぬだけだ」

片笑みを浮かべる。

気負いはない。瀧川は、その笑みに公安部員としての覚悟を見た気がした。

「さて。俺はこれから、おまえをダシに黒幕に接触する。協力してもらうぞ」

「どうするんです？」

「おまえを捕まえて、監禁する。監禁場所は完成品の倉庫だ。おまえは隙を見て敵を倒し、倉庫の実態を撮影して、部長に届けろ」

「自力で逃げ出せということですか？」

「そうだ。証拠品を持ってな。その後は、この件に関わるな」

「藪野さんは？」

「黒幕を特定させたらすぐ、本部に連絡を入れる。それを合図に、赤沢と黒幕、パグ及び聖論会、工房を一気に攻める。部長には、俺から連絡が入るまで動くなと伝えておいてくれ」

藪野が立ち上がった。

瀧川も立ち上がる。

「後ろを向け」

藪野が言う。瀧川は後ろを向いた。瀧川のベルトを外し、後ろ手に縛る。

「おまえを殺させはしないから、安心しろ。ただちょっと、痛い思いはすると思うがな」

「それはかまいません」

瀧川は言った。

ここまで来て、無傷で終われるとは思っていない。

藪野と共に歩きだす。

「藪野さん」

「なんだ？」

「もし、藪野さんの身に危険が及んだ時はどうすればいいですか？」

「無視しろ」

藪野は即答した。

「万が一、連中が俺を拘束するようなことがあっても、おまえは写真と完成した銃を何丁か持って、本部に戻れ。合図があるまで、他の部員も動かすな」

「……見殺しにはできません」

瀧川が言う。

藪野は前に回り、瀧川の胸ぐらをつかんだ。

「私情は捨てろ。でないと無駄に死体の山が積み上がるだけだ。落とす命は少ないほうがいい」

胸ぐらから手を離す。

「おまえはおまえの仕事を完遂すればいい」

藪野は後ろに回り、瀧川の腰を押した。

「高田」

「はい」

「死ぬんじゃねえぞ」

藪野が言う。

瀧川は深く頷いた——。


「藪野さん……」

瀧川はスマートフォンを握り締めた。

万が一の事態が起こってしまった。

私情は捨てろ。藪野の言葉を思い出す。

拘束されたのも、藪野の工作かもしれない。迂闊に動けば、藪野のこれまでの捜査を台なしにしてしまう可能性もある。

しかし……。

瀧川はもう一度、メールを見た。

詳細を見る。従業員全員に送っているようだ。

このメールの隠語やYというイニシャルの正確な意味がわからなければ、単なる業務連絡メールにしか取れない。

藤戸はその意味を知る者を炙《あぶ》り出そうとしている。つまり、藪野を使って、潜り込んだ公安部員を引きずり出そうとしているということだ。

藤戸からのメールだが、藪野を拘束し、公安部員を炙り出すなど、藤戸の単独判断ではできない。

赤沢、もしくはその上の黒幕から命令が出ていると考えるのが妥当だ。

どうする……。

瀧川は目を固く閉じた。

奥から呻き声が聞こえてきた。先程倒した真鍋が、意識を取り戻したようだ。

瀧川は真鍋に近づいた。囲っていた箱をどける。

真鍋は瀧川を見て、目を剝いた。

真鍋の脇に屈んだ瀧川は片膝をつき、口に入れたシャツの切れ端を取り出した。

真鍋は大きく息を吐いた。眉根を寄せ、瀧川を睨みつける。

「てめえ、こんな真似して、ただで済むと――」

「聞きたいことがあるんだが」

瀧川はリボルバーの銃口を額に押し当てた。

途端、真鍋は色を失った。

「第二工房というのはどこだ？」

銃口で額を突く。

「正門を出て、右手の山道を二十分ほど歩いたところにある一軒家だ」

「敷地や家の中はどうなっている？」

「説明できねえよ」

真鍋は困惑した表情を浮かべた。

瀧川は真鍋をうつぶせにし、段ボールの蓋を破って、顔の前に置いた。真鍋のポケットに差していたペンを取り、切れ端の上に置く。

両手を縛っていたベルトを取り、腕を自由にさせると同時に、後頭部に銃口を突きつけた。

「描け」

命ずる。

真鍋は渋々、見取り図を描き始めた。広い庭のある平屋だった。家の中には五つの部屋があり、最奥に二十畳近い大広間がある。

藪野が監禁されているとすれば、この大広間だろう。

たどり着くには、庭を抜けて玄関から入り、廊下を渡って奥へ進むか、背後から大広間に飛び込むかだ。

瀧川はもう一度真鍋を縛ろうと、銃口を後頭部から外した。

瞬間、真鍋は横に転がり、ペン先で瀧川を刺そうとした。

その前に瀧川は、真鍋の背に右膝を落とした。

真鍋が呻いた。

「すまんな。今、騒がれるのは困るんだ」

瀧川は言い、銃床を真鍋の後ろ頸《くび》に叩き込んだ。

真鍋は小さく呻き、双眸を剝いた。そのままがくりと顔を伏せる。

瀧川は真鍋を再度拘束し、口にシャツの切れ端を突っ込んで、段ボール箱の壁の奥に隠した。

真鍋が描いた見取り図を頭に叩き込み、切れ端を真鍋の脇に放った。

どのみち、ここから抜け出さなければならない。そうすれば騒ぎになる。騒ぎを聞きつければ、藤戸たちは工房を処分しようとするだろう。

そうなれば、藪野も処分される。

全容解明に藪野は必要だ。

救い出そう——。

4

瀧川は、段ボール箱から銃器を取り出し、装備を始めた。

ショルダーホルスターを両肩にまとい、それぞれに自動拳銃を携帯した。

腰には帯革を巻き、リボルバー一丁とフル装塡した自動拳銃と自動小銃の予備マガジンを差した。

右足首にレッグホルスターを装着し、小型の自動拳銃を入れた。

その他、自動小銃を一丁、右肩に提げた。

市街戦でも始めそうな重装備だが、これでも校舎から出られるかわからない。

瀧川は監禁された教室のドアに歩み寄り、自動小銃のコックを引いた。セーフティーロックを外し、トリガーに指をかける。極度に昂っているからか、額には脂汗が滲み、毛穴が開いて総毛立った。

目を閉じ、大きく深呼吸をする。

ドアに手をかけ、目を開けると同時に引き開けた。

廊下に飛び出し、銃口を起こす。

誰もいない。

壁に背を当て、階段のほうへゆっくりと進んでいく。途中、工房として使っている教室内を覗くが、人の気配は消えていた。

瀧川は自動小銃を肩にかけ、自動拳銃を手にし、先を急いだ。

結局、誰とも出会うことなく、校舎の外へ出た。

拍子《ひょうし》抜けするほど何事もなく表に出られたことが、かえって不気味だった。

藪野の正体を知り、取るものも取りあえず撤収したのか。

それとも、第二工房の守りを固めたのか——。

連中が、ここまで整えた密造工場をあっさり手放すとは思えない。

「罠か……」

呟きは確信に変わり、胸に落ちる。

瀧川はスマートフォンを取り出した。白瀬の番号を表示し、タップする。呼び出し音が、二度、三度と鳴る。しかし、白瀬が電話に出る様子はない。

十回鳴らし、電話を切った。

瀧川は手元を見つめた。

違和感を覚えた。

白瀬には、倉庫の画像が届いているはず。であれば、瀧川からの連絡には真っ先に出てもおかしくない。

重要な連絡であることは容易に判断できるからだ。

本部でも何かあったのか？

死んだと思っていた藪野と友岡は生きていた。友岡は一線を外れ、藪野は寝返ったふりをして潜入捜査を続けていた。

鹿倉は友岡からの報告を受けたはずだが、藪野たちの意向を無視して瀧川たちをパグへと送り込んだ。

白瀬も初めから瀧川に関わっていた。その白瀬が上司となったものの、肝心な時に連絡が取れない。

何が起こっているのか、誰を信じていいのかわからない。

些末《さまつ》なことが気になり始めると、胸中にどこまでも疑心暗鬼が生ずる。

ひょっとして、藪野が寝返ったふりをしているという話も、実のところ、公安部員を炙り出すための嘘なのかもしれない——。

すべてを疑うのが、作業班員の基本ではある。

が、事ここに至っては、疑うほどに動けなくなる。

スマホを見つめて思案する。

事実はどうあれ、今のキーマンは藪野だ。藪野が死んでしまっては元も子もない。

藪野の身柄確保が最優先事項だ。

瀧川はスマホを握り締め、ポケットに入れた。

藪野は第二工房として使っている平屋の大広間の中央にいた。

後ろ手に縛られ、畳の上に座らされている。

胡坐《あぐら》をかいている藪野はぐったりとうなだれていた。うつむけた顔は腫れ上がり、ぽたりぽたりと血が滴っている。こぼれた血玉は、畳の目に染み込んだ。

脇には藤戸が立っていた。自動拳銃を手にしている。周りを囲んでいた三人の部下もそれぞれ拳銃を手にしていた。

部屋に貴島が入ってきた。肩に自動小銃を提《さ》げている。

「配備は？」

藤戸が訊いた。

「完了しました。屋敷周りに二十名の同志を配置しました。ここへ入る前に現われた者を捕らえます。万が一、屋敷に潜入しても、各部屋や廊下に数名ずつ同志を配置しているので、ここまではたどり着かないでしょう」

「わかった。動きがあれば、また報《しら》せろ。やむを得ない場合を除いては、殺さず拘束するんだ。わかったな」

「はい。同志にも通達しています。では」

貴島は小銃のグリップを握り、会釈をして大広間を出ようとした。

その時、話を聞いていた藪野が肩を揺らし、小さな笑い声を漏らした。

貴島は足を止め、藪野を見た。

藤戸は藪野を見下ろした。

「何がおかしい？」

藪野はやおら顔を上げた。腫れ上がった上瞼《うわまぶた》をこじ開け、藤戸を睨む。

「おまえら、国家権力というものを舐めてるな」

「どういう意味だ？」

「ここで公安部員を炙り出したところで、おまえらがこの凶行を続ける限り、次から次に部員を送り込まれる。結果、おまえらの武装蜂起は成就《じょうじゅ》しない」

「それは犬の思い上がりだ。我々は必ず、武力革命を達成させる」

藤戸が真顔で答える。

藪野はさらに笑い声を立てた。

「笑うな！」

背後に立っていた貴島が銃口を向ける。

「やめろ！」

藤戸が一喝した。睨みつける。貴島は歯ぎしりをし、銃口を下げた。

「藪野。俺たちを挑発して、事を有利に運ぼうとしても無駄だ。おまえらの手口はわかっている」

「いっぱしの口利くじゃねえか」

「おまえはいつも、聖論会の幹部や赤沢さんを挑発して、自分の目論《もくろ》み通りに事を運んできた。相手を感情的にさせ、言質を取る。見事な方法だが、俺には通じない」

「そうだな。おまえはいつも冷静だった。しかしな。それすらも利用されているということに気づかないおまえは、赤沢以下だ」

「どういう意味だ?」

藤戸が多少気色ばんだ。

藪野は片笑みを見せた。

「赤沢も、その上にいる民進党の梅岡も、武力革命なんざ望んでねえぞ」

「今度は、上層部批判で掻き回すつもりか?」

「おまえ、梅岡に会ったことがあるか?」

「ある」

「ヤツの横浜のヤサに行ったことは?」

「あるに決まっているだろう」

「あの横浜のヤサに出向いてもまだ、梅岡を信じているのか? どこまでめでたいヤツなんだ」

藪野は失笑した。

藤戸のこめかみがひくりと疼いた。

「労働者のことを考えている政治家がなぜ、横浜港を見下ろせる高級マンションに住んでいるんだ? なぜウェッジウッドの食器などひけらかす? 金満主義の極みじゃねえか。それを見ても何も感じないのか?」

藪野が言う。

藤戸は奥歯を噛みしめた。

「労働者を煽って、武力革命を起こし、トップに君臨して贅《ぜい》の限りを尽くす。こういうヤツを見たことはねえのか？」

藪野は問いを浴びせる。

藤戸は押し黙っている。

「まだわからねえのか？　梅岡の立ち位置は、旧東欧諸国の独裁者そのままじゃねえか。梅岡も赤沢も、おまえらを煽動して利用し、独裁者になろうとしているんだよ。おまえは何を学んできた？　頭ん中に虫でも湧いてるんじゃねえか？　ええ！」

声を張る。

藪野を囲んでいた藤戸やその仲間たちは、一瞬強ばった。

仲間の一人が藤戸を見る。藪野はその男の様子を目の端に捉えた。藪野の話を聞き、あきらかに動揺していた。

「おまえらが倒すべきは、俺たちじゃねえだろう。本当の敵は、困窮するおまえらを取り込んで、利用しようとするあいつらだ。目を覚ませ」

たたみかける。

藤戸以外の三人がざわついた。

貴島も困惑を隠せない。

「藤戸さん……」

貴島が藤戸を見つめ、声をかける。

藤戸は藪野を見据えた。

「だとしても」

仲間を一眸し、藪野に目を戻す。

「現状を放置していては、労働者は資本家に食い尽くされるだけだ。梅岡さんや赤沢さんがどう思っているか知らないが、我々は一度、この国のシステムを破壊しなければならない。梅岡が独裁者となるなら、その時は彼を倒すだけだ」

藤戸は努《つと》めて声を抑え、淡々と語った。

藪野はうなだれ、深くため息を吐いた。

「狂信者に何を言っても無駄か」

「我々が狂信者かどうかは、革命後に歴史が判断する。現状に不満を抱いていながら何もしない連中より、何倍もマシだ」

藤戸の声は落ち着いていた。

目は据わっていた。藤戸の語りを聞き、うろたえていた他の仲間たちも落ち着きを取り戻した。

こいつらは本物か。ここで叩いておかなければ、まずい事態になる。

藪野はうつむき、畳を睨んだ。

瀧川は、第二工房の屋敷の表門が見える場所まで来ていた。木陰に身を隠し、門の周辺を目で探る。

表に人の気配はない。が、閉じられた門の奥は異様に明るい。

頭に叩き込んだ内部図を思い返す。

表門から屋敷の玄関口までは、広い庭を突っ切るしかない。

門の手前まで明かりが届いているということは、庭にも照明が灯っていると考えていいだろう。

これだけを見れば、庭には敵が待ち構えていると判断できる。

裏から入るか……。

瀧川は林の奥へ進もうとした。が、物音に気づき、身を屈《かが》めた。

薄闇に目を凝らす。

自動小銃を手にした男が一人、林の奥を歩いていた。銃身を立て、顔をしきりに左右に振っている。

あきらかに獲物を探している所作だった。

裏も敵だらけということか。

内情を知る必要がある。

瀧川は自動小銃を置き、男の姿を視界に収め、忍び足で近づいた。木の陰に身を移しつつ、男の背後に回る。そして、少しずつ間合いを詰めていく。

静寂の中に二つの足音が響く。

男は何度も銃把《じゅうは》を握り返していた。息も荒い。相当緊張しているようだ。背後の瀧川には気づく余裕もないようだった。

屋敷から遠くなり、明かりも届かなくなる。月明かりだけとなり、顔の判別が難しくなったところで、瀧川は木陰から出た。

「おい」

男に声をかける。

男は双肩をびくりとさせ、振り向いた。銃口が瀧川に向けられる。

「誰だ！」

男の声が上擦《うわず》った。

瀧川は両手を挙げた。

「危ねえなあ。パトロール中だ。下ろしてくれよ」

「あ、ああ。すまない」

男はぎこちなく笑み、銃身を下げた。

「怪しいヤツは現われたか？」

瀧川が訊く。

「いや。そっちは？」

「こっちもまだ異状なしだ。このあたりはいなさそうだから、戻ろう」

「そうだな」

男が瀧川に歩み寄ってきた。

瀧川は立ち止まり、男を待った。男が瀧川の脇を過ぎる。

瞬間、瀧川は自動小銃の銃身を握り、引き寄せた。

男の右手がグリップから外れた。体が前のめる。そのタイミングで瀧川は男の顔面に頭突きを食らわせた。

男が短い悲鳴を放った。顔を押さえる。鼻腔から鮮血がしぶいた。

瀧川は自動小銃の銃身を握ったまま背後に回った。銃床を振り、ストラップを男の首に巻きつけ、締め上げる。

男は目を剝いて、喉元を掻きむしった。

瀧川は男の膝裏を蹴った。カクンと膝が落ちる。そのまま男の背中に胸板を浴びせた。

男の帯革のホルスターからリボルバーを抜き取った。首に巻いたストラップを弛《ゆる》めると同時に、男のこめかみに銃口を突きつける。

「誰だ、おまえ……」

男の声は震えていた。

「おまえらが探していたチヨダの犬だ。今から聞くことに答えろ。ホラを吹いたら、あの世行きだ」

ハンマーを起こす。

男は何度も何度も頷いた。

5

「異状はないか?」

「はい、今のところは」

「しっかり見張っとけ」

「はい!」

小銃を手にした若者が歯切れ良く返事をする。

貴島は敷地内の庭を警備している仲間に声をかけて回っていた。

チヨダの犬は必ず現われる——。

公安と戦ったことはない。しかし、油断してはならないと感じる。

密造工場に監禁した高田は、おそらく公安の人間だろう。

貴島は高田に対して、これ以上ない暴行を浴びせた。腕に覚えのある者でも口を割るほどの暴虐だ。

が、高田は頑として黙秘した。白状する気配すら感じさせなかった。

それだけ鍛えられているということだ。

それは藪野を見てもわかる。

藤戸の暴行は、貴島の比ではない。だが、藪野は屈服するどころか、藤戸たちに論を説いた。

並の精神力ではない。

聖論会のメンバーは、それなりの理念とタフさを兼ね備えたパグの精鋭部隊だ。が、高田や藪野ほどの強靱な精神力を持っている者がどれくらいいるかは知れない。

極限状態にある時、人はより強い者に呑み込まれる。

負けられない……。

貴島は、自分を鼓舞《こぶ》するようにオートマチックの銃把を何度も握り返した。

周囲に鋭い視線を放ちつつ、玄関へ向かう。

門戸を出て、出入り口の警備をしている仲間に声をかけようとした。

その時、銃声が轟いた。小銃の連射音だ。

一瞬にして、空気が張り詰めた。

「どこだ！」

貴島が叫ぶ。

屋敷の周辺を警戒していた仲間が、林の中から飛び出してきた。

「貴島さん！　こっちです！」

屋敷の東側にあたる林の中を指差した。

貴島は門戸から庭に向け、怒鳴った。

「半分は俺に付いてこい！　もう半分は警備を固めろ！」

命ずる。

庭から、小銃や拳銃を手にした仲間が五名、表に出てきた。

「おまえはここを死守しろ」

門番をしている仲間に言う。

仲間は頷いた。

「行くぞ!」

貴島は先陣を切って、林の中へ駆け込んだ。

瀧川は、林の中で仕留めた聖論会のメンバーが持っていた自動小銃を、間隔を置いて乱射した。

一方で、男の持っていたオートマチックを取り、闇に放つ。

撃ち合いを演出するためだ。

銃弾が尽きるまで双方の銃を撃ち、銃を放る。

瀧川が捕らえた男は、頭を抱え、地に伏して丸くなっていた。

銃声が止み、恐る恐る顔を起こす。

瀧川はリボルバーを抜いて、男に銃口を向けた。

男の双眸が引きつる。

瀧川は男が被っていたキャップを取り、目深に被った。男の眼鏡も取り、レンズを外してかける。

「殺しはしない。ここから逃げろ。そして二度と、パグや聖論会には近づくな」

「それはできない……」

男が言う。

瀧川はハンマーを起こした。

「ま……待ってくれ！」

男が両手を挙げた。

「聖論会からは逃げられない。オレの家族の居場所も知られているんだ。オレが逃げたとわかれば、連中は家族を的にかける。足を突っ込んじまった時から、もう逃れられないようになってんだ」

男は眉尻を下げ、唇を震わせた。

「おまえのようなヤツは他にもいるのか？」

「メンバーの半分くらいはそうだ」

「そうか。だが今後のことは心配するな。ヤツらがおまえを追うことはない」

「なぜ……」

「俺が潰す」

瀧川は強く言い切った。

男の瞳が潤んだ。

「殺す気か……」

足音が聞こえてきた。

「脱出するなら、今しかない。おまえと同じ境遇の仲間にも声をかけて、今すぐ逃げろ。行け」

瀧川は男の足下に銃を放った。銃弾がめり込み、土が跳ねる。

男はびくりと体を震わせ、立ち上がった。

一歩、二歩と後退《あとずさ》りすると、背を向け、校舎のほうへ走っていった。

瀧川は男の背を見送りつつ、近づいてくる複数の足音に耳を傾けた。

「五、六人といったところだな……」

逃げていった男の話では、屋敷を固めているのは藤戸や貴島を中心とした二十人強だった。

「半分以上は残ったか」

瀧川はリボルバーをホルスターに戻し、自動小銃を握った。

思ったより、おびき寄せられた人数は少なかったが、時間もない。

「行くしかないな」

瀧川は小銃のコックを引き、弾丸を装填した。

屋敷の大広間にいる藤戸と仲間二人は、遠くに響く銃声を聞き留めた。

「犬が現れたようだな」

藤戸が藪野を見下ろす。

「わかんねえぞ」

藪野は顔を起こし、片笑みを浮かべた。

「おまえらの結束なんてのは、薄っぺらい理念と恐怖で作られた張りぼてだ。仲間同士、撃ち合ってんじゃねえか？」

「その手は効かないと言っているだろう」

藤戸がため息を吐く。

が、藪野はやめない。

「別におまえらを掻き回そうとしてるわけじゃねえ。その可能性もあるんじゃねえかと言ってるんだ」

藤戸を睨む。

「聖論会にまで公安が紛れ込んでいた。そのことは織り込んでいただろうが、実際、犬が紛れ込んでいたことを知る者は、俺や藤戸、貴島くらいしかいない。今、警備にあたっている連中は、犬と初めて出くわす。考えてみろ。公安部員が本当に紛れ込んでいた事実を目の当たりにしたはいいが、正体は一切わからねえ。しかも、下っ端には公安が何人紛れ込んでいるのか、見当もつかねえ。今まで隣にいたヤツが犬かもしれねえ。信じていた仲間が、本当は敵かもしれねえ。そんな疑心暗鬼が広がりゃあ、暴走するヤツも出てくる。俺の言うこと、間違ってねえよな？」

淡々と語りかける。

藤戸は意に介さず、平然としていた。が、他の二人にはかすかに動揺が見られた。

藪野はそれを見逃さない。

「たとえば、そこの短髪」

いきなり、一人の男に目を向ける。男はぎくりと肩を震わせた。

「おまえが公安の犬だとしても、何の不思議もねえよな」

片頬を吊る。

「な……何言ってんだ、てめえ！」

短髪男が声を荒らげた。

藪野は目を丸くして、短髪男を見つめた。

「おいおい、冗談だったんだが。そんなに怒るとは、ひょっとして図星か？　俺の知らない犬も潜り込んでいるからな」

「てめえ、いい加減にしろよ！」

男は藪野に銃口を向けた。

「やめないか！」

藤戸が一喝した。

短髪男は藪野を睨みつけ、銃口を下ろした。

「さっきも言っただろう。こうして口八丁で焚きつけて、人心を攪乱《かくらん》するのがこいつらのやり方だ。乗せられてどうする」

藤戸が言う。

藪野はもう一人の白いワイシャツを着た男を一瞥した。白ワイシャツの男は、ちらちらと短髪男を見ていた。あきらかに訝《いぶか》っている。

「藤戸。おまえにもわからねえだろう。こいつが犬かどうかなんてことは」

短髪男に顔を向けた。

「身元はハッキリしている」

藤戸が答える。

藪野は鼻で笑った。

「身元なんざ、いくらでも作れる。こっちは国ぐるみでやってるんだからな。そっちの白シャツの男もわかんねえぞ」

藪野が不意に白シャツの男に顔を向けた。

白シャツの男の頬が強ばった。

「あらあら、こっちも図星か？」

片笑みを滲ませる。

短髪男も白シャツの男も、落ち着かない様子で互いを見やり、小銃のグリップを握り返していた。

もう一押しすれば、今にも撃ち合いを始めそうな雰囲気だった。

「おまえら」

短髪と白シャツを見やる。

「どっちかが本物の犬なら、殺されるぞ」

にやりとした。

短髪男が先に銃口を上げた。すぐさま白シャツの男が銃身を持ち上げる。

藪野は立ち上がる準備をしていた。撃ち合いが始まれば、混乱は必至。逃げ出すなら、その瞬間しかない。

「公安は容赦しねえぞ」

さらに押した。

二人の男の指が引き金にかかりかけた。

「わかった!」

藤戸が腹に響くほどの太い声を張った。二人はびくりとして指を止めた。

藪野を見据える。

「おまえの言うことも一理ある。確かに、誰が犬なのかわからない。しかしな。そうなら、こうすればいいだけだ」

藤戸は二人の仲間に背を向け、懐からリボルバーを抜いた。

ハンマーを親指で起こし、振り向きざま、腕を上げた。

二発の銃声が轟いた。

一発は短髪男の眉間《みけん》を貫いた。男は双眸を見開き、そのままゆっくりと仰向けに倒れた。

もう一発は白いワイシャツの男の胸元を抉った。男は胸を押さえ、両膝を落とした。白シャツはみるみる紅く染まり、指の間から血が滴《したた》った。

「ふ……藤戸さん……」

白シャツの男が藤戸を見上げる。

「すまないな、同志。これも革命のためだ」

藤戸は引き金を引いた。

白シャツの頭部が砕けた。鮮血と脳漿《のうしょう》が四散し、藪野の顔にも被る。白シャツの男の上体がぐらりと傾き、前のめりに突っ伏した。

溢れる血が畳の目に吸い込まれていく。

「これで問題ない」

リボルバーを懐にしまう。

藪野の顔から血の気が引いた。

銃声を聞きつけ、外にいた仲間が飛び込んできた。

「藤戸さん！　何かありましたか！」

男は二人の仲間の屍《しかばね》を見て、目を見開いた。

「犬を始末しただけだ。持ち場に戻れ」

睨みつける。

「わかりました」

男は逃げるように広間から出た。

「容赦ねえな……」

藪野のこめかみに脂汗が滲む。

「それはお互い様だろう。もう俺しかいない。二度とつまらない話はするな」

藤戸は静かに藪野を睥睨《へいげい》した。


貴島は仲間たちを引き連れ、銃声のしたほうへ走っていた。足の速い者が、ＬＥＤライトで照らしながら先を行く。

「貴島さん、誰かが逃げてます！」

「撃て！」

貴島が命じた。

男はライトで逃げる人影を照らした。小銃を構える。追いついた仲間たちも片膝をつき、自動小銃の銃身を持ち上げた。

一斉に引き金を絞る。暗い林の中に閃光が瞬《またた》いた。

遠くで悲鳴が上がった。背中から血を噴き出し、地面へダイブする。

貴島は右手を挙げて仲間を制し、倒れた人影に駆け寄った。

オートマチックの銃口をうつぶせた男に向け、ゆっくりと近づく。

貴島は爪先を男の脇腹に引っかけ、仰向けに返した。

警備に出した仲間だった。

「くそう！」

貴島は舌打ちをした。

周りを見た。他に人の気配はない。しかし、銃声は二つ。確かに撃ち合っていた。

「他に誰かいる。探せ！」

貴島は怒鳴り、奥歯を嚙んだ。

瀧川は木陰に隠れ、貴島たちをやり過ごした。そして、林を出て、門戸のほうへ駆けていった。

「藤戸さんは！」

慌てた素振りを見せ、門番に駆け寄る。

「中にいる。どうした？」

「高田が逃げ出した！」

「なんだと！」

門番の男の眉間に皺が立った。

「藤戸さんに報せてくる。しっかり見張っておいてくれ！」

「わかった」

門番が道を開けた。

瀧川は庭にいる男たちにも、高田が逃げた、と口走り、土足のまま屋敷内へ駆け込んだ。

6

庭に面した左手の廊下を進めば、藪野が監禁されていると思われる大広間に到達する。

小銃の引き金に指を引っかけて銃身を下げ、顔を伏せて奥へ進む。

時折、屋敷内警備をしている者とすれ違う。そのたびに、高田が逃げ出したと言ってやり過ごし、奥へと進んだ。

廊下中盤まで来たところで、また屋敷内警備をしている者に呼び止められた。

「どうした？　靴も脱がずに」

「高田が逃げ出しました！」

「なんだと！　高田は？」

「わかりません。ともかく、藤戸さんに伝えようと思いまして」

「そうか。急げ」

男が道を開ける。

瀧川は過ぎようとした。と、男が瀧川の横顔を見て、怪訝《けげん》そうに片眉を上げた。

「ちょっと待て」

男が止める。

瀧川は内心ぎくりとしつつ、背を向けたまま立ち止まった。

「おまえ、その顔の傷、どうした？」

男が顔を覗き込んでくる。

瀧川は男の目線を外した。

「ちょっと作業中に怪我をしてしまいまして……」

小声で言い、行こうとする。

男は瀧川の肩を握った。

「待て待て。作業中とは？」

「工房での作業中です」

「工房で事故が起きたという報告は受けていないぞ」

「たいした怪我ではなかったので、報告はしませんでした。すみません。もういいですか？」

瀧川は軽く肩を振り、手を払おうとする。

が、男がさらに力を込めた。

「いずれにしろ、そんな状態じゃあ警備もままならないだろうし、藤戸さんが、何かあったのかと勘違いしてしまう。俺が伝えてくるよ」

男は瀧川を引き戻そうとした。

仕方ない……。

瀧川は顔を起こした。銃身を握り、振り向きざま、男の顔面に銃床を叩き込んだ。

男の顔に硬い銃床がめり込んだ。不意打ちを食らい、仰向けに倒れていく。

男の背中が床で跳ねた。瞬間、男が手に持っていた銃が暴発した。

「なんだ！」

他の部屋から、男たちが飛び出してきた。庭にいた男たちも一斉に瀧川のほうを見やる。

「くそう！」

瀧川は小銃を起こした。

「侵入者だ！」

誰かが叫んだ。

瀧川は声の上がったほうに銃口を向け、引き金を絞った。

乾いた連射音が轟いた。悲鳴が上がる。

庭から男たちが駆け寄ってきた。

瀧川は銃口を振り、庭に向けて乱射した。

ガラスが砕け、飛び散る。弾幕が迫ってくる男たちを襲う。庭の外で叫び声が上がる。被弾した男たちが血を巻き上げ、一人、また一人と庭に沈む。

男たちが庭から反撃してきた。

凄まじい銃撃音が轟いた。硝煙で庭先が白く煙る。

瀧川は頭を抱え、廊下の奥へ走った。

弾丸はガラス戸を砕き、部屋の障子を破る。足下や背後で跳弾が躍る。

瀧川は空になったマガジンを取り替え、庭に銃口を向けながら疾走した。

林の中で敵を追っていた貴島たちにも銃声が届いた。

「貴島さん！　屋敷のほうで銃声が聞こえます！」

最後尾にいた男が叫ぶ。

「ちくしょう、おとりか！　三人は残って、捜索を続けろ。他の者は、全員戻るぞ！」

貴島が怒鳴る。

前方にいた三人は頷き、そこに立ち止まった。

貴島が林を出る。他の仲間も貴島に続いた。

「舐めんじゃねえぞ、犬どもが！」

貴島は手にした銃を握り締め、屋敷へと走った。

瀧川はたまらず、手前の部屋へ飛び込んだ。ふすまを突き破り、中へ転がり込む。

二人の男がいた。

男たちは、突然の侵入者に驚き、動きを止めた。

瀧川はすかさず、男たちの足に向け、掃射した。

「ぎゃああ！」

同時に悲鳴が上がる。

両脚を打ち抜かれた二人の男は、畳に倒れ、もんどり打った。

弾が切れた。

小銃を放り投げ、懐のホルスターから自動拳銃を二丁抜きだし、両手に握る。掌底にスライドを引っかけて滑らせ、弾を装塡する。

背後のふすまが開いた。

瀧川は銃口を起こすと同時に、左右の拳銃の引き金を引いた。

野太い銃声が交互に響く。銃弾は目の前にいた二人の敵の胸元や腹に食い込んだ。

被弾した男二人が後方に吹っ飛び、転がる。

庭にいた男たちが廊下側から飛び込んできた。瀧川に銃弾を浴びせる。部屋にあった壺が砕ける。柱の木片が飛散する。

左上腕に弾が食い込んだ。瀧川の相貌が歪む。重い痛みが左腕全体に走る。

それでも瀧川は応戦し、奥へ続くふすまを突き破った。

五人の敵が待ち構えていた。

瀧川はダイブするように飛び込み、前転した。素早い動きに、敵の銃弾は的を外し、畳を抉《えぐ》る。

回転してしゃがんだ状態になった瀧川は、右脚を振り、目の前の男の足を払った。

身体が浮き上がり、宙に舞う。男の身体が、他の男たちの視界を塞ぐ。

瀧川はしゃがんだまま、目についた足に銃を放った。

弾丸が二人の男の脛《すね》を砕く。男たちはたまらず膝を落とし、のたうち回った。

浮いた男が落ちてくる。瀧川は後方へ転がった。

混沌《こんとん》とする状況の中、敵の銃の照準は定まらない。放った銃弾は宙を舞って落ちた仲間を傷つけていた。

瀧川は起き上がりざま、残った二人に銃口を向けた。引き金を引く。

が、スライドが上がっていた。

弾切れだ。入れ替える時間はない。

瀧川は空になった銃を二人の男に投げつけた。

男たちが一瞬怯《ひる》んだ。

その隙に、瀧川は右側の男に駆け寄った。間合いを詰めると同時に、強烈な右フックを放つ。

男の頬に右拳がめり込んだ。

男の身体が真横に傾く。左にいた男は、仲間が倒れてくるのを避けた。

わずかな隙が生まれた。

瀧川は腰に提げていた自動拳銃を抜き出した。左手でスライドを擦らせ、持ち上げると同時に引き金を引く。

複数の銃声が轟く。

銃弾は一人の男の肩口を貫き、もう一人の男の鎖骨《さこつ》を砕いた。

二人の男はもつれ合い、うつぶせている男の上に転がった。

廊下に見えた人影に、銃を乱射する。弾が切れる。すぐさまマガジンを落とし、新しいマガジンを装着し、再び撃ち始める。

行くしかない。

瀧川は再び、奥へのふすまを突き破った。

中へ転がり込む。

前転をし、起き上がりざま、人影に銃口を向けた。

が、瀧川は動きを止めた。

藪野がいた。

その脇に藤戸が立っている。藪野の後ろには二人の男が立っていて、自動小銃の銃口を頭部に突きつけていた。

「たいしたもんだな、高田。銃を捨ててもらおうか」

藤戸が片笑みを滲ませる。

「かまうな！　撃て！」

藪野が声を張った。

「撃ってもかまわんぞ。俺たちも死ぬかもしれんが、おまえと藪野は確実に死ぬ。助けに来たのに、二人とも死んじまっちゃあ、本末転倒だ」

藤戸は余裕を覗かせた。

「撃て、高田！」

藪野が再び怒鳴った。

「うるさい犬だな」

藤戸が右脚を振った。爪先が藪野の脇腹にめり込んだ。

藪野は目を剝き、身を捩《よじ》った。二発、三発と蹴りを入れる。藪野は呻きと共に胃液を吐き出した。

「やめろ!」

瀧川は声を張った。

藤戸が脚を止めた。

瀧川が手に持っていた銃を脇に放る。

「そいつもだ」

藤戸は腰のホルスターに目を向けた。

言われるまま、瀧川はリボルバーも抜き、脇に放り投げた。

背後から複数の足音が聞こえてきた。

「いたぞ!」

貴島の声だった。

貴島とその仲間が瀧川の背後に駆け寄ってきて居並び、銃を構える。

瀧川は両手を挙げた。

「銃を下ろせ」

藤戸が言う。

貴島たちは銃口を下げた。

「他に犬はいたか？」

藤戸が訊いた。

「いえ、まだ見つかっていません。捜索は続けています」

「そうか。ともかく、こいつも拘束しろ。まだ、犬がいるかもしれんからな。警戒を怠るな」

藤戸が命令する。

突然、瀧川の後頭部に衝撃が走った。瀧川はたまらず、両膝を落とした。

瀧川は藪野と共に、大広間の右隅にある押し入れに放り込まれていた。

かすかに空いた隙間から、小銃を構えた聖論会メンバーの影が映る。

「なぜ、ここへ来た」

藪野が小声で話しかけた。

「見殺しにはできませんでした」

瀧川が言う。

「たった一人で何とかなるとでも思ったか？」

「勝算はありませんでしたが、そのままにしておくことはできませんでした」

「おまえ、本当に公安には向いてねえな」

藪野はふっと微笑んだ。

「まあしかし、おまえが飛び込んできてくれたおかげで、わずかな希望は生まれたよ」

擦り寄り、瀧川の耳元に顔を近づける。

「うつぶせろ」

「何をするんですか？」

「いいから、さっさと寝ろ」

藪野が言う。

瀧川は狭い押し入れの中で、物音を立てないよううつぶせに倒れた。

藪野がのしかかってくる。そして、瀧川の後ろ手を拘束したプラスチックカフを嚙み始めた。

「藪野さん、そんなことで切れたりはしませんよ」

「人間の歯を舐めるな。それに俺は顎《あご》が強い。両手に力を入れて、テンションをかけ続けておけ」

藪野は言い、プラスチックを嚙んだ。歯ぎしりの音が聞こえてくる。相当の力で、プラスチックのひもを嚙んでいる。

藪野は黙々と嚙み続けた。凄まじい生気が伝わってきた。いつしか瀧川も、藪野の強引な手法に期待していた。

ごりっ……と歯が折れるような音がした。瞬間、両手首の拘束がふっと弛んだ。

両手が自由になった。

瀧川は目を丸くし、体を起こした。

「どうだ。原始的な方法も満更《まんざら》でもねえだろう」

藪野が言う。

笑顔を向けた。その笑みが強ばる。

藪野の口からはおびただしい血が流れていた。前歯と犬歯が何本か抜けている。

「次は脚だ」

藪野が瀧川の足下に顔を伏せた。

「藪野さん！　それ以上酷使すれば、歯がなくなる。出血も止まらなくなります」

「いいんだ、それで。おまえは死なせねえと言っただろう」

藪野は片笑みを見せた。

「なぜ、そこまで……」

「おまえのためじゃねえ。クソどもを潰すためだ。そうだ。しゃべれなくなる前に伝えておく」

顔を上げ、瀧川を見つめる。

「聖論会を仕切っているのは、赤沢じゃねえ。民進党の梅岡卓だ」

「野党のホープの？」

瀧川の言葉に、藪野が頷く。

「ここを無事に出られたら、真っ先に梅岡を潰せ。殺してもかまわん」

「殺せ、と？」

「悠長に証拠固めをしている間に武装蜂起されれば、俺たちの負けだ。蛇の頭を潰すのも、俺たちの仕事だ。二度と生き返らねえように潰せ」

藪野は強く言い切り、再び、プラスチックカフを噛み始めた。

7

藪野は時間をかけ、瀧川の足首を拘束していたプラスチック手錠を噛み切った。

「これで動けるな」

藪野が笑う。

口から血が溢れ流れる。奥歯以外はほとんどなくなっていたが、藪野の気力と迫力で言葉ははっきりと伝わる。

「藪野さん、次は俺が――」

瀧川は藪野をうつぶせにしようとした。

藪野は肩を振って、手を払った。

「何を悠長なこと言ってるんだ。おまえはなんとかここから脱出しろ」

「できませんよ！　俺が逃げれば、藪野さんは今度こそ確実に殺される」

「なら、そいつをぶっ倒して、刃物を奪ってくれ。腰にサバイバルナイフをぶら下げているはずだ。そいつ一本あれば、なんとかする」

「無理です。隙間には他の人影もある。敵は複数います。まごついている間に殺られてしまう」

「高田、一つ教えておく。生きたかったらな——」

藪野は薄闇で双眸を開いた。

「無理という言葉は二度と吐くな」

語気を強める。

「無理と思った瞬間に、なんとかなることもならずに終わる。心臓が動いているうちは、何一つあきらめちゃいけねえ。現に、おまえの手足を自由にしてやったろう」

藪野が片笑みを覗かせた。

瀧川は自分の手のひらを見つめ、何度か指を曲げた。

そしてゆっくりと握り締める。

「……そうですね。その通りです。無理という観念は捨てます。けど、藪野さんをこのままにもしておけません」

「おまえも頑固だな」

呆れて息を吐いた。

「まあいい。どうする?」

藪野が訊く。

瀧川は胡坐をかいて腕を組んだ。目を閉じ、押し黙って考える。

プラスチック手錠を外すには、一般的に切るしかないと聞いている。切るものがあれば、たとえ人間の歯でも噛み切れることは、藪野が身をもって証明した。

しかし、藪野の口元を見る限り、そのダメージは大きい。

瀧川は目を開けて、藪野が噛み切ったプラスチック手錠を拾った。薄闇の中で上に下にひっくり返し、よく見てみる。

素材は堅い。ロック部分もがっちりと食い込んでいて、引き抜くことは不可能に近い。

切れない、引き抜けないものをどうやって破壊する……。

瀧川は目を開いた。

熱だ。

所詮《しょせん》、素材はプラスチック。焼き切ることはできるはずだ。

だが、ライターのようなものはない。

どうする……。

さらに試行していた時、自分の足元にふと目が留まった。

スニーカーは履かされたままだった。靴ひもがついている。

「これで試してみるか」

瀧川がつぶやいた。

「何か思いついたか？」

「はい。藪野さん、うつぶせて待っていてください」

「頼むぜ、後輩」

藪野は言い、狭い押し入れの床にゆっくりとうつぶせた。

瀧川は靴ひもを外した。藪野の両手首を拘束する手錠の結束部の隙間にひもを通し、両端を握る。そして、素早く擦《こす》り始めた。

「何やってんだ？」

藪野が小声で訊いた。

「所詮、プラスチックです。熱には弱いんじゃないかと思って」

「頭いいじゃねえか」

傾けた顔に笑みを滲ませる。

「腕が上がらないよう、力を入れておいてください」

瀧川が言う。

藪野は自分のズボンを握り、腕を固定した。

かすかにシュッシュッと、擦過音《さつかおん》がこぼれる。

瀧川は靴ひもが切れてしまわないよう、慎重に、しかしスピードを落とさず擦り続けた。

手を止め、擦過部を触ってみる。熱くなっていた。

瀧川は黙々と両手を動かした。

藪野は口を開かずじっとしている。期待しているわけでもなければ、冷めているわけでもない。

成り行きを見守る静かな空気が肌に伝わってくる。

この状況で自然体でいられる藪野の真の凄みを、瀧川は感じていた。

しばらくすると、ひもが少しだけ食い込んだ感触を手のひらに覚えた。いける。

瀧川はスピードを上げた。ひもが少しずつプラスチックを抉《えぐ》っていく。

そして、不意にその瞬間は訪れた。

プツッ……と小さな音がし、突っ張っていたプラスチックのひもが左右に飛んだ。

「やったな」

藪野は腕を開き、仰向けになった。

瀧川は藪野に笑みを向けた。

藪野が起き上がる。

「貸せ。あとは自分でやる」

瀧川は藪野に靴ひもを渡した。

藪野は膝を立てて足首を引き寄せ、プラスチック手錠に靴ひもを通し、同じように擦り始めた。

「俺がやりますよ」

「自分でやらせろ。方法を体得しておきたい」

藪野は言い、擦り続けた。

「しかし、こんな方法があるとはな。早く気づけばよかった。そうすりゃ、無駄に血を流すこともなかったのにな」

藪野は歯のない口で笑ってみせた。

瀧川は微笑み、隙間から外の様子を見ていた。押入れの前の見張りは微動だにしない。その向こうで蠢《うごめ》く影の数を数える。

二つの影が、左右に行ったり来たりしている。

背後でプツッという音が聞こえた。

振り返る。藪野の足を縛っていたプラスチック手錠が切れ飛んでいた。

「こいつはすげえ。靴ひもは切れず、プラスチックだけが切れた。弱えもんだな、プラスチックってのは」

藪野は感心し、靴ひもを返した。

「熱には勝てないようですね」

ひもを受け取り、スニーカーに通す。

「ベルトかズボンの裏に一本、このくらいのひもを仕込んどけば、拘束された時に役立つな。今度、提案しておこう」

藪野は話しながら、手首や足首を回した。

瀧川はひもを締め終えた。

「外の敵は何人だ？」

藪野が訊く。

「確認できるのは三人です。ただ、さっき俺たちが拘束された時にいた人数を考えると、それだけというわけではなさそうですね。むやみに出れば、屋敷を出る前にお陀仏《だぶつ》です」

「そりゃ、困るな……」

藪野が腕を組む。

「何か方法は？」

「待ってください」

瀧川は目をつむり、頭に叩き込んだ敷地図を思い出した。

屋敷は敷地の奥にある。その中でも、拘束された大広間は屋敷の最奥。敷地の北側に位置する。その先は裏山だ。

瀧川は目を開け、天井を見始めた。

「ここしかないか」

静かに立ち上がる。

「藪野さん。満身創痍《まんしんそうい》のところ申し訳ないんですが、肩を貸してもらえますか？」

「何をするんだ？」

「ここから出ましょう」

瀧川は天井を指さした。

「押入れの天井には、必ず、屋根裏へ抜ける場所があるはずです。そこから屋根まで上がって、裏山へ出ましょう。裏山にも敵はいますが、正面玄関へ向かうよりリスクは低いと思います」

「なるほど、いいアイデアだ。頭、回んじゃねえか」

「必死ですからね、生きるために」

瀧川は天井に目を凝らした。押入れの戸に背を向けて、左端の天井に切れ目が見える。

瀧川は左角を指さした。

藪野が左角の壁に両手をつき、しゃがむ。瀧川が肩に乗った。藪野の膝が沈む。

「大丈夫ですか？」

「たいしたことはねえ。いくぞ」

藪野が足に力を入れた。太腿が盛り上がる。

瀧川は壁に手を突いた。体が少しずつ上がっていく。

半分ほど上がったところで、瀧川はストップをかけた。

藪野は両手を膝に置き、中腰のまま耐えた。

瀧川は二、三度、天板を手のひらで押した。天板の端が外れる。そのまま押すと、五十センチ四方の正方形の天板が抜けた。

「上げてください」

声をかける。

藪野は再び奥歯を食いしばり、足を伸ばした。

瀧川の胸元が天井裏に入っていく。

真っ暗でほとんど視界はない。手の置場を探る。古い家屋だけあり、梁《はり》はしっかりとしていた。

九十度に交差した梁に手をかけ、自分の体を持ち上げる。瀧川の体が持ち上がり、藪野の肩にあった足裏が浮いた。

天井裏に入った瀧川は、梁に腹ばいとなった。

「藪野さん」

呼びかけ、右腕を伸ばす。

藪野は下から瀧川の右腕を両手でつかんだ。

瀧川が腕を引き上げる。藪野は壁に足をかけ、屋根裏へ上がる。

瀧川は左腕を梁にかけ、藪野の腕をつかんで渾身《こんしん》の力で引き上げた。

藪野の体が見えた。藪野が右手を離し、梁を握る。瀧川の牽引《けんいん》を利用し、梁まで上がってきた。

藪野は梁に腰かけた。

「ふう。ここまではうまくいったな」

天板を戻そうとする。

「もう少し開けておいてください。明かりがそこからしか入ってこないので」

瀧川が言った。

天井の穴から、夜霧のような心許ない明かりが漏れてくる。それでも真っ暗闇よりはましだ。

瓦屋根は、垂木《たるき》に野地板《のじいた》を張り、その上に瓦を載せてあるだけの簡単な構造だ。

古民家といえど、昔のままというわけではないはずだ。雨漏り対策のルーフィングを施していたり、瓦の釘止めをしていたりするだろうが、野地板自体はそう厚いものではないので破りやすい。

瀧川は縦に延びる垂木を手で探りつつ、垂木の横の野地板に手のひらを当て、ぐいぐいと押してみた。

造りはしっかりしている。瓦も重く、持ち上がりそうなところはなかなか見つからない。

「高田、急げ」

「はい」

瀧川は少しずつ梁を移動し、場所を探す。

梁がみしりと軋《きし》んだ。

一メートルほど奥へ進んだところで、野地板がすっと押し上がる場所を見つけた。

板が水分を含み、弱くなっているところだった。

瀧川は慎重に野地板を押し上げた。瓦が動き、かちゃりと音を立てる。

少しずつ押し上げると、野地板が破れた。ルーフィングシートに瓦が乗る。瀧川はシートを破り、そっと瓦をつかんだ。

瓦を中へ入れる。

穴から月明かりが差し込んだ。

闇にいた瀧川にとって、月明かりすら眩《まぶ》しい。目を細める。

それは、生への光だった。

瀧川の口元に思わず笑みがこぼれた。

藪野は月明かりを確認し、天板を閉じた。

瀧川は穴から手を出し、周りの瓦を一枚一枚、注意深く外し、野地板を壊してシートを破り、穴を広げていった。

息の詰まる作業を続け、四、五十センチ四方の穴を開けた。

瀧川は梁に立ち上がり、そろりと顔を出した。

夜風が頬の汗をさらい、心地いい。

屋根の中間くらいの場所だった。正面玄関や庭の裏手に当たる。裏山までは三メートルほどだが、あちらからは丸見えだ。

出たらすぐに裏山へ飛び込むしかないな……。

頭をひっこめ、藪野を見やる。

「藪野さん」

声をかけ、手招きする。

藪野はそっと梁を進み、瀧川の傍らに身を寄せた。

「ここから出たら、すぐ裏山に飛び込みます。音で敵に気づかれますが、林に飛び込まない限り、勝機はありません。大丈夫ですか?」

「ここでじっとしてるよりは千倍マシだ」

片笑みを浮かべる。

瀧川は頷いた。

「先に上がります」

そう言い、瀧川は開けた穴から屋根に上がった。穴の左脇に身を寄せ、しゃがんで藪野を待つ。

藪野も間もなく上がってきた。右端にしゃがみ、身を低くする。

瀧川は裏山の方向を指で差した。藪野が頷いた。体を裏山の方向に向ける。

「じゃあ、行きます。三、二、一!」

二人は同時に瓦を蹴り、屋根を駆け下りた。

8

瓦が鳴るが、一切気にしない。

端まで来た二人は、同時に屋根瓦を蹴った。

猫のように背を丸めた二つの影が、月光に躍った。

敷地を飛び越え、二つの影が裏山の林へ飛び込んでいく。

瀧川と藪野は両腕を顔の前に立てた。体が木枝を折る。乾いた音が闇に響く。

瀧川は土面に着地し、前方に転がった。藪野はしっかりと両足で踏ん張った。

「なんだ?」

裏山の雑木林を巡回していた男が二人、小銃を握り、歩いてくる。

瀧川と藪野は、身を屈めたまま顔を見合わせた。

藪野は右側を指差した。瀧川は頷き、先に歩いてくる敵にそろそろと近づいた。

藪野の位置を確認する。後方から来た敵の背後に回っている。

瀧川はいきなり立ち上がり、敵の前に立った。

男は突然現われた瀧川に驚き、一瞬固まった。

瀧川は小銃の銃身を左手で握り、上に押し上げた。同時に右拳を叩きこむ。

不意打ちを食らった男の左頬に拳がめり込んだ。

男の体が傾く。瀧川は銃身を握ったまま、男の背後に回った。

男の指がトリガーから外れた。肩ひもが男の首に巻きつく。間髪《かんはつ》を容《い》れず、絞め上げた。

男は呻き、喉を掻き毟《むし》った。

「誰だ！」

もう一人の男が瀧川に銃口を向けた。

藪野は男の背後に回った。

「おい」

声をかける。

男の双肩が震えた。銃口を起こしたまま、反転しようとする。

藪野は小銃を握ると同時に、右肘を振った。

肘がこめかみにめり込んだ。皮膚がざっくりと裂け、血がしぶく。

男は顔を押さえ、前のめりになった。腰に差した自動拳銃が見える。藪野はそれを素早く抜いた。

「寝てろ」

銃床で頸椎《けいつい》を打つ。

男は短く呻き、目を剝いた。そのまま前のめりに沈み、地面に突っ伏した。

藪野は自動小銃を取り、拳銃を腰に差した。

瀧川が駆け寄ってくる。

「大丈夫でしたか？」

「こんな雑魚《ザコ》、相手にもなりゃしねえ」

藪野は唾を吐きかけた。

「どうする？」

藪野が訊く。

「ここまでトラブルが起これば、藤戸たちは出来上がった製品だけでも搬出しようとするでしょう。その前に、工房自体を潰しましょう」

「証拠を吹っ飛ばすつもりか？」

「拡散するよりはずっといい」

瀧川が藪野を見つめる。

「そうだな。こうなったら、俺たちだけでケリをつけてやろう」

藪野がほくそ笑んだ。

瀧川と藪野は、林の中を廃校舎へ向かって走った。

藤戸は屋根の瓦が鳴る音を聞き留めた。近くにいた貴島も天井を見やる。

「なんだ？」

貴島は、頭上を何度も仰いだ。

「貴島。大広間を見てこい」

「ヤツらが逃げ出したというんですか？　まさか……」

「いいから、見てこい」

低い声で命ずる。

貴島はオートマチックを握り、部下を一人連れて、隣の大広間のふすまを開けた。

「おい、連中は？」

見張りの男に声をかける。

「中にいますよ」

自動小銃を抱えた男が、押入れのほうを一瞥した。

貴島はゆっくりと歩み寄り、押入れの前で立ち止まった。銃口を向ける。

「開けろ」

「何かありましたか?」

「確認だ」

貴島が言う。

見張りの男は、左手を引き手にかけた。静かに開く。部屋の明かりが押入れの中に差し込む。

貴島は銃口を向けたまま、中を覗いた。

途端、眦《まなじり》が強ばった。

「いねえじゃねえか!」

怒鳴る。

貴島の部下が中へ入った。

伸びたプラスチック手錠が落ちていた。底板には無数の歯片が転がり、おびただしい血の染みが広がってる。プラスチック錠を手に取った。切り口を見つめる。

「噛み切ったのか……」

部下はふすまを押し倒し、中に明かりを入れた。隅々《すみずみ》を見回す。

「貴島さん!」

部下が声をかけた。

貴島が駆け寄る。

「あれを」

部下が天井を指さした。左端の天板がわずかにずれている。

「くそう。逃げやがった！」

貴島は奥歯を噛んだ。

「てめえは何やってたんだ！」

銃把で見張りの男の頬を殴る。男の口から血がしぶいた。

「すみません……。まさか、プラスチックカフを噛み切るとは」

「まさかもクソもねえ！」

貴島は腹を蹴り上げた。

男の体がくの字に折れた。両膝が落ちる。

「どいつもこいつも使えねえな」

貴島は男の後頭部に銃口を向け、躊躇なく引き金を引いた。

銃声が響いた。男の後頭部が砕けた。血まみれの脳漿と頭骨の破片が四散する。

周囲にいた部下たちは色を失った。

男の上体がぐらりと傾き、畳に突っ伏した。溢れる血が畳の目に沿って流れ、染みていく。

藤戸が大広間に入ってきた。

「どうした？」

藤戸は死体を一瞥した。

「逃げられました」

貴島が言う。

「仕方ないな……」

藤戸はスマートフォンを取り出した。赤沢の番号を表示し、コールボタンをタップする。

三度鳴って、赤沢が出た。

「もしもし、藤戸です。思ったより、犬どもがしつこいので、工房は廃棄します。計画に支障が出るかもしれませんが、了承願えればと。はい……はい。承知しました」

手短に話し、電話を切る。

「貴島」

「はい」

「ここの遺体を処理しろ」

「わかりました」

貴島はさっそく、部下を連れ、あちこちに転がった遺体を片付け始めた。

「他の者は俺について来い」

藤戸は言い、玄関へ向かった。


赤沢は切れたスマホを握り締めた。

「どうした?」

梅岡が訊く。

「どうやら、犬の処分に失敗したようです」

「聖論会は使えなかったか……」

「そのようですね、すみません」

「君が謝ることではない。所詮、今の若者に武力革命は荷が重かったというだけのことだ」

梅岡はソファーを立った。執務机に戻っていく。

「工房の処理を命じました。武器をできる限り搬出し、その後、工房を爆破しますが、よろしいですか？」

「武器もすべて処分しろ。証拠は残すな」

梅岡は背もたれの高い椅子に腰を下ろし、もたれ、脚を組んだ。

「しかし、武器がなければ蜂起はできません。計画はどうするおつもりですか？」

「無期限凍結だ。すでに公安は相当の情報をつかんでいるだろう。しばらくは動けない。そういうことだから、赤沢。おまえは身を隠せ」

「なぜです？」

「工房を処理しても、聖論会には手が入る。聖論会をつかまれれば、当然パグも捜査対象となる。現実にはもう内偵は進んでいるだろう。おまえが摘発される可能性は高い」

「ならば」

赤沢はソファーを立った。梅岡の机に近づく。

「今ある武器と仲間で蜂起します」

「それはいい。隠れろ」

「いえ。隠れるくらいなら――」

赤沢が机に両手をつく。

「権力と戦って死ぬ」

梅岡を見据える。

梅岡は深いため息をつき、赤沢を見返した。

「だから、それはもういいと言っているんだ。実験は終わりだ」

「実験？」

「そうだ。そのくらい、君もわかっていただろう？」

梅岡は冷ややかに見返した。

「私には何のことか……」

「本気でわかっていなかったのか？　だとすれば、おまえも藤戸たちと変わらない愚民だな」

「愚民だと？」

赤沢が気色《けしき》ばんだ。

「聖論会による武装蜂起は、現在の日本における国内反乱分子のテロの可能性や実効性を測《はか》るものだったんだよ」

「なぜ、そんなことを」

「国防の在り方は日々変わる。日本国内にも、貧困や過激な思想の下《もと》に国家転覆を企てる組織が出現する可能性も鑑《かんが》みられた。そこで、どういう形で若者たちが奮起し、過激な行動に走るのかを知る必要があった」

「だから、私を使ったというのか」

「労働者側に立つ左翼思想が最も過激化しやすいからね。ただ、今回の実験で、君たち程度の組織は公安で十分潰せることがわかった。このシミュレーションの結果は大きな収穫だ」

梅岡がさらりと答える。

赤沢は眉間に皺を立てた。

「あんたは、俺たちの側の人間じゃなかったのか！」

拳を握り締める。

梅岡は鼻で笑った。

「今どき、武器まで手に取って労働争議を起こすような非文明人と同等に見てほしくはないな」

「権力者側か、おまえは……」

赤沢の拳が震える。

「そもそも、その構図が古いのだよ。権力対庶民。それは米ソが対立していた頃の五十五年体制の遺物だ。しかし、ソビエトが崩壊した時のことを知らない君たちには、その思想も新鮮なものだったようだな。大いに参考になったよ。遺物も、知らない世代には新鮮に映る。新しい指導者が現われれば、過去の遺物も印象を変え、愚民に浸透する。この点には留意しなければならない」

「体制側に騙されたということか」

「君が本気で武力革命を起こそうと思っていたことに驚きだよ。社会主義国がどうなったか、君ほど聡明な者なら、その事実は知っているはずだ。クーデターで国がまともになった例は、ただの一つもない。まあいい。ともかく、君はこのままでは武装蜂起の首謀者として拘束される。その前に国外へ出ろ。手配はしてやる」

「冗談じゃない。俺は武装蜂起を完遂する。失敗に終わっても、権力には一矢《いっし》報《むく》いる」

「どうしてもか？」

「ああ。まずはおまえからだ」

赤沢が後ろ腰に手を伸ばした。ジャケットをまくる。

梅岡が右腕を上げた。手には銃が握られていた。

赤沢の指が携帯していた銃のグリップに触れた時、すでに梅岡の銃口は赤沢の眉間を捉えていた。

「愚かな考えは捨てられないか？　誰かを殺しても何も変わらないのは、歴史が証明している」

「それでも、おまえのような者を生かしておくよりはマシだ」

「そうか。残念だ」

梅岡が引き金を絞る。

赤沢は銃把を握り、銃を抜き出した。

一発の銃声が轟いた。弾丸は赤沢の眉間を抉った。

赤沢の双眸がカッと開いた。弾丸が後頭部を吹き飛ばす。おびただしい血がしぶいた。

赤沢は目を見開いたまま、ゆっくりと仰向けに倒れた。背中を打ちつけ、フロアで跳ねる。

銃を握り、宙を睨んだまま、赤沢は絶命した。

梅岡はスマートフォンを耳にあてた。

「――もしもし、私だ。赤沢が自害した。処分を頼む」

そう言い、赤沢の屍《しかばね》を冷ややかに見つめた。


瀧川と藪野は林を駆け抜け、廃校舎まで戻ってきた。

グラウンドには、複数のトラックが並んでいた。工員たちが段ボールを運び出している。

「武器を運び出す気だな。どうする？」

「ここまで来たら、突っ込むしかないですね」

「おまえも無謀なヤツだな」

苦笑する。

「藪野さんほどではないですよ」

瀧川は笑みを返した。

「よし、とっとと始末しよう」

藪野の言葉に、瀧川は頷いた。

正門の支柱の陰から同時に飛び出した二人は、小銃を唸らせ、トラックに駆け寄った。

9

藪野と瀧川は弾幕を張り、トラックに迫った。

聖論会のメンバーがトラックの陰に隠れ、応戦してくる。

闇にマズルフラッシュが瞬《また》き、宙に銃弾が飛び交う。校庭に鼻を突く硝煙の臭いが満ちた。

「高田！　タンクを狙え！」

藪野が言う。

瀧川はグラウンドに伏せた。藪野も伏せる。

トラックの燃料タンクは、外側下面にある。藪野と瀧川は、それぞれ別のトラックの燃料タンクに集中掃射した。

うねる弾丸がタンクの金属を突き破る。空いた穴から、燃料がどくどくと溢れる。

瀧川の小銃の弾が尽きた。

瀧川は奪った自動拳銃を腰から抜いた。タンクの少し上のボディーフレームに弾を浴びせる。

弾が金属を掠《かす》め、火花が飛び散った。

漏れ出る燃料に引火した。

「伏せて！」

瀧川は声を張った。

藪野が頭を抱え、顔を伏せた。瀧川もならう。

トラックの下部から炎が噴き出した。瞬間、グラウンドが鳴動した。

二台のトラックが轟音《ごうおん》と共に宙を舞った。炎の中に人影も舞う。悲鳴と爆音が静かな山村にこだました。

爆風が砂埃を巻き上げ、瀧川の背中をさらう。

瀧川は固く目を閉じた。

舞い上がったトラックが宙で反転し、脇にあったトラックの天板に落ちた。

トラックがひしゃげる。タンクから燃料が飛び散り、再び爆発を起こした。積んであった弾丸も衝撃で暴発する。

トラックのガラスやフレームが吹き飛んだ。鉄片と衝撃波が、校舎のガラスを一瞬にして砕いた。

もう一台のトラックは真横に飛び、脇にあったトラックをなぎ倒した。ジュラルミンの荷台が粉砕《ふんさい》し、積んだ荷物がグラウンドに散乱する。

様々な銃の陰影が炎に映し出される。火に炙られた銃弾が破裂し、地に伏せている聖論会のメンバーを襲った。

あちこちから悲鳴が上がる。火だるまになり転がる者もいる。炎の中に地獄絵図が広がった。

爆破が収まるのを待って、瀧川と藪野は立ち上がった。それぞれ、胸元やズボンに付いた砂埃を払う。

「案外、派手な花火が打ちあがったな」

藪野はにやりとし、小銃を放った。懐《ふところ》に差したオートマチックを握り、スライドを擦らせる。

「地元の警察も来ます。片付けてしまいましょう」

瀧川は蠢く敵の影に向けて発砲した。

悲鳴と共に血飛沫《ちしぶき》を上げ、後方に飛んで沈む。

「そうだな」

藪野も炎の奥に揺れる影を撃った。弾丸は炎の壁を裂き、敵の眉間を貫いた。

「行くぞ」

藪野が駆け出す。

瀧川は藪野に続いた。

出入り口のドアの前で、瀧川と藪野は左右に身を寄せた。

ドアは閉まっていた。瀧川たちの襲撃を受け、敵が工房内に潜伏している可能性が高い。

藪野は自分のＩＤカードを出した。

瀧川を見る。瀧川は自動拳銃を握り、頷いた。

藪野がカードリーダーにＩＤをかざした。赤いランプが緑に変わる。

ロックの外れる音がした。瀧川はドアハンドルに手をかけた。傾け、ドアを引き開ける。

中に右腕を入れ、廊下に向かい、乱射した。

敵が応戦してきた。瀧川は腕をひっこめ、ドアをぎりぎりまで閉めた。

跳弾が壁を抉り、ドアに突き刺さる。

「狙い撃ちされてます！」

瀧川が藪野を見た。

「そういう時は、こうするんだ」

藪野はいきなり中へ飛び込んだ。

ドア口で仁王立ちになり、廊下の奥に向けて発砲する。

瀧川はドアの外で呆気にとられた。

作戦も方法論もない。ただ、突っ込んだだけだ。

「何をやってる！　早く来い！」

藪野が声を張る。

瀧川は意を決して飛び込んだ。藪野の脇をすり抜け、前方で屈み、敵と銃火を交える。

瀧川が発砲している最中、藪野は前に出て、さらに銃弾を浴びせた。

敵は防戦一方で逃げ惑っていた。

藪野と瀧川は、右手の教室に転がり込んだ。同時に発砲し、中にいた敵二人を倒す。

「むちゃくちゃですね」

瀧川は息をついた。

「死中に活、だ。混沌《こんとん》とした修羅場では、退《ひ》いたほうが殺られる」

藪野は話しながら、倒した相手を見た。

藪野は相手の眉間を撃ち抜いていた。が、瀧川は敵の足を撃っただけだった。

瀧川が倒した男は、左脚を押さえて丸まり、震えていた。

「なぜ殺さない？」

藪野が銃を向ける。

男は怯えていた。瀧川は藪野の銃を手で押さえた。

「俺たちは殺し屋じゃないんです。必要のない殺しはいらないでしょう」

「寝首を掻かれるぞ？」

「そういう相手は仕留めます」

「ずいぶんな余裕だな」

藪野は銃をひっこめた。

「臆病なだけですよ」

瀧川は屈み、息のある男の左脚をベルトで縛り、止血した。握っていた銃を奪い、両手首を後ろで拘束する。そして、銃や予備の弾丸を奪い取る。

藪野も殺した男から予備のマガジンや自動小銃を奪った。

「おー、いいもの持ってるな」

藪野は男のジャンパーのポケットから手榴弾《しゅりゅうだん》を取り出した。四つ持っていた。

「こいつを使うのもためらうか？」

藪野が楕円形の塊《かたまり》を揺らす。

「仕方ないこともあります」

「そこは容認するんだな。じゃあ、掃除するか」

藪野はレバーを握り、小指をひっかけピンを抜いた。

ドア口から腕を出し、廊下の奥へ投げる。ピンが外れ、着火した手榴弾が敵の隠れている階段下に転がった。

藪野は身を隠した。

まもなく、爆発音が轟いた。床が震えた。藪野と瀧川は思わず両肩を竦《すく》めた。

爆風でガラスが砕ける。熱風がドアから舞い込んだ。

「火薬入れすぎじゃねえか？」

藪野は苦笑した。銃を握り返す。

「高田、一気に攻めるぞ！」

藪野が言う。

瀧川は頷いた。左に自動小銃を握り、右にオートマチックを持ち、廊下に飛び出した。

階段下にたどり着く。上階にいた敵が降りてきている。

瀧川は人影に乱射した。悲鳴が上がる。撃たれた敵が手すりを乗り越え、階段に落ちて転がった。

瀧川と藪野は手すりと壁に分かれて背を張りつけ、上へと上がっていく。

荷物を運び出すため、敵の多くが校内へ戻っていた。

彼らは応戦しているが、個々に散発的な戦闘を行なうだけだ。連携している様子はなく、瀧川たちは射撃訓練さながら、上階を制していった。

「この程度で武装蜂起しようと思っていたとは、お笑い草だな」

藪野が失笑する。

瀧川は藪野の背後に現われた影に向け、銃を放った。

「油断しないでください！」

「わかってるよ」

藪野が再び、手榴弾を放る。瀧川と藪野は階段で屈んだ。

火柱が上がり、複数の悲鳴が廊下に反響する。

三階の廊下には、血まみれの敵が倒れ、蠢いていた。

瀧川は藪野に続き、廊下の奥へと進んで、一つ一つの教室内の敵を倒し、工具や製造途中の部品を破壊していった。

その間に、倒れた男たちに目を向ける。

男たちは被弾し、完全に戦意を失っていた。ある者は激痛で泣き叫び、ある者は体に腕を巻き、蒼白になって震えている。またある者は虫の息で仰向けになり、無感情な瞳で天井をぼんやりと見つめていた。

パグに潜入して新日本工房までたどり着いた瀧川は、彼らを見てきた。

多くは、社会からはじき出され、それでも懸命に生きようとして力尽きた人たちだ。

彼らが望んだのは、せめて普通に暮らせる安定した仕事と収入だ。それ以上は望んでいない。しかし、それすらも与えられなかった。彼らの絶望は痛いほどわかる。

結果、彼らは怒りを爆発させ、武装蜂起に加担した。が、その末路はやはり使い捨てだった。

哀れ……というにはむごすぎる。

瀧川は目の前に倒れている男たちに同情を禁じ得なかった。

同時に、そうした彼らの人生を弄《もてあそ》んだ赤沢や梅岡に激しい怒りを覚えた。

「た……助けてくれ……」

瀧川の足下《あしもと》にいた男が、ズボンの裾をつかんだ。腹部や足に被弾し、血にまみれている。

瀧川は足下に目を向けた。

大野だった。大野は瀧川を認めて色を失い、這って逃げようとした。が、力尽き、床に伏せた。

「大野さん！」

瀧川は脇に屈み、仰向けにして腕に抱いた。

「殺さないでくれ……」

「殺しませんよ」

瀧川は微笑んだ。

大野は安堵し、目元を綻《ほころ》ばせた。

「なあ、高田さん……僕らは間違っていたのかな……」

紫色の唇を震わせ、声を絞り出す。

「こんなことになったのも、武力で世の中の理不尽を変えようとした天罰なのかな……」

「大野さん、もうしゃべらないで」

「僕らは……僕は、普通に生きたかっただけなのに。選ばれなかった者は、普通に生きることすら、許されないのかな……」

「そんなことはないですよ」

「高田さん……」

大野は瀧川の手を握った。

「今度生まれてくる時は、お互い普通に暮らせる環境に生まれたいね……」

大野はそう言って微笑し、息を引き取った。

「残りは四階だけだ。行くぞ！」

藪野が瀧川の肩を叩き、階段のほうへ走った。

瀧川は大野の手を離して立ち上がり、しばし目を閉じ、弔《とむら》った。

「高田！」

藪野が怒鳴る。藪野は階段のエントランスに差し掛かっていた。

瀧川は目を開き、歩を踏み出した。

瞬間、階下から凄まじい銃声が轟いた。藪野が肩と脚に被弾し、壁に弾き飛ばされた。

瀧川は倒れた男たちを飛び越え、藪野に駆け寄った。

藪野の脇で屈み、踊り場に向け小銃を乱射する。

悲鳴が上がる。跳弾が壁で角度を変え、敵を襲う。

瀧川は小銃の引き金を絞ったまま、藪野の脇に腕を通し、手前の教室へ引きずり入れた。

「藤戸たちが来やがった」

藪野は手榴弾を取り出した。

「こいつを投げろ」

瀧川に手渡す。

瀧川は手榴弾を受け取り、ピンを抜いた。階段のほうへ投げる。ピンが弾けた。転がった手榴弾が手すりの下に当たって止まる。

瞬間、火柱が上がった。爆風が廊下に倒れた男たちをさらう。吹き飛んだ手すりが追っ手に襲いかかった。

「俺が連中を食い止める。四階を破壊して屋上へ行け」

「一人にはできません」

「時間がねえんだ！」

藪野は瀧川の襟首をつかみ、引き寄せた。

「四階に弾薬製造室がある。そこにこいつを投げ込め」

藪野が手榴弾を渡した。

「絶対に潰せ！　でねえと、俺たちのやってきたことが無駄になる」

「しかし……」

「私情は捨てろ！　行け！」

藪野は瀧川を突き飛ばした。壁に手を突いて立ち上がる。手榴弾のピンを抜いた。

「十秒だ。十秒で踊り場まで駆け上がれ」

教室から体を出した。銃声が轟く。藪野の右肩を射抜く。

藪野はそれでもかまわず仁王立ちし、手榴弾を投げた。

「行け！」

「くそう！」

瀧川は自動拳銃を撃ちながら、階段へ走った。

銃弾が頬や二の腕を掠める。壁際を疾走し、階段を駆け上がる。足元に銃弾が食い込む。

瀧川は振り返らず、階段を上がり、踊り場を曲がった。

手榴弾が爆発した。瓦礫《がれき》と熱風が噴き上がる。

瀧川は壁に背を寄せ、頭を両手でカバーした。すぐさま立ち上がり、四階を目指す。

四階に上がると、壁際から敵が現われた。瀧川は男の腕をつかんで引き寄せ、腹に銃口を押し当て、引き金を引いた。

腹部を突き破った銃弾が背中を貫いた。男は目を剝き、両膝を落とした。

すぐさま小銃を奪い取り、廊下へ向けて掃射する。教室から顔を出した敵が叫び声を上げ、後方へ飛んだ。

小銃を撃ち切ると同時に、自動拳銃のマガジンをリリースし、素早く予備のマガジンを差し込んだ。

スライドを引くと同時に、目に映る影に発砲する。

手前から二番目の教室は弾薬製造室となっていた。弾に入れる火薬や弾薬箱がそこかしこに積み上がっている。

まだ四階には多数の男たちがいる。が、躊躇している間はなかった。

瀧川は手榴弾のピンを抜いて、教室へ投げ込んだ。

踵を返し、屋上へと向かう。階段を駆け上がり、屋上のドアを押し開いた。

四階で凄まじい爆発が起こった。校舎が震えた。窓ガラスが衝撃波で吹き飛び、廊下が火に呑まれる。

瀧川は、爆風に吹き飛ばされ、屋上のコンクリートにダイブした。

胸をしたたかに打ちつけ、息を詰める。体を起こし、吹き飛んだドアから校舎内を覗いた。

見える空間すべてが、激しく燃え盛る炎に包まれていた。

「藪野さん！」

瀧川の絶叫が屋内に響いた。

10

瀧川は藪野を助けに行こうとした。が、炎の勢いは凄まじい。階段に足をかけると、熱風に巻き上げられた前髪がジリッと焼けた。

それでも瀧川は、階段を下りようとした。

その時、銃声が轟いた。炎が割れ、銃弾が瀧川に襲いかかる。

放たれた弾は、瀧川の左頬を掠《かす》めた。一筋の傷が頬に浮かび、血が滲む。

瀧川は屋上へ戻った。軋む体を引きずり、ドア口の壁の裏に回り、銃を握った。

スライドが上がっていた。空のマガジンをリリースし、一本だけ残っていた予備のマガジンに挿し替える。

スライドを引き、弾を装填して、ドア口のほうを覗き見た。

壁に背を当て、ドア口のほうへ移動していく。

ふっと大きな影がドア口を塞いだ。背後の炎に照らされ、地面に黒い影が揺れる。

壁際から少しだけ顔を出し、影の正体を見た。

藤戸だった。顔の左半分に火傷を負っていた。

右手に銃を握っている。左手にも何かを握り、引きずっている。

爆発物かもしれない。

瀧川は藤戸の左手首に銃口を向けた。照門を見据え、照星の凸部に凹部の溝を合わせる。

その双眸が見開いた。

藤戸が引きずっていたのは藪野だった。血まみれの顔は煤《すす》まみれで黒くなり、腕や腹部の服の色も流血でどす黒く変色している。

立とうとしているが、撃たれた脚には力が入らず、腰を落とし、藤戸にずるずると引きずられていた。

藤戸は屋上の中央まで歩き、藪野から手を離した。

藪野は地面に突っ伏した。息を継ぐたびに、背中が大きくたわむ。苦しそうだった。

「高田！　出てこい！」

藤戸は声を張り、藪野に銃口を向けた。

瀧川は逡巡した。

照準は藤戸の頭部を捉えている。一発で撃ち抜けば、藪野は助けられる。

しかし外せば、藤戸の銃が藪野の命を奪うだろう。見る限り、藪野に俊敏に動ける力は残っていない。

どうする……。

「高田！　出てこなければ、今すぐ、藪野を撃ち殺す！」

藤戸の指が引き金にかかる。

すると、藪野が叫んだ。

「高田！　こいつを撃ち殺せ！」

叫ぶ口から血がしぶいた。それでもなお声を張る。

「撃て！　撃ち殺せ！」

必死の叫びだった。

藤戸が藪野の腹を思いっきり蹴り上げた。藪野が口からおびただしい血糊を吐瀉《としゃ》した。

「こいつを蹴り殺すぞ！」

藤戸は何度も何度も藪野を蹴った。藪野は声も出せなくなっていた。

瀧川は壁の陰から躍り出た。

「ここだ、藤戸！」

藤戸は脚を止め、瀧川に目を向けた。

「銃を捨てて、両手を頭の上に置け」

命令する。

瀧川は言われるまま、銃を足下に置き、両手のひらを頭に乗せた。

「来い」

藤戸が顎をしゃくる。

瀧川は手を乗せたまま、ゆっくりと歩み寄った。

藪野は藤戸の足下でぐったりと伏せていた。

「止まれ」

藤戸は銃口を瀧川に向けた。

瀧川は二人の五メートル手前で立ち止まった。

「俺たちを殺しても逃げられんぞ」

藤戸を見据える。

「逃げる気はない」

「もうやめろ。俺たちの情報は公安部に上がっている。武装蜂起は潰されるぞ」

「それはどうかな？」

藤戸はほくそ笑んだ。

左手をポケットに入れた。黒いスイッチを取り出す。四指で握り、親指をボタンにかけた。

「確かに、俺たちの武装蜂起は失敗に終わった。だが、ここで最後の狼煙《のろし》を上げる。俺たちの意志は、同じような苦しみを抱えた同志に引き継がれる。各地で憤懣《ふんまん》が爆発し、国は動乱に陥るだろう」

「まだ、武器の生産拠点があるというのか？」

「わかってないな。国に蹂躙《じゅうりん》され、疲弊している連中は全国にいるということだ。俺たちが死んでも、いずれ、そうした者たちがこの国を破壊する。国が弱者を虐《しいた》げ続ける限り、この戦いは終わらない。日本中にいる同志を奮起させるための狼煙だ。盛大に打ち上げよう」

藤戸の親指に力がこもった。

「やめろ！」

瀧川は地を蹴った。

藤戸は瀧川の頭に狙いを定め、引き金を絞った。

銃が炸裂した。銃声が耳をつんざく。

死を覚悟した。が、弾丸は的を外し、右肩に食い込んだ。

藪野が藤戸の足をつかんでいた。藤戸はバランスを崩し、撃ち損じた。

瀧川はそのまま飛びかかった。左手首を握り、手の甲に自分の手のひらを当て、ひねりながら上体を倒した。

藤戸の巨体がふわりと浮き上がった。宙で半回転し、地面に落ちる。藤戸はしたたかに背を打ち付け、息を詰めた。

瀧川は左手首をさらにねじった。藤戸の手から、起爆スイッチがこぼれた。

すばやく認め、爪先でスイッチを蹴る。スイッチは屋上の隅に転がった。

藤戸は銃を持った右腕を上げた。瀧川を狙う。

瀧川は右拳を固めた。真上から全体重を乗せた拳を藤戸の顔面に叩き込んだ。

藤戸が短く呻いた。鼻梁が折れ、鮮血が噴き出す。歯が砕け、口元が抉《えぐ》れる。めり込んだ拳に脈動を感じる。

右腕を上げた。藤戸の口からどろりと血が流れ出た。

白目を剝いていた。藤戸の右腕はゆっくりと傾き、地面を叩いた。握っていた銃が転がる。

瀧川は上体を起こし、銃を拾って腰に差した。巨体をひっくり返し、藤戸のベルトで後ろ手を縛る。

瀧川は大きく息を吐いた。藪野の脇に屈み、抱き上げる。

「藪野さん、大丈夫ですか？」

「なんとかな。しかし、銃と起爆スイッチを持った相手に素手はねえだろう」

「こうしてねじ伏せました。結果オーライです」

「おまえ、長生きしねえぞ」

藪野が笑みを覗かせた。

「歩けますか？」

「いや……立てねえ。おまえは行け。梅岡を始末してこい。蛇は頭まで潰さなきゃ、生き返っちまう」

藪野が瀧川を見た。

傷だらけで息も荒い。が、目には生気があった。

「わかりました」

瀧川は静かに藪野を寝かせた。

「すぐ仲間を寄こします。こいつでしのいでください」

藤戸から奪った銃を渡す。

「修羅場には慣れてるよ」

藪野が笑った。

瀧川は微笑んで頷き、立ち上がった。

梅岡はソファーに座り、秘書を待っていた。目の前には赤沢の遺体が転がったままだ。

苛ついた様子で、組んだ脚を揺らしている。

ドアが開いた。秘書が入ってきた。

「遅いぞ。何をしていたんだ！」

つい、声が大きくなる。

「すみません。新日本工房の状況を確認していましたもので」

「工房はどうなった？」

「爆発はあったようですが、工房自体は残ってしまったようです」

「爆破処分もできなかったというのか？　本当に使えない連中だな。しかし、そのままにしておくのはまずい。おまえが行って、処理してこい」

梅岡が命ずる。

だが、秘書は動かない。

「赤沢の遺体は別の者に処理させて、おまえは工房を何とかしてこい！」

梅岡は怒鳴った。それでも秘書は動かない。

「どうした。早く行け！」

「上のほうから、別の指示を預かっています」

「別の指示？　私は聞いていない。どういう指示だ？」

「こういう指示です」

秘書がスーツの上着に手を入れた。サプレッサーの付いた銃を抜く。

梅岡は色を失った。

「おい、待て……」

眦が引きつる。

秘書はやおら銃口を起こした。

「待て！」

梅岡が両手を顔の前にかざし、身を丸くした。

「指示ですので」

秘書は躊躇なく引き金を引いた。

空気を裂く音が響いた。銃弾は梅岡の眉間を貫いた。

梅岡の顔が跳ねた。ソファーの背にもたれる。後頭部から溢れる血が垂れ落ち、カーペットに吸い込まれる。

秘書は銃把の指紋をハンカチで拭い、銃を赤沢の手に握らせた。

スマホを出し、とある番号を表示してタップする。

「……私です。処分を終えました。指示通り、朝一の便で発《た》ちます」

手短に報告して通話を切る。

秘書は振り返ることなく、静かに梅岡の部屋を後にした。

梅岡は光明を失った両眼を天井に向けていた。

瀧川は警察病院の個室を訪れた。手足には白い包帯が巻かれている。が、顔色はよかった。

スライドドアを開ける。ベッドに寝ていた藪野が顔を傾けた。互いに微笑み合う。

瀧川はベッド脇の椅子に腰を下ろした。

「具合はどうですか？」

「見りゃあ、わかるだろう」

藪野は右腕の点滴の管を揺らして見せた。

瀧川は、工房を出るとすぐ、登録されていた緊急連絡用番号で鹿倉に直接連絡を入れた。鹿倉はすぐさま公安部員を送り、地元警察と協力して、武装している聖論会のメンバーを制圧し、藪野を救出した。

藪野は瀧川が去った後、気を失い、瀕死の状態だった。

十時間を超える手術で一命を取り留め、今に至る。

事件の顛末《てんまつ》は、瀧川の病床へ見舞いに来た白瀬に聞いた。

藪野が逃がした砂賀や阪本、中田、パグ事務局長の福田、工房で瀧川たちと激しく交戦し、結果生き残った藤戸や貴島以下、聖論会のメンバーは、すべて公安部に拘束された。

それら関係者の複数の証言から、武力革命の首謀者は民進党の梅岡とパグ代表赤沢の二名と断定され、被疑者死亡のまま起訴されて、一応の決着をみた。

だが、梅岡の背後に見え隠れしている人物もいて、公安部は今もひそかに捜査を続けていた。いずれ、その人物も炙《あぶ》り出されるだろう。

一方、肝心な時に音信不通となった白瀬だが、当時、白瀬、千葉、竹内の三名は白瀬が辞職を申し出た直後、今村たちに捕捉され、マンションの一室に閉じ込められていたそうだ。

さすがの白瀬も公安部全体を敵に回しては、どうにもできなかったらしい。

助けに行けず、申し訳なかったと、自嘲《じちょう》気味に頭を下げられたが、瀧川は、鹿倉に逆らってまで自分を救おうとしてくれた白瀬の思いに深く感謝した。

「おまえはもういいのか？」

「はい。今日、退院します」

「そうか。これから、どうするつもりだ？」

「とりあえず、家に戻ります」

「そうじゃねえ。仕事のことだ」

「所轄への異動願を出しています。受理されるかはわかりませんが、公安に戻るつもりはありません」

「そうか」

藪野はふっと笑みを漏らした。

「まあ、おまえには向いてねえわな」

そう言い、管の刺さってない左手を伸ばす。

「おまえのおかげで、命拾いしたよ。ありがとう」

瀧川は左手を握った。

「藪野さんは、このまま公安の仕事を続けるんですか？」

「さあな。一緒に仕事していたヤツが今、三浦《みうら》で釣り宿やってんだ。文字通り、手が足りないから来てくれと言われてる」

　藪野は意味深な笑みを滲ませた。

　瀧川は、それが友岡のことだと察した。

「もし、釣り宿で働くなら、連絡してください。遊びに行きますから」

「そうだな。そうだ、一つ教えろ。おまえ、高田じゃねえだろう？」

　藪野が言う。

　瀧川は手を離し、立ち上がった。

「公安部の前は、三鷹中央署の地域課に勤務していました瀧川達也です」

「そうか」

　藪野は微笑んだ。

「では、失礼します」

　瀧川は敬礼し、病室を出た。


「綾ちゃん、悪いけど、看板を入れてくれるかい？」

　中華食堂ミスター珍の女将《おかみ》の泰江が、真ん丸な顔に滴る汗を拭いながら言った。

　書店での仕事を終え、奥の席で娘の宿題を見ていた綾子は手を止め、席を立った。

「遙香。そろそろお風呂に入って、寝る用意をしなさい」

「はーい」

遙香はテーブルに広げていた教科書とノートをたたみ、手に取って、二階へ上がっていった。

娘を見送り、表へ出る。看板のコンセントを抜き、丸めていると、ふっと顔に影が被った。

「すみません。今日はもう閉店なんで——」

綾子は顔を上げた。

途端、瞳が潤んだ。涙袋がみるみる膨れる。

瀧川が立っていた。

「ただいま」

声をかけ、目を細める。

笑みを返した綾子の目から、一粒の滴がこぼれた。

本書は「週刊大衆」2014年8月18・25日合併号〜2015年9月14日号に
連載された作品に大幅に加筆修正したもので、完全なフィクションです。
実在する個人・団体等とはいっさい関係ありません。

双葉文庫

や-30-01

警視庁公安0課《けいしちようこうあんぜろか》

カミカゼ

2015年11月15日　第1刷発行
2024年 9月19日　第6刷発行

【著者】
矢月秀作《やづきしゆうさく》

【発行者】
箕浦克史
【発行所】
株式会社双葉社
〒162-8540 東京都新宿区東五軒町3番28号
［電話］03-5261-4818(営業部)　03-5261-4831(編集部)
www.futabasha.co.jp（双葉社の書籍・コミックが買えます）
【印刷所】
三晃印刷株式会社
【製本所】
大和製本株式会社
【カバー印刷】
株式会社久栄社
【フォーマット・デザイン】
日下潤一



ISBN978-4-575-51833-7 C0193
Printed in Japan